DIANDRA VOIGT

Einstweiliges
Zeitgefüge

DIANDRA VOIGT

Einstweiliges Zeitgefüge

Roman

Impressum
Copyright: © 2016 Diandra Voigt

Herstellung und Verlag: BoD – Books on Demand, Norderstedt

Cover: Diandra Voigt

ISBN: 9 783741 271106

Das Werk, einschließlich seiner Teile, ist urheberrechtlich geschützt. Jede Verwertung ist ohne Zustimmung des Verlages und des Autors unzulässig. Dies gilt insbesondere für die elektronische oder sonstige Vervielfältigung, Übersetzung, Verbreitung und öffentliche Zugänglichmachung.

Bibliografische Information der Deutschen Nationalbibliothek:

Die Deutsche Nationalbibliothek verzeichnet diese Publikation in der Deutschen Nationalbibliografie; detaillierte bibliografische Daten sind im Internet über http://dnb.d-nb.de abrufbar.

Quellen der Zitate:

S. 77 Jennifer Rostock – Phantombild

S. 78 Jennifer Rostock – Schlaflos

S. 80 Kraftklub – Songs für Liam

„Hast du manchmal Angst davor eine Entscheidung zu treffen, weil du die Konsequenzen fürchtest? Doch bedenke, auch wenn du keine Entscheidung triffst, triffst du eine und auch diese fordert ihren Tribut. Den Stillstand."

- Diandra Voigt

Prolog

Hast du dich schon einmal gefragt, wie dein Leben verlaufen wäre, wenn du in einer anderen Stadt geboren wärst? Du hättest ganz andere Freunde gefunden, du hättest dich in einen anderen Mann verliebt. Du würdest gänzlich andere Wege bestreiten. Doch es braucht gar keine derartige heftige Entscheidung um dein Leben in andere Bahnen zu lenken. Einmal zu spät gekommen, zu einem bis dahin gar nicht wichtigen Ereignis und schon ist der Mensch, der dein neuer Partner hätte werden können, fort, als du endlich eintriffst.

Jede Entscheidung die du triffst und jede die du nicht zu treffen bereit bist nimmt Einfluss auf das Hier und Jetzt und auf das was kommt sowieso.
Machst du dir das manchmal bewusst?
Und was macht das mit dir?

Denke einmal darüber nach. Stell dir die Frage was wäre wenn. Lass das Gedankenkarussell kreisen. Steig ein und lass dich mitreißen. Aber vergiss das aussteigen nicht. Steig aus, bevor dich die Übelkeit überkommt.

Was wäre wenn.
Wie wäre mein Leben verlaufen, wenn bloß eine einzige Sache, eine Klitzekleinigkeit anders gewesen wäre? Sehe das eigene Leben dann einfacher aus oder wäre es die volle Katastrophe in einem nicht zu ermessenden Ausmaß? Hättest du dadurch mehr Glück erfahren oder weniger? Hast du überhaupt eine Ahnung davon was sich hinter einer anderen Tür verborgen hätte? Siehst du sie eigentlich?
All die Türen.
Verschlossen. Offen. Unbeachtet. Eingerannt.

Hättest du deine erste große Liebe vielleicht doch heiraten sollen? Hättet ihr all die Probleme vielleicht schon lösen können, mit ein bisschen mehr Mut, mit ein bisschen mehr Vertrauen in den anderen? Vielleicht hätte dieser Mensch aber auch besser niemals je dein Herz berühren sollen. Oder war alles genauso gut wie es gewesen ist?
Was wäre passiert, wenn du anstatt nach New York zum Ballermann geflogen wärst? Was hättest du mit dem nun übrigen Geld gemacht? Hättest du es bereut, diese aufregende Reise nicht zu machen? Hättest du einen Menschen verpasst? Eine Erfahrung? Ein Wort das alles verändern kann?
Was wäre passiert, wenn du deinen Job gekündigt hättest und deinem Herzen gefolgt wärst? Ständest du dann heute mit leeren Taschen und Kühlschrank da oder hättest du endlich Zufriedenheit erfahren?

So viele Fragen auf die es keine Antworten gibt. Und genau aus diesem Grund treffen viele Menschen so ungern Entscheidungen von denen sie wissen, dass hier etwas passiert, dass nicht wieder rückgängig zu machen ist. Sie wünschen sich so oft zurück zu dem Moment in dem sie auch durch eine andere Tür hätten gehen können, hinter der sich eine gänzlich andere Zukunft verbarg. Sie grübeln immer wieder darüber nach, warum sie sich damals nicht anders entschieden haben.
Bereuen.
Hilft nicht mehr.
Wenn du dich bereits entschieden hast.

Die Stellen in unserem Leben, die diesem seine Wendung geben, sehen anfangs in der Regel vollkommen unscheinbar aus. Auf uns wartet kein Leuchtschild, das uns darauf hinweist, das an diesem Punkt eine richtungsändernde Entscheidung zu treffen ist.

Fakt ist doch, kein Leben ist rückwärts betrachtet absolut logisch. Kein Leben besteht nur aus den richtigen Entscheidungen und den gut gewählten Wegen. Wäre das nicht ohnehin extrem langweilig? Wir lernen aus unseren Fehlern und wenn wir keine machen würden, dann stirbt man dumm oder zumindest ohne das Gefühl zu wissen, was Kämpfen heißt und wie sich Siegen anfühlt. Das wäre dann auch kein lebenswertes Leben, obwohl doch scheinbar alles optimal verlaufen ist.

Oft entscheidet das Herz über unseren Kopf und dann stehen wir verstandlos in diesem großen *Jetzt* und bereuen, nicht mehr auf unseren Kopf gehört zu haben.

Bei der nächsten Entscheidung hören wir genau aus diesem Grund auf unseren Kopf anstatt unserem Herzen zu trauen, denn wir sollen doch aus begangenen Fehlern lernen um zu wachsen und dann stehen wir herzlos in einer neuen Zeitzone in der wir uns erneut nicht zurechtfinden können.

Es scheint, ganz gleich wie wir uns entscheiden, die andere Wahl wirkt rückblickend immer schöner, heller, positiver. Doch das ist ein Trugbild. Ein schöner Schleier der verhüllt, dass wir auch auf dem anderen Weg hätten Fehler begehen können. Das auch auf der anderen Seite Schatten liegen und das wir niemals erfahren werden, ob es tatsächlich die bessere Möglichkeit gewesen wäre.

Teil 1

09.07.2015

Was wäre wenn...

ich einfach eintrete in den zu vollen Raum?

Manchmal ändert sich durch eine Entscheidung das gesamte Leben. Ich hätte in eine andere Bar gehen können. Ich hätte diese Tür, die sich mir geöffnet hat, wieder schließen können, denn es schien doch so, als wäre an diesem Ort, an diesem Abend, kein Platz für mich. Aber ich habe die Tür noch ein Stückchen weiter geöffnet und bin eingetreten in meine Zukunft mit dir.

Alissa

Alissa

Alissa ist ein Menschen, der sich so weit zurückhält, dass sie immer ein bisschen versunken in sich selbst wirkt.

Sie hat große braune Augen, mehr Karamell als Matsch. Durch diese Augen betrachtet sie unsicher die Welt und in ihnen erkennt man so unzählbar viele Fragezeichen.

Doch wer vermag es schon so genau hinzusehen?

Ihre langen roten Haare fallen ihr wie ein Schleier über das blasse Gesicht. Sie verbirgt sich hinter ihnen, sie will nicht auffallen. Sie will nicht fallen, durch die Blicke die auf ihr lasten. Sie gibt nicht oft und erst recht nicht gerne etwas von sich preis, doch sie sieht bei anderen sehr genau hin. Sie saugt fremde Geschichten in sich auf, als könnte sie von ihnen überleben, so wie andere von Sauerstoff.

Alissa haben schon immer mehr die Fragen interessiert die Menschen stellen, da sie mehr über denjenigen aussagen als dessen Antworten. Sie hat den Menschen immer gerne zugehört und vor allem bei jedem das gehört, was zwischen den Zeilen geschrieben steht. Sie kann Pausen zwischen Worten benennen und lauscht dem Klang der fehlenden Worte. Sie nimmt das nicht gesagte wahr, fühlt, an den Stellen an denen Worte nicht ausreichen würden, was im verborgenen bleibt.

Ja, Alissa ist aufmerksam im Umgang mit ihren Mitmenschen und achtsam im Umgang mit sich selbst. Sie würde nie auf die Idee kommen sich oder einem anderen Menschen zu schaden. Sie würde niemals ein unbedachtes Wort in den Raum werfen, welches einen Menschen verletzt.

*

Alissa ist in einem kleinen Dorf aufgewachsen und erst mit Anfang zwanzig in die Großstadt gezogen. Sie ist ein Kleinstadtmädchen. Doch ihre neue Arbeitsstelle, bei einem jungen Modemagazin, hat sie hierher gelockt.

Berlin ist laut und während die eine Hälfte der Menschen hier den Anschein erwecken sie würden ständig von einem wichtigen Termin zum nächsten hetzen, scheinen die anderen noch nie etwas von dem Vergehen der Zeit gehört zu haben. Beides ist Alissa fremd. Sie hört ständig das Ticken ihrer Armbanduhr und es ermahnt sie streng sich anzustrengen voran zu kommen. Doch sie hetzt nicht, sie eilt nicht, sie verweilt in guten Augenblicken und in schönen Momentaufnahmen, wann immer das Leben ihr diese bereitet. Es gibt viele Masken hier in dieser Stadt und die passen nicht zu ihrem aufrichtigen Gemüt. Eine aufgesetzte Entspanntheit ziert die Gesichter vieler. Eine Form der Lässigkeit die bloß nach außen hin funktioniert. Die täuscht und vorgibt etwas zu sein und dann das Versprechen nicht hält. In diesem Umfeld empfindet sie sich als zu intensiv, zu offen, sie zeigt sich ungeschützt und ehrlich. Sie fühlt sich nicht dazugehörig, hier, in dieser bunten Welt, die sich so schnell verändert, dass Alissa niemals das Gefühl hat Beständigkeit zu erfahren. Sie steht verloren auf den Tanzflächen der Clubs und ertappt sich bei einem herzhaften Lachen, während die anderen um sie herum absolut souverän wirken, ganz so als hätten sie schon hunderte bessere Partys erlebt, als langweile sie dieses Geschehen und sie seien bloß aus reiner Gefälligkeit überhaupt anwesend.

Alissa ist ein Mensch, der schon immer die Wiederholung liebt. Sie sieht sich Serien immer so lange an, bis sie die Dialoge der Schauspieler besser mitsprechen kann als diese selbst. Sie weiß einfach gerne wie die Dinge ausgehen. Alissa gehört nicht zu den Menschen die es mögen überrascht zu werden. Sie mochte schon als Kind keine Überraschungseier, denn bei 6 von 7 handelt es sich um eine Enttäuschung. Sie plant ihr Leben bis ins kleinste Detail. Jedes einzelne Detail vermittelt ihr das Gefühl den Überblick behalten zu können und dann, wenn sie alles zusammenfügt, verspürt sie das Gefühl von Kontrolle das sie so dringend benötigt um unbeschadet durch dieses Leben zu wandeln. Die Welt erscheint ihr unüberschaubar und so schafft sie sich jeden Tag einen greifbaren Radius. Doch manchmal kommt es vor, das jenes Wissen über die Zeit und die Welt in der sie lebt sich für einen Moment bündelt und alles erscheint ihr so leicht.
Und dann...
Ganz plötzlich löst es sich auf und verschwindet.

Sie schleppt immer ihren großen in Leder gebundenen Kalender mit sich herum. Darin steht alles, was sie wissen muss

um die Tage zu bestehen. Er ist gefüllt mit Listen denn sie braucht das Gefühl, die zu erledigenden Aufgaben einfach abhaken zu können und dadurch niemals etwas zu vergessen. Unbedacht kommt in ihrem Wortschatz nur bei schlechten Entscheidungen vor. Ansonsten zerdenkt sie sich selbst bis sie nicht mehr bestehen kann.
    Hier.
    Und in der Summe ihrer Teile.

*

    Sie ist in eine kleine Altbauwohnung in Prenzlauer Berg gezogen. Sie mag die hohen mit Stuck verzierten Decken und die Flügeltür, durch die sie auf ihren Balkon gelangen kann. Ihre Einrichtung ist genauso unkompliziert und minimalistisch wie sie selbst. Sie hat sich ein paar Pflanzen in die Wohnung gestellt und ihren Balkon mit Bambusstäben geschmückt, das gibt ihr das Gefühl die Natur nicht gänzlich aus ihrem Leben gestrichen zu haben.
    Sie mag das satte Grün der Wiesen, das sie aus ihrer Heimat kennt und das goldfarbene Braun der Blätter im Herbst. Wann immer sie kann, macht sie sich auf den Weg zum Teufelsberg und genießt einen Moment die Ruhe.

*

    Niemand hätte jemals geglaubt, dass Alissa Karriere in der Modebranche macht. Nicht weil sie Alissa für dumm gehalten hätten oder für nicht zielstrebig genug, doch sie gehörte nie zu den Lipgloss-Mädchen die nur in High Heels die Wohnung verlassen.

Bis zu ihrem zwanzigsten Lebensjahr besaß sie kein einziges Kleid. Sie trug nur Jeans, deren Schnitte schon seit Jahren nicht mehr im Trend lagen. Sie hat sich nichts aus Make-up gemacht oder aus angesagten Frisuren, die ihrer Gesichtsform schmeicheln könnten. Es war eine Zeit in der sie leicht zu übersehen war, für jeden, der bloß dazu bereit ist einen Blick auf die Oberfläche zu werfen. Genauso mochte Alissa es. Sie wollte nicht im Mittelpunkt stehen, sie hätte gar nicht gewusst in welche Richtung sie sich von dort aus hätte bewegen sollen. Sie hätte gar nicht gewusst, wie sie sich im Scheinwerferlicht, der beobachtenden Augen bewegen sollte.

Wenn die Leute sie in einem Gespräch erwähnten, mussten sie Alissa erst mal eine Weile beschreiben. Ein einziges Adjektiv reichte nicht aus. Nichts an Alissa war so einzigartig, dass es sich bei anderen Menschen sofort eingeprägt hat. Doch das hat Alissa nie gestört.

Alissa hat das Talent Gedanken in Worte zu fassen. Das Schreiben lag ihr schon immer. Sie verfasst die schönsten Texte und reiht die bewegendsten Worte aneinander. Das hätte ihr Erkennungsmerkmal sein können. Das Wortmädchen, hätten die Leute dann gesagt. Doch sie hat dieses Talent nicht preisgegeben. Sie hat nicht erwähnt das sie nachts bei eingeschalteten Nachttischlicht Gedichte und Texte verfasst.

Manchmal gleicht ihr Schreiben dem verzweifelten Versuch sich selbst zu verstehen oder zumindest sich selbst zu entkommen. Manchmal, da findet sie genau die richtigen Worte, in genau der richtigen Konstellation und wenn das passiert, fragt sie sich, ob sie bloß vorher bereits alle unpassenden Worte und falschen Verbindungen aufgebraucht hat. Doch so ist es nicht, sie beherrscht die Kunst der lebenden Worte. Das einzige das ihr noch fehlte war das Selbstvertrauen ihre Arbeiten jemanden zu zeigen. Sie hat gehofft, nach dem Studium, bei einer renommierten Tageszeitung ein Volontariat machen zu können. Doch all ihre Bewerbungen blieben unbeantwortet. Für Alissa kam es nicht in Frage einfach bloß einem langweiligen Bürojob nachzugehen. Sie findet es vermessen, die Gefühle und das Befinden von Menschen in Tabellen zu erfassen und für sie waren immer Worte ein Zeichen ihres Daseins und niemals eine Zahl.

Ihre Mutter, das genaue Gegenteil von Alissa, arbeitet als freie Modejournalistin für diverse Frauenmagazine und hat ihr schlussendlich diese Stelle besorgt.

Am Anfang war Alissa nicht begeistert von der Vorstellung in der nächsten Zeit Artikel über Mode und Promis zu schreiben und auch nicht davon nach Berlin zu ziehen. Doch das ein Umzug notwendig sein würde, war ihr schon lange bewusst und das diese Zeitschrift ein Sprungbrett für sie sein könnte wusste sie auch. Alissa hat lange gebraucht um ihre Mutter von ihrem Berufswunsch zu überzeugen. Ihre Mutter war sich nicht sicher, ob ihre kleine Tochter diesem Druck auch wirklich gewachsen ist. Oft legte sie Alissa nahe sich eine Anstellung im Büro zu suchen, vielleicht vorher ein BWL Studium zu absolvieren. Etwas solides. Etwas das mehr Sicherheit bietet und wovon sie auch wirklich jeden Monat ihre Rechnungen bezahlen kann. Doch Alissa setzte sich am Ende durch. Es zerrte an ihren Kräften sich gegen ihre Mutter aufzulehnen, aber schlussendlich wurde sie von ihr unterstützt.

*

Alissa hat immer bloß in diesem Dorf gewohnt, sie war das alles so gewohnt und sie mochte die Gewohnheiten die sie in all der Zeit entwickelt hat. Sie mochte jede der altbekannten Straßen. Es hatte sie hier nie weggezogen. Sie ist nie in die nächst größere Stadt gezogen. Auf dem Land gibt es nicht so viele Ablenkungen. Hier kann man noch ungestört nachdenken. Sie fühlte sich hier frei. Sie braucht die Weiten in die sieh hier blicken kann. Aber nun bot ihr das Dorf nicht mehr genug. Also packte sie kurzerhand ihre Sachen zusammen. Sie überlegte bewusst nicht lange. Sie sagte sofort zu, denn Alissa zupft nicht vorsichtig und langsam an ihren Wurzeln herum und gräbt sie dann sacht aus, sie packt diese einfach und zerrt heftig und unnachgiebig an ihnen, bis sie reißen und sich ihr fügen. Sie mistete nebenbei ihre halbe Wohnung aus. Sie wollte diesen klaren Schnitt, der weh tun wird, der aber ohne eine Narbe zu hinterlassen auch wieder heilt. So ist sie schon immer gewesen. Wenn sie etwas einmal den Rücken zugewendet hat, dann endgültig und unwiderruflich.

Und so trat sie heraus.
Durch die Tür.
Und hinein.

Durch eine zweite.
In ein neues Leben.

*

Natürlich war es am Anfang nicht leicht für sie in dieser neuen Welt zu bestehen. Wenn man anders sein will, als man gewesen ist, dann darf man nicht erwarten das man ein Schlachtfeld hinterlässt auf dem es keine Opfer gibt. In ihrem Dorf, wurden Fleißkärtchen für angepasstes Verhalten verteilt und hier durfte jeder zu sich selber finden und sein wer immer er wollte. Bloß wusste sie nicht ob es ihr gefällt anders zu sein und wenn jeder anders ist, sind doch auch alle wieder gleich und wenn sie Angst vor dem anders sein hat, mit wem soll sie gleich sein, wenn jeder ein Unikat ist, selbst wenn es sich dabei um eine Serienproduktion handelt?

Das Dorfleben klebte an ihr wie Dreck unter den Fingernägeln. Aber Alissa will wachsen. Weit über sich hinaus. Das wollte sie immer schon. Aber dieser verdammte Wachstumsschmerz war heftig. Doch er glich dem von Brennnesseln. Man zieht scharf die Luft ein und wartet darauf das es endlich aufhört. Und wenn der Schmerz dann geht, gleicht es dem Gefühl des Ausatmens.

Ihre Kolleginnen sind elegant gekleidet und wissen genau welche Schnitte zu ihren Figuren passen. Keine der Frauen trägt Turnschuhe und Alissa wurde am Anfang für ihr Aussehen mit schiefen Blicken gestraft. Doch mit der Zeit färbte ihr Arbeitsumfeld auf sie ab. Sie hatte plötzlich Spaß daran Kleidung zu kaufen und auch das gehen auf hohen Schuhen lernte sie erstaunlich schnell.

Alissa vergaß bei all der Veränderung jedoch niemals wer sie ist und so bleibt sie still und in sich ruhend und freundlich zu jedem der ihr begegnet. Sie schätzt noch immer die Natur mehr als einen der stickigen Clubs in die sie ihre Kolleginnen immer mal wieder mitschleppen. Sie bleibt so leise, als würden sie auf Zehenspitzen ihren Lebensweg bestreiten. Elegant und anmutig mit ein bisschen zu wenig Mut um sich selbst sichtbar zu machen.

*

Als Alissa an diesem Tag bei ihrer Arbeit ankommt, liegt der Stress schon schwer wie ein Samtvorhang über ihr in der Luft. Es ist Ende Dezember und die letzten Vorbereitungen für die anstehende Fashion Week haben längst begonnen. Es mussten letzte Termine bestätigt werden, exklusive Treffen mit Designern wurden vereinbart und das vorläufige Layout für die nächste Ausgabe bekommt ebenfalls noch seinen letzten Schliff.

Da sie für ein Volontariat angestellt ist, fungiert sie in dieser Zeit als Mädchen für alles und langsam steigt sie durch das Chaos auf ihrem Schreibtisch nicht mehr durch. Alle ihre Kolleginnen sind im Stress und halten mit ihrer schlechten Laune nicht hinterm Berg, sondern übertragen sie auf das schwächste Glied, welches eben Alissa augenblicklich ist.

Mittags ist sie bereits den Tränen nahe und sehnt sich nach dem Feierabend. Doch der rückt Stunde um Stunde immer weiter nach hinten, genauso wie schon in den vergangen Tagen, in denen sie ebenfalls den salzigen Geschmack von Tränen ganz hinten in ihrem Hals schmecken konnte. Doch Alissa ist stärker als man auf den ersten Blick vermuten würde. Sie weiß wie oft sie schlucken und tief ein und aus atmen muss um wieder ruhiger zu werden. Schlussendlich erhält sie den Überblick immer zurück.

Patentrezept:
12 Mal Schlucken.
36 Mal Ein- und Ausatmen.

Bei Risiken und Nebenwirkungen fragen Sie Ihren Arzt oder Apotheker.

Weit nach 21:00 Uhr fährt sie endlich den Rechner herunter und verlässt eilig das Büro um nicht doch noch, auf den letzten Metern, mit neuen Aufgaben überschüttet zu werden.

Seitdem sie bei dem Magazin angefangen hat, verbringt sie mehr Zeit mit Akten sortieren, Kaffee kochen und Botendiensten als mit schreiben. Das gehört zum Job hatte sie gesagt bekommen und auch in den Foren hatte sie das oft gelesen, was das jedoch bedeutet merkt sie erst jetzt. Ihr fehlt das Schreiben und wenn sie abends nach Hause kommt, ist sie zu müde um noch etwas eigenes bloß für sich zu verfassen.

Nach diesem katastrophalen Tag, kann Alissa sich nicht dazu aufraffen gleich in ihre leere Wohnung zu gehen, um mit den Wänden um die Wette zu schweigen und so macht sie sich auf den Weg in ihre Stammbar. Hier verbringt sie so einige Abende und mit einigen der Kellnern versteht sie sich sehr gut.

Alissa ist es noch nie schwer gefallen sich alleine irgendwo hinzusetzen. Sie mag es alleine zu sein und in Ruhe über dieses und jenes nachzudenken oder mit Fremden interessante Gespräche zu führen.

Als sie in der Bar eintrifft kennt sie jedoch keinen der Kellner, die heute arbeiteten, und es gibt auch keine freien Plätze mehr. Sie will schon fast wieder gehen, aber ihr tun die Füße weh und die Vorstellung unter Menschen zu sein gefällt ihr besser als sich auf den Heimweg zu machen. Am Ende entscheidet sie sich dafür einen jungen Mann nach dem freien Platz neben ihm zu fragen.

Der Mann nickt und sagt:

>>Eigentlich bin ich hier verabredet, aber das war vor einer halben Stunde, ich denke nicht das meine Begleitung noch kommt, also setz dich gerne, ich freue mich über Gesellschaft.<<

Erneut stellt Alissa fest, wie leicht es ist in Berlin neue Menschen kennenzulernen. In ihrer Heimatstadt ist ihr das deutlich schwerer gefallen und sie weiß nicht ob das an ihr lag oder an den Menschen, die lieber unter sich bleiben wollten. Hier jedenfalls bleibt sie nie lange alleine, auch wenn es sich bei den meisten Bekanntschaften bloß um einmalige Gesprächspartner handelt. Denn auch das hat sie gelernt, in dieser Stadt wechseln nicht nur Cafés, Bars und Läden schnell ihren Besitzer, sondern auch die Menschen leben hier ein unbeständigeres Leben als das welches sie gewohnt ist.

Der Mann neben ihr, stellt sich als Elias vor. Er hat blonde Haare und Sommersprossen die sich um seine Nase kräuseln. Er ist groß und sein Lächeln wirkt verschmitzt. Sie verstehen sich auf Anhieb.

Elias sagt, dass er eigentlich gerade gehen wollte, als sie zu ihm an den Tisch kam, weil man doch niemals länger als eine halbe Stunde auf sein Date warten sollte, wenn dieses sich nicht einmal per SMS meldet, dass es später wird. Alissa erzählte ihm, dass sie eigentlich gar nicht erst rein kommen wollte, weil es für einen Mittwoch Abend ungewöhnlich voll ist. Beide lachten und waren sich einig, dass muss Schicksal sein.

Der Abend wurde später und später und Alissa betritt erst weit nach zwei Uhr früh ihre Wohnung. Sie weiß, dass sie auf der Arbeit nun völlig übermüdet sein wird, aber sie weiß auch, dass sie die Entscheidung so lange mit Elias geredet zu haben, nicht bereut. Vielleicht gehört er zu den wenigen Menschen hier, mit denen es nicht bei einem einmaligen Gespräch bleibt. Insgeheim hofft sie sehr auf eine Wiederholung. Kurz bevor sie endlich einschläft holt sie sich noch einmal Elias verschmitztes Grinsen ins Gedächtnis und während sie daran denkt, ertappt sie sich selbst beim Lächeln.

Obwohl Alissa nun schon seit zwei Monaten in Berlin wohnt und sie bereits viele Menschen kennengelernt hat, haben sich daraus noch keine Freundschaften entwickelt. Niemand scheint ihr ähnlich zu sein und keiner kam ihr bisher nahe. In dem Moment in dem sie Elias kennengelernt hat, fühlte sie sofort dieses Band das einen auf magische Weise verbindet und das man niemals wieder ganz loswerden kann.

Auch er liebt die Natur, genauso wie sie. Elias lebt schon sein ganzes Leben in dieser Stadt und hat versprochen ihr in den nächsten Wochen die schönsten Ecken Berlins zu zeigen. Doch Alissa weiß, nicht jedes Wort wird gehalten und manche Menschen sind bloß zu höflich um sich einzugestehen, dass es bei einem einzigen Abend bleiben wird und so hofft sie einfach auf die Ehrlichkeit hinter seinem Versprechen.

Elias hat diese selbstbewusste Art, die nicht einschüchternd, aber doch sehr imponierend ist. Er ist drei Jahre älter als sie selbst und macht irgendetwas mit Versicherungen, so ganz genau hat sie das nicht verstanden, sie war zu abgelenkt von seiner Ausstrahlung und seinen Augen, die er nicht von ihr abgewendet hat.

*

Auf der Arbeit ist sie wie befürchtet unkonzentriert, dieser Mann geht ihr einfach nicht mehr aus dem Kopf. Immer wieder schieben sich die Bilder des letzten Abends in ihre Erinnerung. Einmal hat er ganz kurz ihre Hand gestreift und zum Abschied hat er sie eindeutig einen Moment zu lange umarmt, oder glaubte sie das bloß, weil sie sich wünscht das es so gewesen ist? Sie wiederholt immer und immer wieder die Sätze die er zu ihr gesagt hat, solange bis sie jedes Wort aus seinem Zusammenhang gezerrt hat.

Alissa war schon immer eine haltlose Romantikerin. Schon in der Schulzeit liebte sie die Zeit der Schwärmereien. Sie mag das kribbeln im Bauch und die schweifenden Gedanken. Geliebt hat sie jedoch bisher noch keinen Mann. Also, niemals so richtig. Sie hatte zwei oder drei Ex-Freunde, je nachdem was man dazu zählt und was nicht, aber eigentlich wartet sie bloß auf diesen einen Mann. Diesen Mann, der ihre gesamte Welt aus den Angeln hebt und sie nicht fallen lässt. Sie hat den Traum von fremden Armen, die ihr die Sicherheit geben können, abzuheben und wirklich auf Wolken zu schweben. Bisher fühlte sie sich bei den meisten Männern immer eher wie ein Pronomen. Immer bloß das für jemanden, immer nur der kleine Begleiter des großen Ganzen. Sie weiß wie kitschig das klingt, aber das ändert rein gar nichts an der Tatsache.

Elias hat ihr eine Nachricht geschickt und will sie tatsächlich heute Abend wieder treffen. Alissas Herz schlägt ihr bis zum Hals. Sie musste die Nachricht dreimal lesen, bevor sie glauben konnte, dass sie ihn noch heute wiedersehen wird. Seitdem fiebert sie, wie ein Teenager, dem Feierabend entgegen und kann es kaum erwarten endlich Feierabend zu machen.

Als sie schnell zurück zu ihrer Wohnung fährt um sich etwas anderes anzuziehen entscheidet sie sich für ein elegantes rotes Kleid, dass zu ihren roten Haaren passt. Sie hat gelernt das es Rottöne gibt die rothaarigen Frauen ausgezeichnet stehen und dieses Wissen nutzt sie seitdem für sich. Schnell zieht sie sich noch eben die Lippen nach, bevor sie sich auf dem Weg zu dem Restaurant macht. Die Ecke von Berlin kennt sie noch nicht, aber er hatte ihr eine genaue Wegbeschreibung geschickt.

Aus einiger Entfernung erkennt sie bereits den kleinen Italiener. Der muss es sein. Als sie das Restaurant betritt, fallen ihr als erstes die hübschen Kerzenhalter auf den Tischen auf, die auf rot-weiß karierten Deckchen stehen. Alles wirkt sehr einladend und gemütlich. Der Kellner begrüßt sie am Eingang und führt sie direkt zu dem Tisch, an dem er bereits auf sie wartet. Elias bestellt einen Rotwein ohne Alissa zu fragen was sie trinken will, ihr gefällt seine Entschlossenheit und als sie anstoßen stellte sie fest, dass sie keine bessere Wahl hätte treffen können.

Alissa merkt wie sie Elias die ganze Zeit über anlächelt und wird kurz rot. Das gedämpfte Kerzenlicht verdeckt ihre Verlegenheit zum Glück und schnell sind sie wieder in ein tiefes Gespräch vertieft. Alissa merkt wie aus einer anfänglichen Schwärmerei eine kleine Verliebtheit wird und auch Elias hat es das rothaarige Mädchen angetan.

Nach einem entspannten Essen bringt Elias, ganz der Gentleman, sie nach Hause. Vor der Tür verabschieden sie sich herzlich und verabreden sich für den nächsten Samstag. Dieses Mal schlägt Alissa den Treffpunkt vor. Ein bisschen hoffte sie darauf, dass er sie küsst. Sie schaute ihm extra erst in die Augen und dann auf die Lippen und dann erneut in seine Augen, so wie das immer in diesen dämlichen Frauenmagazinen steht, doch Elias ging nicht darauf ein. Seine Lippen sahen so weich und einladend aus und als sie die Tür hinter sich schließt, machte sie eine leichte Enttäuschung in ihr breit, aber nur kurz, denn diese Vorfreude wird sie nach ihrem ersten Kuss nie wieder auf diese Art verspüren.

Die Sonne scheint warm auf Alissas nackte Schultern. Beschwingt geht sie die Straßen entlang. Sie ist früh dran und genießt den Weg. Sie ist froh etwas wieder zu erkennen, denn so besonders gut kennt sie sich noch immer nicht aus. Sie hat sich mit Elias in einem gemütlichen Café am Rosenthaler Platz verabredet. Das hat sie auf ihren ersten Streifzügen durch Berlin gleich in der ersten Woche entdeckt, und seitdem ist es für sie zu einer Art Ritual geworden, Samstag Nachmittags dort einen der selbstgebackenen Kuchen zu essen.

Es ist eines von den Cafés die ein bisschen aussehen wie das Wohnzimmer von ihrer Oma. Alte Möbel, alles ein bisschen willkürlich zusammengewürfelt, über Jahre hinweg gesammelt. Es gibt niedliche Platzdecken auf den Tischen und es riechst himmlisch nach frischem Teig. Die Kuchen sind alle alte Familienrezepte und erinnern Alissa daran, wie ihre Oma früher für sie immer gebacken hat, wenn sie zu Besuch kam.

Alissa freut sich Elias einen kleinen Teil von dem zu zeigen, was sie an Berlin bereits lieb gewonnen hat. Sie bestellen sich jeder ein Stück Kuchen und tauschen ihn nach der Hälfte aus. Mit Elias hier zu sitzen fühlt sich genau richtig an, als wäre dieser Ort bloß für sie beide entstanden.

Nachdem sie aufgegessen haben, schlägt Elias vor gemeinsam zum Lietzensee zu fahren. Dort hat er schon als Kind gerne seine Zeit verbracht. Alissa hat bisher bloß von dem Lietzensee Park gehört, hatte aber bisher noch keine Gelegenheit ihn zu besuchen. Sie harkt sich bei ihm unter und gemeinsam laufen sie zur nächsten Bahnstation.

Der Park ist einer der schönsten den sie bisher gesehen hat und die Sonne bringt das Gras zum glänzen. Arm in Arm schlendern sie am See entlang und zum ersten Mal fühlt Alissa sich angekommen in der Fremde und auch Elias gefällt es wie er sich in Alissas Anwesenheit fühlt. Als sie keine Lust mehr haben weiter zu laufen, legen sie sich in das warme Gras und beobachten die Schwäne, die über das Wasser gleiten. Sie liegen dicht beieinander. Kopf an Kopf und blicken sich beim reden so tief in die Augen, dass Alissa das Gefühl hat darin zu ertrinken.

Elias lehnte sich zu Alissa hinüber und für einen Moment scheint die Zeit und alles um sie herum stehen zu bleiben. Er berührt sanft ihr Gesicht und auch er versinkt noch ein bisschen mehr in ihrem Blick. Beide haben das Bedürfnis diesen Moment, den Moment vor dem ersten Kuss, diesen wunderschönen Zwischenraum noch einen Augenblick zu bewahren. Noch einen weiteren Moment inne zu halten. Denn was ist schöner als der Augenblick vor dem ersten Kuss, der Moment an den man sich noch Jahre später zurückerinnern wird und der nie wieder zurückkehren kann, denn es gibt bloß diesen einzigen ersten Kuss.

Ein paar Sekunden schaffen sie es zu verharren und dann durchdringen sie den Raum. Es war einer von diesen Küssen die einen schwindlig werden lassen und von denen man hofft sie würden niemals enden. Das ist diese Art von Erinnerung, die unumstößlich im bestreben ist einen auch durch jene Tage zu tragen, die kaum zu ertragen sind. Das weiß Alissa bereits nachdem der Moment an ihr vorüber geschritten ist.

Der Tag am See ging viel zu schnell vorbei, aber beide hatten Angst, dieses Band zwischen ihnen durch Eile zu zerstören. Sie wollen etwas besonderes zueinander aufbauen. Eine Bindung die nicht so leicht zu durchbrechen ist. Und so fahren sie, nicht ohne eine unausgesprochene Wehmut, beide in ihre eigenen Wohnungen.

*

Die Tage vergehen und sie näherten sich immer weiter an. Alissa hat bereits die Bestandsprobe bei seinen Freunden überstanden, die sie sofort in ihr Herz schlossen.

Als sie sich für diesen Tag verabredeten beschließen sie zum ersten Mal beieinander zu übernachten. Sie ist aufgeregt und freut sich schon den ganzen Tag darauf.

Als sie bei ihm vor der Tür steht, hat sie das Gefühl das ihr Herz so laut klopft, dass Elias es hören müsste. Er öffnet ihr die Tür und sie betritt den Flur. Seine Wohnung ist etwas halbherzig eingerichtet. Ein einfaches Sofa und davor ein weißer Holztisch, wie sie ihn erst vor kurzem bei Ikea gesehen hat. Auf dem Boden steht ein Fernseher und daneben türmten sich Stapelweise DVDs. Allgemein scheint er nicht viel von Schränken zu halten. Sie sind quasi nicht existent. Regalbretter sind in dieser Wohnung das höchste der Gefühle. Doch es wirkt alles sehr gemütlich, trotz des kahlen Einrichtungsstils.

Sie bestellen Pizza und schauen sich gemeinsam einen Film an. Sie sitzen mit dem Rücken an die Sofakante gelehnt auf dem weichen Teppich, auf dem Boden. Es herrscht ein Gefühl zwischen ihnen, das nur bei liebenden entsteht. Es fühlt sich an wie zu Hause sein, an einem ihr bis heute fremden Ort. Es ist wie das Ankommen nach einer langen Reise, von der man das Ziel bisher noch nicht kannte. Sie sind sich so nahe, das zwischen ihnen keine Lücke bleibt, gefühlt und wahrhaftig.

Sie küssen sich und dann wurde aus einem Kuss Leidenschaft und sie schlafen das erste Mal miteinander. Sie brauchen keine Kerzen und keine Rosenblätter. Sie brauchen keine Ich-liebe-dichs die er über ihren nackten Körper hinweg haucht. Es ist purer Sex, voller Leidenschaft und grober Lust. Er nimmt sich was er will ohne auch nur für einen Moment zu vergessen, wie es für sie besonders gut sein könnte. Er ist in ihren Augen der perfekte Liebhaber. Sie hatte natürlich schon vor ihm Sex, doch das war bisher im Vergleich zu heute, die reinste Enttäuschung.

Nachdem sie verschwitzt und außer Atmen nebeneinander liegen, weiß sie, dass sie genau den richtigen Mann an ihrer Seite gefunden hat und auch er weiß, dass er diese Frau nicht mehr gehen lassen will.

Mühsam steht Elias auf und holt seine Daunendecke aus dem Schlafzimmer er breitet sie unter ihnen auf dem Boden aus und holt die beiden Weingläser zu ihnen herüber. Sie zündet ihnen beiden eine Zigarette an und blickt zufrieden durch das hohe Fenster hinaus in den Nachthimmel und denkt, dieser Moment ist einer von den perfekten, an die man sich an schlechten Tagen erinnern kann um zu begreifen, wie großartig dieses Leben ist.

Elias fragte Alissa:

»wenn du die Wahl hättest für einen Tag jemand anderer zu sein, wer würdest du sein wollen?«

»Fingerspitzen«, sagt sie leise und wurde sofort rot. Elias blickt sie irritiert an.

»Ich habe eher damit gerechnet, das du mir den Namen eines Superstars nennst oder wenigstens sagst, dass du gerne mal für einen Tag ein Mann wärst oder so etwas.«

Aber Alissa ist gerne sie selbst und sie will nicht tauschen. Sie sagt: »Ich will meine Fehler nicht gegen andere tauschen, ich will lieber meine Probleme lösen als die der anderen. Ich will mein Lachen behalten und ich bin verdammt gerne eine Frau und ich will nicht wissen wie Männer ticken, wo bleibt denn dann der Spaß daran, dich jeden Tag aufs neue zu entdecken?

Nein, wenn ich die Wahl hätte, dann wäre ich gerne für einen Tag Fingerspitzen, ich bin mir sicher sie können mir von den schönsten Momenten erzählen und von den beeindruckendsten Reisen.

Ich würde sehen, wie sie langsam an deiner Haut hinunter gleiten und dich ganz sanft und manchmal auch fordernd berühren, sie könnten mir von all dem erzählen, was mir an dir noch gar nicht aufgefallen ist, von all den versteckten Winkeln. Sie könnten mir Dinge auf eine ganz neue, viel zartere Weise zeigen.

Plötzlich wären selbst die simpelsten Sachen viel spannender. Sie würden davon erzählen, wie ich sie über die Tastatur meines Laptops tanzen lasse und ob ihnen der Takt gefällt oder ob es ihnen zu schnell und manchmal zu stoppend ist. Meine Fingerspitzen könnten von dir und von mir erzählen und von einer ganzen Welt, die ich so noch nie gespürt habe. Sie kennen eine Perspektive über die ich noch nicht einmal nachgedacht habe. Sie kennen Wahrheiten, die ich mir nicht einmal selbst erzähle, nicht mal in flüsternden Gedanken. Fingerspitzen erzählen von Liebe und von Hass und von dem Leben und davon was es bedeutet tatsächlich einzigartig zu sein und sich nicht nur dafür zu halten und am Ende doch so zu sein wie jeder andere.

Sie können Geschichten von Morden an unschuldigen Fliegen erzählen und ob sie sich deswegen schuldig fühlen. Sie können mir Geschichten davon erzählen wie du den rohen Kuchenteig von ihnen abgeleckt hast und wie du sie gehalten hast und meine Welt plötzlich aufgehört hat zu schwanken.<<

Alle das erzählt sie ihm und er nimmt ihre Hände in seine und küsst jede einzelne ihrer Fingerspitzen und sagt danach lächelnd: >>Damit sie dir noch ein paar andere schöne Geschichten erzählen können.<<

*

Die Monate mit Elias vergehen wie im Flug. Alissa hat das Gefühl den perfekten Begleiter in ihrem neuen Großstadtleben gefunden zu haben. Mit ihm fühlt diese Fremde sich endlich wie Heimat an. Sie verbringen so viel Zeit wie möglich miteinander und sprechen viel über alles was sie gerade bewegt. Er ist witzig und charmant und sie liebt sein Lachen, wenn er einen Witz erzählt. Seine immerwährende Geborgenheit ist das reinste seiner Liebe für sie. Alissa übernachtet fast jedes Wochenende bei ihm, bloß unter der Woche wird es bei ihr häufig so spät das sie zu sich nach Hause geht.

*

Ein Jahr vergeht und dann ein weiteres und und ihre anfänglichen noch so tiefgreifenden Gespräche und der wilde Sex nehmen mit jedem Monat schleichend ab. Alissa lauscht bedächtig den immer weniger werdenden Worten zwischen ihnen. Es ist kein Bruch eher ein davonrutschen. Ihre Liebe ist seit langem bloß noch ein vor sich hinplätschernder Niederfall und schon seit Ewigkeiten kein Sturzregen oder ein Sommergewitter mehr.

Alissa ist die ganze Zeit sehr eingespannt bei dem Magazin und auch Elias muss viel arbeiten. Es wird immer schwieriger genügend Zeit für den anderen zu finden. Nach dem anfänglichen Stress zur Fashion Week folgte gleich der nächste und dann wieder der nächste.

Alissa dachte anfänglich, dass auch wieder ruhigere Zeiten kommen würden, doch immer wenn es bei ihr einigermaßen erträglich war, schien bei Elias das reinste Chaos auszubrechen. Sie geraten mittlerweile häufiger in Streit über ihre Situation. Elias wird immer eifersüchtiger und Alissa grenzt sich von ihm ab. Sie ignoriert seine Worte und ihre passiv-aggressive Art macht ihn wütend auf eine stille Weise die keine Worte benötigt. Seine Blicke sprechen Bände. Doch es gibt Momente da bricht diese Wut aus ihm heraus. Einmal sagte er zu ihr:

»Verdammt, deine Ohren sind doch nicht bloß dafür da, dass du Ohrringe durch sie hindurch steckst. Jetzt hör mir endlich zu!«

In den darauffolgenden Monaten zog eine Stille bei ihnen ein, die nichts mit dem wohligen Schweigen vom Anfang zu tun hatte. Noch klammern sich ihre Herzen unbeugsam aneinander und überbrücken damit jedes verloren gegangene Wort. Doch irgendwann stürzen sämtliche Brücken ein. Sie laufen nicht mehr nebeneinander durch die Zeit, sondern bloß noch gelegentlich und zufällig ineinander. Niemand braucht mehr etwas zu sagen, denn beide kennen den Text des anderen bereits in- und auswendig. Sein Schweigen ätzt ihr Löcher ins Gehirn und ihr nervöses Gerede, um die Stille zu durchbrechen, treibt ihn in den Wahnsinn. Ihre Berührungen in dieser Zeit hatten nichts mehr mit Zärtlichkeit zu tun, sie gleichen eher Kollateralschäden.

Alissa geht nun häufiger allein zum Teufelsberg und zum Lietzensee und Elias trifft sich oft ohne sie mit seinen Freunden.

Vielleicht hätten sie diese Hürde überwinden können, wenn sie den Beginn von diesem voneinander wegrutschen gespürt hätten, aber zum Spüren braucht man Ruhe um das knacken zu hören, um das reißen des Herzens auch wahrzunehmen, doch als die beiden das reißen und knacken nicht mehr ignorieren konnten, war der Bruch zu tief und das Herz schon zu weit gerissen.

Alissa hat sich so sehr an die Anwesenheit von Elias gewöhnt und auch sein Schweigen mit zusammengepressten

Lippen ist ihr so bekannt, dass sie nicht mehr weiß wie es ohne ihn sein könnte.

Elias hatte sich so an ihren Geruch gewöhnt, der für ihn immer etwas von Geborgenheit hatte, dass er ihm fehlt, wenn sie weg ist, aber sobald sie anwesend ist, macht sie ihn wahnsinnig.

Am Anfang fand er ihre wirren Gedanken noch niedlich und es reizte ihn sie zu durchdringen, aber mit der Zeit wäre ihm eine Frau die unkomplizierter ist lieber gewesen. Er hat es so satt, wie sie immer so in sich versunken aus dem Fenster starrt, als wäre da etwas für das er blind ist.

Sie hasst es mit jedem Tag mehr, dass er seine Socken immer überall in ihrer Wohnung verteilt und das er sein Geschirr niemals in die Spülmaschine räumt.

Er findet ihre anschmiegsame Art schon lange nicht mehr süß, er fühlt sich von ihr in die Ecke gedrängt und dann denkt er manchmal darüber nach, dass manche Beziehungen durch Unfälle passieren.

Immer häufiger fragt er sich wie sein Leben verlaufen wäre, wenn ihn sein Date damals nicht versetzt hätte und auch Alissa fragt sich manchmal, wie diese Zeit verlaufen wäre, wenn sie an diesem einen Abend einfach nach Hause gegangen wäre.

Alissa will eine Beziehung zwischen Romantikkomödie und Porno, doch mittlerweile führen sie eine Beziehung aus der Mischung eines Dramas und einer Tragödie.

Manchmal ist Alissa traurig darüber wie schnell sich diese schöne Verbindung in etwas verwandelt hat, dessen Rettung sie sich nicht sicher ist, ob es die Mühe wert ist. Und auch Elias fragt sich, wie diese Beziehung so schnell in eine so banale Richtung verlaufen konnte. Beide empfinden sich mittlerweile als so nervig, wie die Webseiten die beim aufrufen einen blöden Song abspielen.

Alissa schläft nun immer häufiger wieder in ihrer eigenen Wohnung. Ohne Elias. Elias ist dann froh, dass er dem Schweigen mit ihr entgehen kann und Alissa ist froh, sein wegdrehen von ihr nicht aushalten zu müssen.

Beide wissen, dass sie sich auch einfach voneinander trennen könnten und das dieser Akt der Trennung von Respekt für den anderen zeugen würde, doch keiner will derjenige sein, der den letzten Punkt hinter ihre Geschichte setzt und so gehen sie weiterhin jeden Samstag in das kleine Café und feiern noch eine Weile ihren Monatstag bei dem netten Italiener, bei dem sie ihr erstes richtiges Date hatten.

Und manchmal, wenn sie sich nicht ganz so nervig finden haben sie auch noch Sex. Und an Tagen, an denen sie sich noch mehr auf die Nerven gehen, als an anderen Tagen, haben sie richtig guten Sex. Diese Art von Sex die schon bedrohlich nahe an Gewalt grenzt. Es geht dann nicht darum Nähe zu erzeugen, sondern sich von dem anderen abzugrenzen, seine Grenzen aufzuzeigen und die des anderen zu durchbrechen, natürlich niemals weiter als der andere es schlussendlich doch zulässt.

Aber danach legt Elias für Alissa schon lange keine Decke mehr auf den Wohnzimmerboden um gemeinsam durch das Fenster den Himmel zu beobachten und sie zündet ihm auch kein Zigarette mehr an, sondern geht lieber gleich duschen und manchmal verlässt sie auch wortlos diese Wohnung, die auch einmal so etwas wie ihr zu Hause gewesen ist. Es scheint so, als wären sie beide plötzlich Deckel aber niemand von ihnen der Topf, in dem sie hätten kochen können, Suppe zum Beispiel, die sie dann gemeinsam ausgelöffelt hätten.

*

Es dauert ein langes und vor allem sehr anstrengendes halbes Jahr bis Elias es satt hat um Alissa herumzuschleichen. Er zieht die Reißleine zu einem Fallschirm der schon viel zu nahe über dem Boden schwebt um tatsächlich noch eine vollständige Rettung vor dem endgültigen Fall garantieren zu können. Langsam versteht Elias, dass man lernen muss zu schweigen, wenn kein Wort an das heranreicht, was man zu sagen hat und zu gehen, wenn der einzige Grund zu bleiben die Gewohnheit ist. Ihre Liebe zueinander ist mittlerweile am besten mit der Rente zu vergleichen, sie haben beide Monat für Monat eingezahlt, aber nun bekommen sie kaum noch etwas zurück. Selbst der Sommer ist bereits im Aufbruch und sowohl Alissa als auch Elias wissen, dass sie sich ebenfalls in einer immerwährenden Aufbruchstimmung befinden.

Alissa zuckt nicht einmal zusammen als er ihr erklärt, dass er sich von ihr trennen will. Sie weint nicht und schreit auch nicht. Sie bittet ihn nicht darum zu bleiben.

Sie bleibt seelenruhig und sammelt mit einer beängstigenden Gelassenheit seine Sachen zusammen, die er noch bei ihr zurückgelassen hat. Sie füllen einen kleinen Schuhkarton. Sie weiß, der Karton mit ihren Sachen bei ihm wird größer sein, da sie die meiste Zeit bei ihm verbracht haben. Sie weiß, dass ihre Abwesenheit in seiner Wohnung mehr Gewicht haben wird als seine in der ihren, denn die Tage an denen er bei ihr war, hätte sie noch zählen können. Sie denkt:

\>\>Kannst du nicht einfach gehen? Jetzt. Zur Tür raus, zu dir oder in den Urlaub, zu einem Ort den ich nicht kenne und an dem ich dich nicht finden kann? Kannst du nicht einfach damit aufhören mich so fragend anzusehen? Kannst du nicht einfach aufhören, mir diesen letzten Funken Hoffnung entgegen zu schleudern? Ich werde ihn nicht empfangen und schon gar nicht ein weiteres Mal entfachen. Bitte, dort ist die Tür, bitte, lass mich hier. Ohne dich.\<\<

Als er endlich geht, klingt das schließen der Tür wie ein erleichtertes seufzen. Alissa lässt sich auf ihr Sofa fallen. Sein Geruch sitzt noch gemütlich neben ihr. Sein Parfüm sitzt einfach bloß da und lässt sie die Luft anhalten.
Ein tödliches Spiel.
Und kurz vor dem Ende.
Springt es auf und verduftet.

Es ist spät geworden und an diesem Abend legt sie sich in ihr eigenes Bett und atmet das erste Mal seit langer Zeit wieder richtig aus und dann beginnt sie zu weinen. Eine Stunde, dann zwei und am Ende die ganze Nacht lang. Kein Abschied gleicht dem anderen. Ein jeder hinterlässt etwas. Manchmal ein erleichtertes ausatmen und manchmal ein gebrochenes

Herz. Und ja, manchmal auch eine unangenehme Mischung aus beidem.

Diese Zeit nach dieser Zeit macht ihr Angst.

Mit roten Augen und rasenden Kopfschmerzen erwacht sie am nächsten Morgen. Sie hat Halsschmerzen, wie diese die man nach guten Partys hat. Sie kündigen keine Erkältung an, bloß zu viele Zigaretten. Aber gestern war ein Tag unter der Woche und sie war alleine und die Halsschmerzen bezeugen bloß ihre Unfähigkeit ihre Nerven ohne Gift zu betäuben um dem Schmerz zu entfliehen.

Vollkommen gerädert machte sie sich auf den Weg zur Arbeit. Der letzte Rest der Hochsommerhitze flimmert über den asphaltierten Straßen, doch ihr ist kalt.

Bis aufs Fleisch.

Und bis zu jedem einzelnen Knochen.

Sie ist an diesem Tag bloß körperlich anwesend. Ein Teil von ihr scheint ab dem Moment der Trennung abhanden gekommen zu sein und plötzlich fällt ihr das Atmen schwer und von dem guten Gefühl des Ausatmens ist nichts mehr übrig geblieben. Jeder muss irgendwann wieder einatmen. In ihr befindet sich eine Leere, die sie weder beschreiben, noch füllen, noch ertragen kann.

Der nächste Tag ist ein Samstag und sie macht sich alleine auf den Weg zu ihrem Stammcafé irgendwie hofft sie darauf ihn dort zu treffen, aber er ist nicht da. Ihr Wunsch ist ein verzehren nach der alten Gewohnheit. Ihr Kopf weiß das, doch ihr Herz, dieses verräterische Stück will es nicht begreifen.

Ihre Hände zittern als sie die Tasse an ihre Lippen führt. Auf den Kuchen verzichtet sie heute. Sie hat seit Tagen nichts richtiges runter bekommen. Ihr Hals scheint noch immer wie zugeschnürt zu sein. Sie überlegt kurz ob sie nächste Woche an ihrem Monatstag zu dem kleinen Italiener gehen soll, aber dann entscheidet sie sich dagegen. Das war vorher einer seiner Lieblingsplätze und dieser hier ihrer. Er hat beschlossen ihn ihr zu überlassen und so würde sie Elias das Restaurant zurückgeben. Nur den Lietzensee würde sie weiterhin besuchen, aber der ist auch groß genug um ihm aus dem Weg zu gehen und so oft waren sie in letzter Zeit ohnehin nicht gemeinsam dort.

Von ihrer eigenen Melancholie getrieben, macht sie sich am Sonntag auf den Weg dorthin. Sie sitzt gedankenverloren an den Baumstamm gelehnt, unter dem sie sich damals zum ersten Mal geküsst haben. Die Stille die sie in diesem Moment umgibt fühlt sich ohne ihn anders an. Als würde sie ganz tief in ihr drin widerhallen und immer weiter in sie eindringen. Bis sie jede Zelle vereinnahmt hat. Sie kramt nach einem Blatt Papier in ihrer Tasche.

Eigentlich schreibt Alissa nicht so gerne über die Liebe. Sie ist doch etwas, dass man vor allem spüren und nicht lesen sollte. Aber ab und an verflucht sie die Liebe, so wie in diesem Moment und das konnte sie schon immer am besten mit Stift und Papier. Alissa redet in Gedanken mit sich selbst:

>>Schreib dir diese Liebe von der Seele die dich nicht will und die du selbst doch eigentlich auch längst nicht mehr wolltest. Schreib dir die letzte Nacht die ihr miteinander verbracht habt und die noch in deinem Körper hockt ab und das Gestern ganz allgemein und das morgen ohne ihn im speziellen sowieso.<<

Genauso ungern wie über die Liebe schreibt sie auch über sich selbst, denn sie weiß ganz genau, über sich selbst zu schreiben ist nicht dasselbe, wie ehrlich zu sich selbst zu sein. Und trotzdem gibt sie sich in diesem Moment den Zeilen hin und schreibt über sich und die Liebe und vertauscht ein paar Details für ihr eigenes Seelenheil.

Alissa spürt, wie schwer ihr diese Trennung fällt. Dabei wäre Alissa auch gerne einer dieser Menschen, einer von denen die nach einer Trennung sagen, ist mir egal, den Kopf aufrichten und weiter geradeaus durch ihr Leben laufen. Einer von denen die es tatsächlich so meinen und nicht heimlich, wenn niemand zusieht sich doch immer wieder umdrehen.

Sie würde auch gerne nach so einem Schlag einfach morgens ihren Kaffee aufsetzen und sich selbst auch und nicht daran denken wie Elias immer neben ihr gestanden hat und nicht ständig neben sich selbst stehen, wenn sie ein Lied im Radio hört, dass auch zu der Zeit gespielt wurde als sie noch im selben Team spielten.

Sie wäre wirklich gerne so ein Mensch der loslassen kann. Alissa kann auch manches gut loslassen so ist es nicht. Den Kaffeebecher morgens zum Beispiel, immer dann wenn sie erneut feststellt, dass sie eben nicht zu den egalen Menschen gehört. Diese Geschichte mit Elias kann sie jedoch nicht einfach loslassen.

Er hat sie fallen gelassen und natürlich weiß sie, dass sie auch losgelassen hat, aber das Gefühl zu tief gefallen zu sein, bleibt trotzdem in ihr bestehen. Blöd gelaufen, das weiß sie selbst nur zu genau.

Sie würde gerne daran glauben, dass Zeit alle Wunden heilt und Gras über diese Sache wächst. Sie hat das Gras dann aber doch lieber auf einer der Modepartys geraucht und es nach ein paar Zügen wieder sein gelassen, weil es ja doch nicht hilft und ihr die Zeit dadurch so langsam vorkam und sie dann nicht schnell genug all die Blessuren in ihrem Herzen heilen kann.

Alissa wünscht sich nichts sehnlicher als ein Blattpapier, schneeweiß und rein auf dem sie ihren Anfang und vor allem ihr gemeines Ende neu schreiben kann. Dann würde sie Enden. Mit großen Lettern und einem HAPPY END.

Alissa wäre wirklich lieber jemand, der sich eine Trennung nicht so sehr zu Herzen nimmt, der mit voller Überzeugung sagt: >>du bist schuld an all dem!<<, aber sie fragt sich immer nur, was sie falsch gemacht hat, was hat sie getan, dass er sie heute nicht mehr lieben kann und vor allem warum sie Elias nicht mehr lieben kann? Es kann doch nicht bloß an ihm liegen oder? Denn wenn das so wäre, würde sie jetzt nicht so leiden und ihn nicht mehr lieben, er sie dafür aber schon, doch so ist es nicht. Alissa weiß, Schuldzuweisungen sind nichts weiter als ein lächerliches Versteckspiel.

Sie liegt lieber hier, unfähig weiterzugehen, unter den Baum mit all den alten Erinnerungen rum und stellt sich vor, wie einfach es wäre, ein anderer Mensch mit einem ihr völlig unbekannten Gefühlshaushalt zu sein.

Aber wahrscheinlich gibt es diese Menschen nicht, Menschen denen tatsächlich alles egal ist und mit Sicherheit glaubt niemand diese albernen tröstenden Worte und ganz sicher ist Alissa keine Ausnahme, denn wer liebt und nicht mehr geliebt wird leidet und wer geliebt hat und nun nicht mehr, leidet ebenso und deswegen leidet sie nun doppelt so schlimm.

Die Nächte sind noch immer das schlimmste für sie. Natürlich lauern dort keine Geister in den Räumen, dass weiß Alissa, seit ihrem neunten Lebensjahr, aber in den Ecken sitzen die längst verblassten Schatten von ihm und erinnern sie an eine vergangene Zeit und starren sie durch die Dunkelheit hindurch an.

*

Gerade als Alissa nach Tagen voller Arbeit und leeren Abenden endlich nicht mehr das Gefühl hat, dass sich ihre Welt entgegen ihrer Empfindsamkeit dreht, klingelt es an ihrer Tür und Elias steht vor ihr. Merkwürdigerweise beginnt ihr Herz dann doch wieder schneller zu schlagen, obwohl sie sich sicher gewesen ist, das er diese Wirkung auf sie verloren hat. Sie überlegt in rasender Geschwindigkeit ob sie zu ihm zurückkehren würde, wenn er sie darum bittet und ihre Antwort lautet ja. Eindeutig ja, auch wenn sie weiß, dass sie diesen Entschluss wohl schnell wieder bereuen würde.

Er blickt sie an und hält ihr eine Pizza entgegen und eine Flasche von dem Wein den sie so gerne trinkt und schon hüpft ihr Herz noch ein wenig schneller gegen ihre Brust.

Vielleicht ist doch noch nicht alles verloren, vielleicht bekommen wir das wieder hin, hofft sie still vor sich hin. Sie bittet ihn herein und sie setzten sich auf das Sofa, auf dem sie in ihrem *vorher* so oft nebeneinander gesessen haben.

Und dann lehnt er sich zu ihr herüber und küsst sie und noch immer schlägt ihr Herz ungewohnte Purzelbäume. Sein Griff wird fester und auch bei ihr kocht kurz das verlangen nach mehr auf, so viel mehr. Aber dann hält sie inne.

Sex mit der Ex, Trennungssex, Versöhnungssex. Es gibt so viele Geschichten darüber, aber Geschichten erzählen nicht immer von der Wahrheit, denn auch Märchen sind Geschichten. Es ist nicht so, dass man ein Herz wieder zusammenficken kann, wenn es einem gebrochen wurde. Ein Streit ist nicht beendet nur weil eine Frau ihre Brüste herausholt und auch wenn der Sex nach einem Streit rauer sein kann, die Orgasmen Vulkanausbrüchen gleichen, so ist das Thema, wenn man keuchend und verschwitzt nebeneinander liegt noch lange nicht geklärt.

Alissa ist so eine Frau, die weiß wie sie ihren Körper einsetzen muss um zu bekommen was sie will. Sie hat einen Streit gerne beendet in dem sie sich ausgezogen hat, denn sie weiß, dass ihre Kurven sprachlos machen können.

Sie hatte diesen Sex mit dem Ex, nur um ihm zu zeigen was er verloren hat, aber meistens war sie danach diejenige die gemerkt hat, dass nur der Trieb aber nie ihr Herz befriedigt war.

Aus diesem Spiel wurde nie ein come back und wenn dann eines von denen die sie bei Boybands immer schon gehasst hatte, weil einem klar ist, dass die besten Tage schon gewesen sind und das alles was nun noch kommt schlechte Kopien von Kopien der originalen Tage sein werden.

Sie hatte Trennungssex, mit Tränen in den Augen und bettelnden Händen und viel zu ergreifenden Momenten um am Ende sagen zu können, okay du kannst jetzt gehen. Danach war das Verlangen zu bleiben noch viel größer als vorher und der Geschmack der letzten Küsse viel zu lange haltbar, die Abdrücke die diese Männer auf ihrem Körper hinterlassen haben, verschwanden nicht dadurch, dass sie verblassten.

Und jetzt sitzt Elias neben ihr mit dem sie schon unzählige Male Versöhnungssex hatte, der sie nicht versöhnt sondern nur zum Schweigen gebracht hat. Dieser Mann sitzt jetzt so neben ihr und berührt sie, wie er sie so oft berührt hat. Gerade in dem Moment in dem Alissa bereit ist, ihr Leben ohne ihn zu leben und redet davon wie geil Sex mit der Ex doch sein könnte und das, dass doch immer etwas gewesen ist, das so wunderbar zwischen ihnen funktioniert hat. Was, wenn sie ehrlich sind, so nicht ganz richtig ist. Zumindest am Ende nicht mehr.

Und in diesem Moment in dem Elias hier vor ihr sitzt, gesteuert von seinem Trieb und nicht seinen Gefühlen, tut sie etwas das sie noch nie zuvor getan hat, sie sagt Nein. Nein, zu triebgesteuerter-Moment-Liebe. Nein dazu, ihn noch einen weiteren Moment in ihrem Leben zu haben. Nein, zu diesem Angebot, dass ihr niemals dabei helfen wird ihn zu vergessen, denn vielleicht hat sie endlich gelernt, dass man ein Herz nicht wieder zusammenficken kann.

*

Als er geht, veränderte sich etwas in ihr. Sie legt die Jahre ab, wie einen abgetragenen Mantel und schlüpfte in ein unbeständiges Gewand aus neuen Sekunden, die haltlos ihren Körper umhüllen. Sie ist bereit für ein neues Abenteuer.

Früher waren sie unbekannte.

Doch heute sind sie fremde.

Natürlich tut der reine Gedanke daran weh, aber das Gefühl welches damit einhergeht ist ein gutes, denn es bedeutet, dass es von nun an für sie weitergeht.

Ohne ihn.

Was wäre wenn...

mein Wunsch dich zu treffen wahr geworden wäre?

Nicht jeder in Erfüllung gegangene Wunsch war die Qualen des Wartens auch tatsächlich wert.

Nicht jeder Wunsch erfüllt tatsächlich die eigenen Hoffnungen.

Und manche Wünsche sollten wir besser ganz tief in uns vergraben.

Denn sie können verletzen und Illusionen rauben.

Elias

Elias

Das beste an seinem Job, findet Elias, ist Zoe. Sie ist schön und klug und eines der quirligsten Mädchen denen er je begegnet ist. Wenn sie geht wirkt es, als würden ihre Schritte aus kleinen Sprüngen bestehen. Sie hat dieses Lächeln drauf, das Versprechen gibt und Hoffnungen bricht. Ein Blick von ihr kann einem den Atem stehlen. Sie gehört zu diesen ungenierten Menschen, die sich nehmen was sie wollen und immer ein wenig zu präsent sind, als dass man sie übersehen könnte. Sie ist der Lebensfrohste Mensch dem Elias je begegnet ist und sie strahlt eine solche Freude aus, das sie ansteckend ist. Es ist die schönste Krankheit die man sich einfangen kann, findet er.

Zoe hingegen lässt sich von niemanden einfangen. Sie ist so sehr daran gewöhnt ihren eigenen Weg zu gehen, dass ihr Blickfeld rechts und links nichts wahrzunehmen scheint. Sie gehört nicht zu diesen Frauen die sich jagen lassen. Sie gehört nicht zu den Frauen die fangen spielen. Sie gehört zu den

Frauen die auf ihre Eigenständigkeit bestehen und so sicher im Leben stehen, dass der größte Sturm ihr nichts anhaben kann. Ja, Zoe ist im reinen mit sich und hat Angst vor der Verunreinigung durch andere. Sie will keine Altlasten von anderen mit sich tragen. Das hat nichts damit zu tun, dass sie keinerlei Empathie empfindet. Sie weiß bloß zu genau, wie leicht es geht sich hinabziehen zu lassen. In die tiefsten tiefen der menschlichen Seele und sie will diesen Ort nie wieder besuchen.

Zoe weiß, nur weil du heute da bist, ist das kein Versprechen, dass du es auch morgen noch bist. Nur weil du heute abhanden gekommen bist, bedeutet das nicht das deine Zeit abgelaufen ist.

*

Zoe ist erst 21 Jahre alt und eigentlich zu jung für Elias, aber sie strahlt eine solche Lebenserfahrung aus, dass bei ihr kein Alter zu passen scheint. Zoe redet gerne und sie redet gerne über sich, nicht weil sie eingebildet ist, doch sie hat viel zu erzählen. Sie gibt viel von sich preis. Sie erweckt den Eindruck in ihr lesen zu können wie in einem Buch mit extra großer Schrift und leichten Worten. Doch das ist der alte Trick. Zeig viel von dir und niemand ahnt was im verborgenen liegt. Sie beherrscht ihn bis zur Perfektion.

Für Zoe müssen die guten Momente immer überwiegen um sie auch wirklich anerkennen zu können und damit sie das Gefühl los wird, das die miesen Momente das eigene Dasein bestimmen. Und Zoe sorgt stets dafür, dass dies auch immer der Fall ist. Für sie ist jede Entscheidung eine großartige Möglichkeit. Ihr schmeckt sogar die eine Hälfte des Twix besser. Genau das ist der Grund warum sie ihr Leben mit so vielen Abenteuern füllt und deswegen kann sie die schönsten Geschichten erzählen.

Elias hingegen redet nicht gerne über sich und auch nicht über das was er erlebt. Er hält sich nicht für besonders interessant und bisher hat ihn auch noch niemand von dem Gegenteil überzeugen können. Da ist nichts mitteilenswertes das es zu berichten Gäbe. Da ist bloß er mit seinem austauschbaren Leben. Da ist bloß er, kantenlos und eintönig. Elias ist zwar meistens überall dabei, aber das heißt nicht, dass sein Leben gefüllt ist mit Erlebnissen, denn dafür stellt er sich immer viel zu schnell selbst ins Abseits.

Elias hält sich auch nicht für außerordentlich attraktiv. Hübsch. Ja, das passt schon eher, aber er möchte nicht einfach bloß hübsch sein. Er will auch zu diesen Menschen gehören, die mit ihrer Anwesenheit auffallen, sobald sie einen Raum betreten. Manchmal denkt er in solchen Momenten darüber nach, was Zoe einmal zu ihm gesagt hat. Sie saßen gerade nach einem besonders langweiligen Meeting in der Teeküche und sie redete viel, während er viel schwieg. Sie sagte zu ihm:

„Weißt du, vielleicht bist du wie der Schmetterling, der immer noch glaubt eine Raupe zu sein und gar nicht begreift wie wunderschön und einzigartig er eigentlich ist. Vielleicht hast du das richtige Bild von dir noch gar nicht gesehen und alles was du siehst, wenn du in den Spiegel blickst ist die Vergangenheit und sie überlagert dein Ebenbild in der Gegenwart."

Elias hat ihr einmal davon erzählt, dass er als jugendlicher ziemlich unbeliebt gewesen ist und immer wegen seines Aussehens gehänselt wurde. Sommersprossen fanden die anderen nicht cool und die Mädchen bloß niedlich. Und welcher Junge will mit 16 schon niedlich sein. Heute mag er seine Sommersprossen und er ist auch keinesfalls mehr bloß niedlich. Er hat eine Ausstrahlung entwickelt die beeindruckt, aber das ist nichts was Elias zu erkennen bereit ist.

Als jugendlicher war Elias angepasst. Er gehörte zu diesen netten und immerwährend versuchenden Menschen die die Welt verbessern wollen, bei denen einem selbst das Bedürfnis überkommt Drogen an Minderjährige zu verkaufen, Pornos zu drehen und jede rote Ampel zu überfahren, bloß um das Gleichgewicht der Welt wieder herzustellen. Doch eigentlich ist das etwas das Elias sehr an sich mag und auch Zoe mag die Ruhe die er ausstrahlt und seine Hoffnung auf ein Happy End in jeder Situation.

*

Elias würde Zoe gerne fragen ob sie miteinander ausgehen wollen. Ein richtiges Date. Aber er hat Angst vor ihrer Antwort. Wenn sie ablehnt, weiß er nicht ob er mit dieser Ablehnung umgehen kann. Er weiß von Zoes Vorliebe alleine zu sein und sich nicht zu binden. Doch er hofft, dass er eben genau dieser eine ist, der sie davon überzeugen kann, wie schön es ist gemeinsame Wege zu gehen.

Es vergehen Wochen in denen Elias Zoe betrachtet und beobachtet und sich nachts vorstellt, wie es zwischen ihnen laufen könnte und worüber er sich am nächsten Tag mit ihr unterhalten kann. Er stellt sich vor, wie sich ihre Lippen wohl anfühlen und ob Funken entstehen, wenn er über ihre weiche Haut streicht. Ständig denkt er an ihre dunklen kurzen Haare die ihr wild ins Gesicht fallen und ihre großen blauen Augen und die blasse Haut. Sie ist nicht nur interessant sondern auch eine wahre Schönheit.

Als die beiden dieses Mal bei einem neuen Projekt ein Team bilden überwindet sich Elias und geht einen Schritt auf sie zu. Er holte einmal tief Luft und spricht seine Frage so schnell aus, als hätte er Angst sie im nächsten Moment einfach wieder zu vergessen oder zu verschlucken. Zoe nickt und stimmt dem Treffen mit einem nachlässigen Schulterzucken zu. Elias nannte es bei seiner Frage nicht Date, dazu fehlte ihm der Mut und er fragte sich, ob sie die Verabredung als solche sieht. Den ganzen Tag freut er sich auf den Feierabend.
Zoe will nach der Arbeit noch schnell nach Hause fahren um ihren Kater zu füttern. Elias geht schon einmal vor um einen Platz für sie beide frei zu halten, denn die Bar in die sie gehen wollen, ist ein beliebter Treffpunkt und häufig bis auf den letzten Platz gefüllt.

Zoe steigt in ihren roten VW Polo und fährt aus der Tiefgarage raus. Sie freut sich darauf, heute Abend mit Elias auszugehen. Sie mag diesen Mann der immer ein wenig versunken in sich selbst wirkt. Ob sie sich jemals in ihn verlieben kann, dass weiß sie nicht so genau, sie weiß nicht ob sie für die Liebe schon bereit ist. Aber sie ist bereit einen Versuch zu wagen. Wenigstens einen kleinen Schritt in seine Richtung zu gehen und die Zustimmung zu dem Treffen war der erste Millimeter den sie seit Jahren auf einen Mann zugegangen ist.

*

Als Zoe vor der Bar eintrifft, wartet Elias bereits vor der Tür auf sie. Zoe hat es gerade so geschafft pünktlich anzukommen und ist noch immer etwas außer Atem. Elias grinst schief, das ist etwas das er so an ihr mag. Sie ist immer ein bisschen verstreut und macht keinen Hehl daraus. Niemals würde sie an einer versteckten Ecke anhalten um erst einmal wieder ruhiger zu atmen um dann entspannt und lässig zu wirken. Solche Dinge scheinen ihr egal zu sein. Ihre Wimperntusche ist leicht verwischt, scheinbar fehlte ihr die Zeit sie trocknen zu lassen. Elias macht sie höflich darauf aufmerksam. Sie zuckt kurz mit den Schultern, wischt einmal über die Stelle und sieht sich suchend nach einem Kellner um.

Elias betrachtet sie fasziniert, so als wäre sie ein exotisches Tier im Zoo. Sein Herz schlägt einen Schlag zu schnell. Auf diesen Abend hat er so lange gewartet. Er hat sich schon oft ausgemalt wie es sein wird, mit ihr alleine zu sein. So ein richtiges Date mit ihr zu haben. Ein Kellner nimmt ihre Bestellung auf und das Gespräch der beiden dümpelt vor sich hin. Der Dialog zwischen ihnen verläuft so effizient, wie der Bau des Berliner Flughafens.

Zoe ist sehr gut darin jedem zu vermitteln ein aktiver Gesprächspartner zu sein. Sie kann nicken und zustimmende Laute von sich geben, an den richtigen Stellen den Kopf schütteln und genervt gucken, aber kein Wort dringt wirklich zu ihr hindurch. Kein Laut erreicht sie. Diese Situation überfordert sie und ihr Auftreten hat mehr von einer Theaterperformance, je unsicherer sie wird, desto lässiger gibt sie sich. Sie lässt Elias kein Stück an sich heran. Auch nach einer Stunde bleibt das Gespräch in belanglosen Schneisen stecken und kommt einfach nicht richtig in Gang. Natürlich realisiert Elias das und natürlich ist das auch Zoe klar, aber Elias ist immer noch ganz hingerissen von dieser vor Selbstvertrauen strotzenden Frau.

Nach drei Stunden entscheiden sie nach Hause zu fahren. Jeder zu sich selbst. Elias überlegt ob er Zoe zum Abschied küssen soll. Er ist eigentlich nicht so extrem unsicher, aber bei Zoe hat er permanent das Gefühl alles falsch zu machen, weil seine Angst vor einem möglichen Fehlverhalten so groß ist. Aber auch in dieser Situation behält Zoe die Oberhand. Sie umarmt ihn zum Abschied und geht in Richtung ihres Autos, ohne sich ein weiteres Mal umzudrehen. Elias blickt ihr noch hinterher und dann ist sie verschwunden.

*

Der Abend ist nicht im geringsten so verlaufen wie Elias sich das erhofft hat und trotzdem klopft sein Herz doppelt so schnell, wie es sollte als er sie am nächsten Tag auf der Arbeit sieht. Sie verhält sich so verhalten wie sie es immer tut. Es hat sich scheinbar rein gar nichts zwischen ihnen verändert. Sie fahren nicht zu weit auf der linken und auch nicht auf der rechten Spur. Einfach bloß geradeaus. In einem angemessenen Tempo.

Sie stehen gegensätzlich im Geschehen auf der selben Seite. Sie sind nicht mehr und nicht weniger miteinander verbunden als vorher. Sie sind sich nicht näher gekommen. Weder innerlich noch körperlich.

Trotzdem treffen sie sich wieder und dann erneut. Elias versteht nicht ganz, warum Zoe nach diesem Abend einem neuen Date zugestimmt hat und auch Zoe war über ihre eigenen Worte erschrocken, denn eigentlich hatte sie sich nicht besonders wohl gefühlt. Bei all den folgenden Treffen geschieht nichts zwischen ihnen.

Einmal rafft Elias all seinen Mut zusammen und greift nach ihrer Hand, doch sie entzieht ihm ihre schnell wieder. Diese Reaktion versetzte ihm einen heftigen Stich. So schnell wird er sich nicht noch einmal trauen, einen Vorstoß zu wagen. Sie kamen einfach nicht voran und blieben im Stau stecken.

*

Elias hat sich verliebt.
In ein Bild von ihr.
Er hat die Situationen aufgebauscht und die Realität verzerrt. Das wird ihm jetzt, wo sie erneut voreinander sitzen

klar. Er hat sie sich mit helleren Farben ausgemalt. Der Kontrast in seinen Gedanken war stärker als er in Wirklichkeit ist. Er hat sie nur aus einem Winkel betrachtet und jeden anderen Betrachtungswinkel gekonnt ignoriert. Er hat Zoe immer für besonders lässig gehalten, doch sie ist ihm gegenüber nicht gelassen, sondern bloß desinteressiert. Es wäre nachlässig sie als lässig zu bezeichnen, wo ein Teil von ihr doch so offensichtlich vernachlässigt wurde. Er hat geglaubt, Zoe wäre unabhängig, dabei ist sie bloß zu unsicher um sich an jemand anderen zu binden, denn sie besitzt nicht die Fähigkeit Vertrauen aufzubauen. Ihm gefiel immer das ihr Gesicht gleichzeitig Apathie und Losgelöstheit schmückt, doch langsam begreift er, dass auch dies bloß ein Ausdruck ihrer inneren Zerrissenheit ist. Unter ihren fließenden Bewegungen verbirgt sich bloß ihr stockender Atem.

Er hat geglaubt, sie wäre eine lebensfrohe, ständig beinahe hüpfende junge Frau, die immer aufgeweckt und fordernd ist. Dabei ist das bloß eine zu locker gestrickte Masche von ihr um selbst nichts preisgeben zu müssen. Rückwärts denken, das kann sie gut. Vorwärtsschreiten im Denken mag sie jedoch nicht so gerne. Zu oft hat sich das Geschehen gegen ihre Phantasie gewandt. Zu oft ist sie verloren gegangen im Gewand der unbeeinflussbaren Gegenwart. Sie spricht nicht über die Dinge, die sie so sehr getroffen haben, das in ihrem inneren eindeutige Macken entstanden sind, die nicht wieder ausgebeult werden können. Aber das brauchte sie auch nicht, denn Elias ist ein sensibler Mensch mit viel Einfühlungsvermögen und in manchen ihrer Blicke liegt die Form von Verletzung, die bloß von anderen herbeigeführt werden kann.

Zoe hat bloß so viel und überschäumend geredet, um das im verborgenen zu halten, was keiner je erfahren soll. Je mehr die Menschen über einen wissen, desto weniger Fragen stellen sie. Diese Lektion hat Zoe schon sehr früh gelernt.

Er mochte es immer, wie sie ihn so verwirrt hat mit ihrem Verhalten und das sie ihn so schnell durcheinander bringen konnte, doch auch das war nichts weiter als ein Ablenkungsmanöver. Doch jede Wahrheit die wir erzählen begründet sich selbst. Da wir an die Buchstaben die wir zu Sätzen formen glauben und sie für beständig halten. Und wenn es sich doch um eine Lüge handelt, dann haben wir uns wahrscheinlich selbst schon so lange belogen, dass wir unserem eigenen Schwindel glauben. Der Schein der Wahrheit liegt trügerisch auf jeder ihrer Gesten, über jedem Wort das sie verlässt und jedem Lächeln das sie vergibt, an jeden der bereit ist zu nehmen.

Zoe nimmt sich was sie kriegen kann. Das ist keine böse Absicht von ihr, bloß scheint sie zu häufig verzichtet haben zu müssen um noch ein weiteres mal zurückstecken zu können. Doch auch das sind alles bloß Mutmaßungen, denn noch immer gibt sie Elias keinerlei Gelegenheit sie zu durchschauen. Ihre Lügen sind wie billiger Wein. Er schmeckt schon und erfüllt auch seinen Zweck, aber am nächsten Morgen hat man rasende Kopfschmerzen und der Belag auf der Zunge schmeckt nach Reue.

Zoe hat ihre selbst errichteten Mauern so weit aufgetürmt, das kein Blick und kein Licht zu ihr durchdringen kann. Lediglich Schatten fallen auf ihre strahlende und glänzende Hülle, dir sie gekonnt in sich aufnimmt um sie nicht vor anderen zur Schau zu tragen. Elias glaubt nicht daran, dass Zoe weiß was da wirklich so los ist in ihr. Eines ist sie jedoch nicht.

Herzlos.

Denn ihr Herz pocht so wild und so schnell, dass es sich beinahe überschlägt und Zoe hastet hinterher und reißt dabei jeden um, der ihr dabei in die Quere kommt.

Elias zum Beispiel.

Er hat sich ihr in den Weg gestellt. Immer und immer wieder. Solange bis sie sich breitschlagen lassen hat, mit ihm auszugehen. Er hat sie nicht dazu gezwungen, aber freiwillig war es von ihrer Seite aus auch nicht. Das ist Elias mittlerweile klar. Zu oft hatte er in ihrem Beisein das Gefühl, ihr seine Anwesenheit aufzudrängen. Sie hat ihm nicht ein einziges mal das Gefühl gegeben, gerne an seiner Seite zu sein. Dabei ist sich Elias sicher, Sympathie hat auch etwas damit zu tun, sich an der Seite des anderen noch ein bisschen mehr leiden zu können, als ohne den anderen. Doch Zoe schien sich neben ihm immer innerlich zu winden und am liebsten die Flucht ergreifen zu wollen. Er hat ein andauerndes Gefühl in seiner Magengegend, das ihn darauf aufmerksam macht, dass sie gar nicht hier sein möchte. Zoe wirkt aber sonst immer wie die Art Mensch, die sagen was sie denken und machen was sie wollen und all die Konsequenzen mit einem simplen Achselzucken entgegen nehmen. Ihre Abweisungen sind ein Sprengsatz und er zerlegt den kleinen gemeinsamen Zwischenraum in Trümmer. Mittlerweile fühlt sich Elias in Zoes Gegenwart so wohl wie neben einem Ventilator.

Im T-Shirt.
Bei Null Grad Raumtemperatur.
Aber er will diese Erkenntnis nicht wahrhaben. Er will den Traum leben, den er für sie beide erschaffen hat.

*

Er hat sich verliebt.
In dieses Bild von ihr.
Sein Kopf ist ein guter Ort für sie. Denn in ihm existiert eine bessere Version von ihr selbst. Was weder für sie noch für ihn spricht.
Ein Bild das nicht sie, sondern seine Wünsche zeigt, die er auf sie projiziert hat. Zoe war seine Leinwand, die er geschmückt und bemalt hat, mit all dem was sie in sich tragen soll um das zu beinhalten, was er sich von der perfekten Frau vorstellt.
Elias weiß, dass er nicht enttäuscht sein darf. In der Regel ist man immer dann enttäuscht von Menschen, wenn sie gegen die eigene Erwartung handeln, bloß stammen diese Erwartungen aus dem eigenen Wunschdenken an die Fähigkeiten und Eigenschaften an den anderen. Er hat all seine Vorstellungen und Hoffnungen auf sie projiziert und sie hatte gar nicht die Möglichkeit in jedes seiner Bilder zu passen. Kein Mensch ist derart vielfältig. Doch die Täuschung der Enttäuschung ist, dass man nicht aufhört enttäuscht zu sein, selbst dann, wenn man jeden einzelnen Grund seiner eigenen Enttäuschung kennt. Denn das ist menschlich. Es ist schwie-

rig das selbst erschaffene Bild durch jenes der Realität zu ersetzten und das passiert nicht einfach so.

Bei Elias passierte es in 6 treffen.

Die ihn jedes Mal frustrierten.

Nach denen er sich jedes mal versuchte zu belügen.

Bis jede Lüge an den Termiten zerfressenen Gerüst zerfiel.

Nun kennt er die Fakten, aber sie kennt er noch immer nicht. Um sie wirklich zu kennen, müsste er ihre Schädeldecke aufbrechen und jeden einzelnen Gedanken entschlüsseln und zu einem solchen Gewaltakt, ein solches eindringen in einen anderen Menschen, ist nicht seine Art. Zoe ist für Elias immer der Inbegriff von Geheimnisvoll gewesen, doch scheinbar ist sie so voll davon, dass sie beinahe an ihnen ertrinkt. Er kann noch immer den Grund ihrer Abgründe nicht erkennen. Doch wenn man den Grund nicht sieht, ist man selbst vielleicht noch nie tief genug gefallen. Und eines weiß er mit Sicherheit.

Sie ist mehr.

Mehr als er begreift.

Bei ihrem 6. Treffen haben sie sich dann doch noch geküsst. Es war keiner dieser magischen Küsse. Er war zögerlich und endete ebenso zurückhaltend. Er verlangte nicht nach mehr, sondern nach dem Ende. Er hatte das Gefühl, ihr Verlangen unbedingt so schnell wie möglich von ihm wegzukommen geradezu greifbar vor sich zu spüren. Dieser Kuss schmeckte nach gebrochenen Herzen und Elias wollte nicht, dass seines das nächste von ihr gebrochene Herz wird. Auf

einmal konnte er Zoes unterkühltes betragen nicht mehr ertragen. Elias war sich plötzlich sicher, dass Zoes größte Angst ist, aus Liebe zu küssen. Als sie sich voneinander lösten, begann Zoe zu weinen. Nicht weil der Moment endete, sondern weil er niemals hätte beginnen dürfen.
Elias wurde zum Teil ihres Nervenzusammenbruchs.

So hat er sich das alles ganz sicher nicht vorgestellt. Nicht jeder in Erfüllung gegangene Wunsch ist ein Geschenk. Dieses so glücklich scheinende Mädchen, bricht hier vor ihm zusammen. Er will sie wenigstens trösten, wenn er sie schon nicht mehr lieben kann. Doch sie schreckt zurück. Sie ist wirklich nicht fähig Nähe zu zulassen. Sie hat sich Fassaden aufgebaut und diese wie Matratzen in ihr Leben eingebaut, damit sie weich landet, wenn sie zu hoch fliegt und fällt.
Sie will nichts von sich erzählen und bringt nur zögernd ein paar Bruchstücke zwischen den laufenden Tränen hervor. Sie erzählt ihm von ihrem Leben staubpartikelartig. Es ist Abgrenzung bis zum abwinken. Er hätte Jahre gebraucht um sie wirklich zu verstehen, aber sie beide wissen, dass er diese Chance nicht bekommen wird. Immer wenn sie die wirklich wichtigen Dinge aussprechen will, fühlt sich ihre Zunge dreimal so groß an und versperrt den Ausgang für jedes einzelne Wort. Es fühlt sich an als hätte sie einmal voller Leidenschaft eine asphaltierte Straße abgeleckt und spuckt nun Kieselsteine anstatt Worte.
Sie erzählt ihm, das sie früher fröhlich war und das es dann schwere Zeiten in ihrem Leben gab, in denen sie alleine gelassen wurde und das sie aus diesem Zustand ganz alleine

herausgekommen ist, weil niemand da war, der ihr helfen konnte. Sie ist in dieser Zeit in diese Stadt gezogen. Denn für einen Neuanfang ist Berlin verdammt gut geeignet. Sie hat ihre Traurigkeit in der alten Stadt, zwischen den alten Wänden zurückgelassen. Hier hat sie sich bemüht niemanden ernsthaft an sich herankommen zulassen um niemals wieder so sehr verlassen zu werden. Sie ist einfach nicht gut darin Distanz zu überbrücken, sie hatte noch nie ein gutes Vorstellungsvermögen.

Und dann kam Elias, der jeden Versuch, sich von ihm fernzuhalten zunichte gemacht hat. Aber sie kann nicht. Und als sie das sagt, meinte sie eigentlich das sie nicht will. Die Liebe wollte sich in ihr Leben einmischen, aber Zoe hat sie fein säuberlich aus dem versifften Kartenspiel aussortiert. Während sie all diese verstümmelten Worte von sich gibt, rennt die Panik neben jedem Satz her und pustet ihr ins Gesicht. Der Atem der Panik riecht nach Schuld und schlechtem Gewissen und älter als es Zoe je werden wird. Als sie fast am Ende ihrer eigenen traurigen Geschichte angekommen ist, sagt sie:

„Weißt du ich stehe hier an einem Punkt, er ist unbeständig und unbestätigt für jeden der von einer anderen Stelle auf meinen Standpunkt blickt und auch ich weiß noch nicht wie sicher der Boden ist auf dem ich stehe, oder ob er sich bloß um Treibsand handelt, der mich früher oder später hinabzieht. Dies hier ist jedenfalls kein Ort zum teilen. Während du noch versuchst mich zu verstehen, wirst du nach und nach deinen Verstand dabei verlieren."

»Zoe, ich wäre so gerne der Ort für dich, an den du gehst, wenn scheinbar kein Ort für dich zu passen scheint. Aber ich glaube derzeit bin ich der letzte Mensch zu dem du gehen würdest, wenn du dich so fühlst.«

»Elias, das reicht nicht. Ich muss zu diesem Ort werden, an den ich in diesen Momenten gehe. Anders wird es niemals funktionieren. Ich wusste das immer und deswegen hätten wir uns niemals treffen dürfen, denn ich wusste von deinen Gefühlen für mich und ich wusste eigentlich auch, dass ich derzeit niemanden lieben kann. Noch sind Gefühle für mich ein wagemutiger Drahtseilakt und ich bin nicht bereit mich in fremde Arme fallen zu lassen.«

»Noch fühlst du dich unberührbar. Vielleicht hast du sogar das Gefühl, dass du dein Herz mit einem sehr starken Betäubungsmittel ruhig gestellt hast, aber eines Tages wird jemand kommen und dich berühren und dieses Gefühl wird an dir haften bleiben und dich daran erinnern, das du menschlich bist.«

»Und für dich kommt irgendwann die Erkenntnis, dass es nicht zu Ende ist, bloß weil es endet.«

Sie wussten beide in diesem Moment von dem Wahrheitsgehalt in den Worten des anderen.

Und als sie fertig sind versteht Elias, das Liebe alleine kein Versprechen ist, aber sie kann ein Anfang sein oder wie in diesem Fall ein Ende auf das ein neuer Anfang folgt. Liebe ist einfach nicht immer genug. Gefühle reichen manchmal einfach nicht aus, ganz gleich wie stark sie auch sind, manche

Menschen brauchen mehr ohne etwas annehmen zu können, das gar nicht ihnen gehört.

Was wäre wenn...

ich niemals gegen meinen eigenen Willen gestimmt hätte.

Zu sagen, was man wirklich will.

Ist ein schweres Los.

Das man sich selbst zieht und selbst einlöst.

In eine andere Richtung zu gehen,

und dabei in enttäuschte Gesichter zu blicken.

Tut weh.

Aber es ist mein Recht.

Es ist meine Pflicht.

Denn sonst verletze ich mich.

Und dich.

Zoe

Zoe

Elias hat Zoe heute gefragt ob sie nicht gemeinsam ausgehen wollen, doch bei ihr schrillten sofort alle Alarmglocken. Sie mag Elias, aber sie will sich niemanden nahe fühlen. Ihr wird schon mulmig zumute, wenn sie Liebespaare auf der Straße sieht. Sie weiß um die Selbstzweifel die er in sich trägt und sie will diese nicht mit sich tragen. Sie will keine Lasten tragen, die zu schwer für ihr leichtes Herz sind. Sie versucht keine Traurigkeit in ihr Leben zu lassen, selbst die Trauerweide vor ihrem Fenster missfällt ihr.

Sie hat sich eine schlechte Ausrede einfallen lassen, die schnell zu durchschauen war. Er hat so getan als hätte er die falsche Betonung auf jedem gelogenen Wort nicht wahrgenommen und hat über seine Enttäuschung hinweg gelächelt. Zoe hat erkannt, dass er oft genug enttäuscht wurde und sich dieses Lächeln über Jahre hinweg antrainiert hat.

Sie hat es erkannt.

Weil es auch ihres ist.

Sie hätte ihm gerne eine Tür geöffnet, aber sie hat scheinbar ihren eigenen Schlüssel verloren. Im geheimen träumt sie sich schon so lange die große Liebe zusammen, doch bisher erwählte sie, wenn überhaupt bloß die ganz kleine. Denn sie

weiß, wie groß die eigene Sicherheit ist, einfach gehen zu können. Zu jeder Zeit mit bloß einem Wort. Doch die große Liebe, die sie sich wünscht ist schmerzhaft.
Vorher.
Nachher.
Und währenddessen.

*

Als Zoe nach einem langen Arbeitstag endlich nach Hause kommt und sich noch immer über ihre eigene Unfähigkeit ärgert, nicht einmal auf ein Date gehen zu können, scrollt sie Gedankenverloren durch ihre Timeline in einem dieser Netzwerke. Sie entdeckt überrascht, das Jennifer Rostock heute bei ihr ganz in der Nähe in der Columbiahalle ein Konzert geben.

Sie mag die Musik und sie mag Konzerte und sie mag Menschen die auf Konzerte gehen und dabei nicht die ganze Zeit ihr Handy in der Hand halten. Kreischende Teenie Mädchen mag sie nicht ganz so gerne, doch sie kann es verstehen. Sie versteht, dass sie ihrer Freude durch ohrenbetäubendes Kreischen Ausdruck verleihen wollen.

Also schnappt sie sich schnell ihren Mantel und macht sich auf den Weg. Sie ist spät dran, aber irgendwie schafft sie es sich vor zu kämpfen, bis sie am Ende in der zweiten Reihe steht. Da ist sie froh über ihre kleine und schmale Statur, die es ihr ermöglicht auch durch die noch so kleinste Lücke zu rutschen.

Die Stimmung ist gut, jeder ist bereit mächtig zu feiern. Alle warten auf den Beginn und man kann die Aufregung in der Luft fast schmecken. Es kommt ihr vor als würde sie ewig dort stehen und warten, aber das stört sie nicht. Sie liebt all das an Konzerten.

Normalerweise wartet sie schon drei oder vier Stunden vor dem Einlass vor der Halle. Sie unterhält sich mit den anderen Konzertgängern und spürt wie das Leben so wunderbar prickelnd durch ihre Venen fließt. Sie mag die aufgeheizte Stimmung während noch Musik vom Band abgespielt wird, bis auch der letzte die Halle betreten hat. Sie mag das Gefühl sich verbunden mit den Menschen um sich herum zu fühlen, weil sie alle aus einem Grund heute hier sind, für die Musik.

Und dann.
Endlich.
Der Moment.

Sie schließt die Augen als der erste Takt von *Phantombild* gespielt wird. Sie nimmt das vibrieren der Lautsprecherboxen wahr. Das Kreischen der Menschen um sich.
Alles ist in Bewegung.
Und sie wird ganz ruhig.
Ihr Herz schlägt wild um sich. Dieser Moment ist für sie der schönste auf jedem Konzert. Sie versucht ihn jedes Mal so lange wie möglich auszukosten, doch lange schafft sie es nie, die Energie reißt sie jedes Mal so schnell aus ihrer starre.
Dann ist es vorbei.
Und dann geht es los.

Sie öffnet die Augen und die Welt um sie herum hat sich verändert. Sie beginnt zu springen. Die ersten Zeilen die sie wahrnimmt schreit sie aus voller Kehle mit.

wir spielen Stadt, Land, Überfluss
und wir suchen bis zum Schluss
doch der Durst wird nie gestillt .

Zoe vergisst für einen Moment, den Schatten der sich für den Bruchteil einer Sekunde über Elias Gesicht gelegt hat. Sie vergisst, dass der vergangene Arbeitstag anstrengend und nervig gewesen ist. Sie vergisst all das was ihr weh tut und ihre Nerven kostet.

Während die Stimmung immer weiter steigt und die Leute voller Adrenalin durch die Gegend springen, denkt Zoe:
„Menschen die auf Konzerte gehen machen eigentlich alles richtig. Hier an diesem Ort kann man so laut schreien wie man gerade will und wie sehr es der Körper braucht, um all die ungesagten Worte, all die ungelebten Gefühle, all die verdrängten Gedanken los zu werden. Das eigene Schreien geht in der Masse unter und fällt im gesamten Klangbild kaum auf. Es ist befreiend."
Und Zoe schreit so laut sie kann und lacht so viel, dass ihr die Mundwinkel weh tun und sie vergisst alles um sich herum.
Doch alle guten Dinge gehen einmal zu ende und so beendet die Band das Konzert nach weiteren Zugaben mit dem Ausklang von *Schlaflos*.

Schlaflos, schlaflos, schlaflos...
Was soll ich tun? du machst mich Schlaflos.

Sie überlegt, wann sie das letzte Mal ein Mensch schlaflos gemacht hat. Doch Zoe kann sich nicht erinnern. Normalerweise ist sie froh darüber, alleine so gut zurecht zu kommen und niemanden zu brauchen um in ihrem Alltag zu bestehen, doch in Momenten wie diesen, wird ihr bewusst, dass alleine sein eben gelegentlich doch auch etwas mit Einsamkeit zu tun hat. Besonders dann, wenn man so verdammt gut darin ist sich zu isolieren. Für einen Augenblick denkt sie an Elias, doch es löst nichts in ihr aus. Kein Verlangen und keine Sehnsucht. Er ist nicht der Mann den sie will und sie ist einfach lieber alleine als bei irgendwem.

*

Gerade als Zoe ihre Jacke von der Garderobe holen will, legt ihr jemand eine Hand auf die Schulter. Sie dreht sich um und blickt in leuchtende blaue Augen.

„Ich musste dich jetzt einfach ansprechen, ich habe dich während dem Konzert immer wieder beobachtet, weil es so schön aussah wie du scheinbar alles um dich herum vergessen hast. Du hast mich von Anfang an vollkommen fasziniert. Darf ich dich fragen wie du heißt?"

„Hi, ich bin Zoe und du?

„Ich heiße Liam, meine Eltern waren große Oasis Fans"

Er sagte es so, als hätte er sich diese Aussage angewöhnt, wenn man ihn nach seinem Namen fragt. Eine kurze Phrase um das Eis zu brechen und gleich ein Gesprächsthema zu finden.

Wir kennen doch alle diese Gespräche im Wiederholungsmodus, die einen auf Individuen machen. Wir haben sie doch alle, diese Anekdoten die wir wieder und wieder abspulen, weil wir wissen, dass sie im Gespräch funktionieren. Wir kalkulieren den Moment der Lacher und sie helfen uns dabei ein Gespräch in Gang zu halten. Sie unterstützen uns darin, lustig, charmant und scharfsinnig rüber zukommen.

Es sind einstudierte Texte mit geprobter Mimik und Gestik. Wir haben so oft geübt an welcher Stelle wir eine dramatische Pause einsetzen müssen und haben alles perfektioniert.

Wir alle haben Standartantworten auf Standartfragen, die bei jedem kennenlernen zwangsläufig irgendwann gestellt werden. Diese Antworten sollen davon ablenken wie langweilig sie oder wir sind. Wir wollen ein Lachen auf dem neuen Gesicht sehen und Bewunderung für unsere scheinbare Schlagfertigkeit bekommen. Es sind bloß leere Worte, aber was macht das schon, wenn es sich um belanglose Fragen handelt. Die Antworten sind ehrlich, bloß nicht spontan. Sie sind künstlich, aber so passen sie besser in eine geschönte Welt. Sie sind gestellt, aber das sind unsere Profile auch, obwohl sie einen Einblick in unser Leben geben sollen, legen sie doch lieber einen undurchdringlichen Filter drüber.

Hier ist kein Platz für Ehrlichkeit, aber das ist egal, wenn die Wahrheit kaputt ist.

Obwohl sich Zoe all dem bewusst ist lacht sie und stimmt das Lied *Songs für Liam* von Kraftklub an.

Wenn du mich küsst, schreibt Noel wieder Songs für Liam.
Wenn du mich küsst.
Wenn du mich küsst, kommen unsere Freunde zurück aus Berlin.
Wenn du mich küsst, dann ist die Welt ein bisschen weniger scheiße.
Wenn du mich küsst, wenn du mich küsst, wenn du mich küsst, bleibst du hier oder gehen wir beide.
Wenn du mich küsst.

Und da küsst Liam sie. Nicht so wie man seine Freundin küsst. Nicht so wie man jemanden küsst, der geküsst werden will. Ein schneller flüchtiger Kuss, der darauf wartet was als nächstes passiert.

Der Kuss bringt Zoe ins Taumeln, aber Liam lässt sich durch ihre Verwunderung scheinbar nicht aus dem Konzept bringen und singt einfach die zweite Strophe. Nach einer endlos scheinenden Schrecksekunde in der sie verzweifelt nach ihrer Fassung ringt, blickt Liam plötzlich in ein strahlendes Gesicht.

Hättest du mich mal ein bisschen früher geküsst
Dann wäre AIDS jetzt besiegt und die Nineties nicht zurück
Uns beide hätte man nicht in der S-Bahn kontrolliert und Josh Homme hätte nie die Arctiv Monkeys produziert. Vieles wäre nie passiert, Dinge, die vermeidbar sind. Dann gäbe es keinen einzigen romantischen Til Schweiger Film. Daran kann man nichts ändern dass war alles gestern, aber du hast jetzt die Chance unsere Zukunft zu verbessern.

Dieses mal stimmen sie in den Refrain gemeinsam ein und dieses mal ist es Zoe die Liam einen Kuss auf die Wange gibt, an genau der richtigen Stelle, bei genau dem richtigen Lied.

Vielleicht war es der Alkohol der die beiden in diese Situation gebracht hat, aber dann hat er dieses Mal alles richtig gemacht.

*

Die beiden verlassen gemeinsam die Columbiahalle und laufen nebeneinander in die erleuchtete Nacht hinaus. Sie reden so schnell, dass sich ihre Stimmen zwischendurch zu überschlagen scheinen.

Liam kann zu jedem Thema etwas erzählen. Ganz gleich wie wirr Zoes Gedanken während ihres Gesprächs verlaufen, er entwirrt sie jedes Mal und versteht alles was sie sagt, oder zu sagen versucht. Liam ist klug, aber nicht neunmal klug. Er hat nicht permanent das Bedürfnis seinen Senf unter jeden verdammten Ketchup zu rühren. Er hat einfach schon viel gesehen und erlebt und könnte mit seinen Geschichten wahrscheinlich drei Leben ohne Probleme füllen. Die kurzen Pausen die sie beim reden machen nutzen sie dafür sich zu küssen.

Erschrockene erste Küsse.

Die einem verlangen weichen.

Diese Küsse versprechen keine gemeinsame Zukunft. Sie reden nicht davon, von nun an jeden Weg gemeinsam zu gehen. Sie geben nicht vor etwas zu sein, das sie nicht sind und genau das gefällt Zoe. Sie will niemanden ihre gesamte Welt, ihr Herz und ihren Verstand schenken. Sie will bloß für einen Moment etwas teilen und dieser Moment darf sich, wenn es nach ihr geht, in unregelmäßigen Abständen gerne wiederholen.

Sie mag die Art und Weise wie Liam redet. Ihr gefällt der verschmitzte Ausdruck in seinem Gesicht und das er zwischendurch etwas dreckiges sagt und so tut als wäre es ein ganz normaler Satz in einem angemessenen Gefüge. Er hat diesen Berliner Dialekt den sie bei Männern schon immer anziehend fand und der aus ihrem Mund immer fehl am Platz klingt.

Es ist nicht so, dass Zoe starke Arme braucht um halt zu finden. Sie hat niemals danach gesucht aber jetzt, wo er ihre kleinen Hände mit seinen umschließt und sie in eine Umarmung zieht, da begreift sie zum ersten Mal wie sich Geborgenheit anfühlen kann. Sie will mehr davon und ist von diesem Gedanken so überrascht, dass sie für einen Moment vergisst weiter zu reden.

Beide haben nicht das Bedürfnis nach Hause zu gehen und so biegen sie in einer Seitenstraße ab, in der eine kleine Bar ihren Sitz hat und bestellen sich Bier vom Fass.

Immer wieder legt er ihr beim reden, wie zufällig, eine Hand aufs Knie oder nimmt kurz ihre Hände in seine, bloß um sie, noch ehe Zoe es wirklich realisieren konnte, wieder los zu lassen. Er blickt ihr während sie reden herausfordernd in die Augen und manchmal ist sie sich nicht sicher ob er diesen oder jenen Satz so zweideutig gemeint hat, wie er für sie klingt. Sie lachen viel und dann werden sie wieder ernst. Er hört ihr zu und fragt nach, wenn er etwas nicht ganz verstanden hat.

Liam strahlt eine wärme aus, die kaum mit Worten zu beschreiben ist. Zoe will sich so gerne von ihm distanzieren, aber ihr Herz schlägt doppelt so schnell wie sonst. Sie redet sich ein, dass es bloß daran liegt, dass sie vom Konzert noch ganz benebelt ist. Doch sich selbst zu belügen hat nur selten Erfolg.

Der Abend wurde immer später und der Himmel färbt sich allmählich von schwarz zu grau zu blau zurück. Liam fragt sie ob Zoe noch mit zu ihm kommen will, sie könnte bei ihm schlafen. Sie zögert kurz, aber dann hört sie mit dem grübeln auf und hört ein einziges Mal auf ihr Herz und greift nach der ihr entgegen gestreckten Hand.

*

Es ist nicht weit bis zu ihm. Er wohnt ebenso wie sie in einer Altbauwohnung, jedoch in einer WG. Er hat sein Zimmer mit einem Hochbett ausgestattet, ein höher gelegtes Doppelbett. Liam erzählt ihr, dass er es selbst gebaut hat um mehr Platz in dem Zimmer zu haben. Er führt sie kurz durch alle Räume bevor sie zurück in sein eigenes kehren.

Es ist eine typische Männer WG. Ein bisschen unordentlich, ein bisschen zusammengewürfelt und verdammt gemütlich.

Zoe klettert vor Liam die Leiter zu seinem Bett hinauf. Ihr wird kurz ein bisschen schwindelig, denn wenn Zoe eines nicht besonders mag, dann ist es die Höhe. Er legt beschützend eine Hand auf ihren Rücken, als er ihre zögernden Bewegungen bemerkt und flüstert:

„Keine Sorge liebes, ich passe auf dich auf. Du wirst nicht fallen, dafür werde ich sorgen."

Zoes Herz zieht sich für einen Ewigkeit andauernden Moment zusammen. Es pocht so beständig gegen ihren Brustkorb, dass sie beinahe glaubt, es versuch sich zu befreien.

Liam umschließt ihr Gesicht mit seinen Händen und küsst sie so lange bis sie beide kaum noch atmen können. Dann zieht er sie näher an sich heran und sie ist für einen Augenblick irritiert, wurde sie doch sonst immer bloß auf Abstand gehalten und wenn sie sonst jemand an sich zog, dann versuchte sie sich schnell zu befreien. In diesem Moment spürt sie jedoch kein Verlangen in sich, das darauf drängt zu gehen. Er streift ihr das Oberteil ab und noch bevor sie weiß wie ihr geschieht, liegen sie nackt übereinander.

Er wollte sie.

Sie hatte noch nie etwas so sehr gewollt wie ihn.

Er verlangsamt sein Tempo ganz bewusst, sie streckt sich ihm entgegen. Sie will mehr. Jetzt.

„Nicht so schnell." hört sie Liams kehlige Stimme an ihrem Ohr, „Hab Geduld."

Das was die beiden haben, ist kein Sex. Es ist viel mehr. Es ist ein liebevoller Gewaltakt und es fühlt sich an als würde sich der Raum um sie herum auflösen.

Als sie erschöpft nebeneinander liegen, legt sich sein Körper wohltuend wie eine Decke um sie. Sie legt ihren Kopf auf seine Brust und sein Herzschlag bringt ihre wirren Gedanken in Einklang.
Welch ein eigenartiges Gefühl.
Welch eine Stille.

*

Als Zoe am nächsten morgen erwacht, lief ihr bei dem Gedanken an die vergangene Nacht noch immer ein wohliger Schauer über den Rücken. Liam geht es genauso und so fallen sie erneut übereinander her.

*

Auf der Arbeit fällt es ihr schwer sich zu konzentrieren und es fällt ihr noch viel schwerer Elias gegenüber zu treten. Sie weiß, dass sie ihn mit ihrem Verhalten verletzt hat und er verhält sich ihr gegenüber so distanziert wie nie zuvor. Sie weiß, dass sie ihn mit ihrer Ablehnung gekränkt hat, doch sie weiß sich nicht zu helfen.
Sie wollte nie einen anderen Menschen verletzen. Ebenso wie sie sich immer von Herzrasen ferngehalten hat. Sie dachte immer, dass sie eines Tages schon glücklich werden würde mit einem Mann, aber das dieser Tag noch in weiter ferne liegt und nun rast ihr verdammtes Herz. Ihre Wangen glühen und sie wirkt abwesend. Ihr ist bewusst, dass man ihr anse-

hen kann, dass sie nicht nur zufrieden sondern überglücklich ist.

Zoe gehörte einfach noch nie zu den Menschen, die mit ihren Gefühlen gut hinterm Berg halten konnten, eher war sie der Berg auf dessen Gipfel eine riesige Fahne prangte die ihr Gefühl benannte. Sie könnte ihre Gefühle natürlich schon verbergen, doch das würde sie mehr Anstrengungen kosten, als sie Nutzen davon tragen würde. Doch es gibt auch Momente in denen sie unergründlich ist, weil sie gründlich im verbergen von all jenem ist, das für sie unaussprechlich bleiben wird. Doch diese Gefühle, die sie gerade empfindet gehören nicht zu dieser Kategorie und deswegen steht sie zu ihnen und hinter ihnen und verbirgt sie nicht.

Auch Elias sieht ihr an, dass sich etwas an ihrem Ausdruck verändert hat. Sie wirkt heute strahlender, noch leuchtender als sonst. Er ahnt, dass sich am vergangenen Abend etwas ereignet hat, das ihm nicht gefallen wird, wenn er davon erfährt. Er weiß, dass er seine Chance bei Zoe verloren hat und hält sich deswegen von ihr fern.
Es tut ihm weh, sie so zu sehen.
So schön. So hell.
So...verliebt vielleicht?
Es tut ihm weh, dass er ihr das Glück nicht gönnen kann, denn er hat Gefühle für sie. Er fühlt sich von ihr angezogen und will das es ihr ebenso geht und er weiß genau wie egoistisch das klingt. Er weiß, dass Gefühle keiner Erwiderung benötigen um wahrhaftig zu sein und das man nicht lieben soll-

te bloß um Erwiderung zu erfahren. Aber sein Herz will genau das und wie sollt er sich dagegen denn wehren?

Zoe hingegen ist zu überrascht von diesen plötzlichen Gefühlen in ihr, die von jetzt auf gleich damit drohen in ihr überzukochen. Die Sache mit Elias tut ihr leid, aber ihr Verstand ist gerade zu vernebelt um sich damit tatsächlich auseinandersetzen zu können. Sie hofft zu sehr darauf, dass Liam sich bei ihr meldet.
Es vergehen Stunden in denen sie regelmäßig sehnsüchtig auf ihr Handy blickt und es jedes Mal enttäuscht zurück in ihre Tasche wirft. Sie verachtet sich ein bisschen dafür jetzt auch zu dieser Sorte Frau zu gehören, deren Stimmung von dem Anzeigedisplay des Handys abhängt. Es dauert bis zum späten Nachmittag als sie endlich eine Nachricht erreicht.

„Es war sehr schön mit dir gestern."

Mehr nicht. Es war sehr schön mit dir gestern. Kein wann sehen wir uns wieder. Keine Höflichkeitsfloskeln. Keine unnötigen Worte. Nur ein Satz. Und trotzdem springt ihr Herz so hoch, dass es seinen bisherigen Rekord um Meter überschreitet. Sie entscheidet sich ebenfalls knapp zu antworten.

„Das fand ich auch."

Sie hätte ihm gerne noch so viel mehr geschrieben, aber sie wollte auf ihn interessant wirken und auf gar keinen Fall wie jemand, der Liebe und Sex nicht voneinander trennen kann, denn eigentlich ist sie doch die amtierende Meisterin in dieser Disziplin. Zoe ärgert sich darüber, dass sie sich auf diese Form der Spielchen überhaupt einlässt. Normalerweise ist sie der Meinung, dass man sie entweder so mögen soll wie sie eben ist oder man es gleich lassen kann. Doch bisher hat ihr auch noch kein Mann derart in so kurzer Zeit den Kopf verdreht.

Es vergehen Tage ohne eine weitere Nachrichten von ihm und gerade als sie beschließt sich am nächsten Tag bei ihm zu melden beginnt ihr Handy zu vibrieren.

„Zoe, ich würde den Abend mit dir sehr gerne wiederholen. Wie schaut's aus? Hast du Lust Freitag Abend mit mir was trinken zu gehen?"

Einen Moment denkt sie darüber nach ihm erst später darauf zu antworten, aber dann verwirft sie diese lächerliche Idee wieder und schreibt:

„Klar, wann und wo?"

Ihre Hände zittern beim tippen so stark, dass sie für die vier Worte entsetzlich viel Zeit benötigt. Seine Antwort kommt dafür sehr prompt.

„Lass uns im „zu mir oder zu dir" treffen so um 20:00 Uhr"

„Wie passend :P"

Sie denkt:
>>okay, okay, okay. Freitag also. Okay. Verdammt.<<
Zoe will weder nervös noch voller Vorfreude sein. Sie ermahnt sich selbst tief durch zu atmen und beschwört ihr Herz endlich wieder vernünftig zu schlagen.

Ab diesem Moment vergeht die Zeit so langsam, dass Zoe jeder Uhr einen misstrauischen Blick zu wirft. Sie hat das Gefühl, dass die Zeit sich ihr gegenüber verschworen hat. Doch wie das so ist mit der Zeit, sie schreitet voran auch dann, wenn uns ihr vergehen beinahe in den Wahnsinn treibt.

*

Als Zoe im *zu mir oder zu dir* eintrifft wartet Liam bereits auf sie. Sie kann ihren Blick einfach nicht von ihm abwenden. Wie er das sitzt, so entspannt mit einer Kippe im Mundwinkel lümmelt er auf einem der Sofas und zwinkert ihr kurz zu, als er sie sieht.
Sie hat lange überlegt was sie anziehen soll und sich am Ende doch von der Vorstellung in einem Kleid die gesamte Aufmerksamkeit auf sich zu ziehen verabschiedet und sich für eine schlichte Jeans, Shirt und Sneakers entschieden. So ist sie eben. Sie ist einfach mehr so der unkomplizierte Typ. Sie gehört nicht zu den Menschen die einem sofort ins Blickfeld fallen und falls dem doch so ist, ist es ihr nicht bewusst. Genau aus diesem Grund macht Liam sie so nervös. Zoe weiß, dass sie attraktiv ist und sie weiß auch das sie zu den eher interessanten Menschen gehört, weil sie viel sehen und kennen-

lernen will und deshalb kann sie viel erzählen, doch Liam spielt eindeutig in einer Liga über ihr.

Als sie auf ihn zugeht ist ihr jede ihrer Bewegungen schmerzlich bewusst. Sie fühlt sich plötzlich ungelenk und holpernd.

Normalerweise macht sie sich darüber keine Gedanken. Normalerweise ist ihr Gang schwingend und fröhlich. Normalerweise hat sie keine Dates.

Herz, Kopf und Verstand verweilen in Warteschleife, während sein Blick sie quer durch den Raum durchbohrt. Ihre sensiblen Pulsschläge geraten aus dem Takt, während sein Blick sie taxiert. Als Zoe fast bei ihm angelangt ist, steht Liam auf und küsst sie auf die Wange. Er hält für den Bruchteil einer Sekunde ihre Hand und Zoe ist sich nicht sicher ob ihre Beine noch lange zu ihren Diensten stehen. Sie ist froh als sie sich endlich in die weichen Polster sinken lassen kann.

„Zoe, schön das es geklappt hat, ich habe mich sehr auf unser treffen gefreut."

Ihr Name klingt aus seinem Mund wie etwas kostbares, etwas das man behutsam aussprechen muss, damit das Wort nicht auf dem Weg verloren geht. Es klingt wie eine geheime Melodie, die zu lange verloren gewesen ist. Plötzlich fällt ihr auf wie selten sie jemand mit ihrem Vornamen anspricht und wie selten sie es selbst bei anderen tut. Es hat etwas intimes, es fühlt sich so an als würde das Band zwischen ihm und ihr fester werden, bloß dadurch das er ihren Namen nennt.

„Ich freue mich auch das wir uns wiedersehen."

Zoes Wangen färben sich rot, sie spürt die Hitze in sich aufsteigen und ist froh über das gedämpfte Licht. Liam legt ihr seine Hand auf ihr Knie.
Sie liegt dort.
Ganz leicht.
Überdeutlich spürbar.

Sie unterhalten sich über alles was ihnen gerade in den Sinn kommt. Zoe erzählt von dem Buch von Nietzsche das sie gerade liest und er antwortet, dass er immer eher die Werke von Hermann Hesse gelesen hat. Sie mag, dass er Bücher liest und das er nicht nur Bestseller verschlingt. Sie mag die Art wie er nickt, wenn sie etwas sagt und sie dabei bedächtig beobachtet. Sie mag die Art wie er an seiner Zigarette zieht. Seine Worte klingen so, als würde er sich zu dem Menschen bekennen, der sie wirklich ist und nicht zu dem, den andere zu sehen bereit sind. Die Zärtlichkeit in seine Blick wurde bereits nach dieser kurzen gemeinsamen Zeit für sie zu einer existenziellen Notwendigkeit.

Zoe hat das Gefühl, dass Liam sie wirklich versteht. Das er weiß, dass ein jedes Zittern des Herzens von einem Gefühl erzählt und das hinter jedem Atemzug eine Geschichte steckt und das man bloß hinhören muss um zu verstehen. Sie weiß, dass seine Augen sie sehen. Also wirklich sie und niemals durch sie hindurch oder an ihr vorbei.

Es vergehen zwei Stunden bis er sie fragt:
„Und nun, zu dir oder zu mir?"

„Zu dir."

Sie will ihn auf keinen Fall mit zu sich nehmen. Sie hat Angst davor hinterher seine Abwesenheit, dort wo sie immer so verdammt gut alleine sein kann, nicht aushalten zu können. Sie versucht noch immer krampfhaft so viel Abstand wie möglich zu ihm zu halten, auch wenn das gar nicht so einfach ist, so angezogen wie sie sich von ihm fühlt.

Die Frage kommt ihr ganz natürlich vor. Sie will auch dieses Mal mit ihm schlafen. Sie verzehrt sich nach diesem alles umgreifenden Sex mit ihm. Alles an Liam ist für sie Verführung. Sein Verlangen macht Zoe sichtbar. Zoe kann nicht leugnen, dass sie mehr als bloß das will. Sie will auch neben ihm einschlafen, sie will seinen Arm zärtlich auf ihrer Haut liegend spüren. Sie will mit ihm am morgen gemeinsam aufwachen. Sie will mit ihm Frühstücken und sich nebeneinander stehend die Zähne putzen.

All das taten sie dann auch. Zoe hätte diese Stunden mit ihm gerne für immer Luftdicht eingeschweißt. Doch manche Momente sind rastlos, egal wie sehr man sich auch an sie binden will.

Liam gibt Zoe alles, was sie sich wünscht. Doch da ist ein Abstand zwischen ihnen der sich nur schlecht leugnen lässt. Freundschaft und Sex kann so etwas sein wie Schokolade und Chili. Einzeln gut und zusammen überraschend passend. Doch es mag nicht jeder. Zoe jedoch schon und Liam erst recht.

Sie treffen sich häufig, aber unregelmäßig. Es läuft immer auf das selbe hinaus. Sie unterhalten sich gut, trinken etwas und landen dann im Bett. Am nächsten Morgen küsst er sie noch immer, legt noch immer kurzweilig seine Hand auf ihr Knie oder ihren Rücken und lächelt sie so an, dass Zoe jedes Mal das Gefühl hat, in seinem Blick zu ertrinken. Doch mehr entsteht einfach nicht.

Als Zoe nach dieser Nacht in den Spiegel sieht, erkennt sie ihr Gesicht kaum wieder. Jeder kennt das doch, wie es sich anfühlt, wenn man minutenlang in den Spiegel schaut, bis das eigene Gesicht verschwimmt und sich nach und nach auflöst und nach einem weiteren Moment setzt es sich dann wieder zusammen. Manchmal erkennt man sich danach noch und manchmal blickt einen jemand völlig fremdes entgegen und gelegentlich gefällt einem dieses neue Bild besser als das alte und genauso ergeht es Zoe in diesem Moment.

*

Liam will sich nicht festlegen. Bei ihm fand schon oft Liebe statt, doch er ist bisher nur einmal hingegangen und wurde direkt komplett enttäuscht. Seitdem gehört zu dieser Sorte Mann, der immer von Frauen umgeben ist. Nicht von ganz normalen, sondern von atemberaubend schönen Frauen. Der Grund dafür ist ganz simpel, seine Unnahbarkeit macht ihn anziehend. Von ihm Beachtung zu erfahren kommt beinahe einem Privileg gleich. Die Frauen, die Liam umgeben, sind gänzlich unterschiedlich, denn bei ihm jongliert die Typfrage von Frau zu Frau. Liam hat in der ganzen Stadt und wahrscheinlich noch in ein paar anderen unzählige gebrochene Herzen verteilt.

Ständig hat Zoe das Gefühl mit ihnen nicht richtig mithalten zu können und sie verfolgt argwöhnisch Liams Blicke, wenn eine von ihnen an ihm vorübergeht. Die Welt verliert für sie in diesen Momenten an Schärfe, wenn er mit einer der vielen Frauen, anstatt mit ihr spricht. Es versetzt ihr jedes Mal einen Stich, aber sie lächelt tapfer darüber hinweg. Und diese Tatsache ist auch leicht zu ignorieren, weil er immer so charmant und liebenswürdig zu ihr ist, wenn sie alleine miteinander sind. Eigentlich hat Zoe sich nie vor Konkurrenz gefürchtet.

Doch sie war auch noch nie so stark.
Sie war noch nie so vielfältig.
Sie war noch nie so konturlos.

Zoe bewundert an Liam seinen Glauben an sich selbst, der so haltbar ist, wie eine Liebeserklärung unter der Haut. Liam braucht nie die Bestätigung von anderen, denn er ist dazu in der Lage sich selbst mit jedem Satz zu bestätigen. Er weiß immer was er will und scheut sich nie davor das auch zum Ausdruck zu bringen. Liam lässt sich höchstens vom Navi sagen wo es lang geht. Er kommt ihr immer so viel älter vor als sie es selbst ist und trotzdem hat sie niemals das Gefühl, dass sie zu viele Jahre trennen. Sie mag die Art wie er einen Raum betritt. In jedem seiner Schritte liegt ein Selbstverständnis, das nur schwierig in Worte zu fassen ist. Sie ist sich nie sicher, ob es ihm wirklich egal ist wie ihn andere Menschen sehen oder ob er bloß ein verdammt guter Schauspieler ist, aber eines weiß sie mit Sicherheit, irgendwie schafft er es, dass sie es schafft alle Masken fallen zu lassen, obwohl sie dadurch so verletzlich wird, wie sie es nie sein wollte, doch bei ihm fühlt sie sich sicher und gut aufgehoben. Sie ist sich sicher, dass er ihr eine Hand reicht und sie heimwärts bringt, wenn sie vergisst wo ihr Heim liegt. Solche Menschen gibt es heutzutage viel zu selten.

Manchmal redet er mit seinen Freunden über die Frauen die er irgendwo gesehen hat oder die er hier und da kennenlernt. Er ordnet sie dann Nummern zu. Einmal sagt er:
„Die Frau mit der ich gestern zusammengearbeitet habe war wirklich nicht mehr als eine 4, die würde ich nicht einmal ficken."
Sein Freund lachte und meinte:
„Nee alles unter einer 5 geht gar nicht. Eine 6 ist schon okay, wenn gerade nichts besseres da ist."
Die Jungs finden das dann furchtbar lustig und auch Zoe ringt sich jedes mal ein Lächeln ab, aber insgeheim überlegt sie:
>>Liam ist für mich eine 10 mit Sternchen, die größere Frage ist aber, wo er mich einordnen würde.<<
Sie hätte ihn gerne danach gefragt, aber dafür fehlt ihr der Mut. Zoe weiß, dass sie nicht die einzige Frau für ihn ist, wenn auch die einzige konstante. Sie weiß, dass er gelegentlich auch mit anderen Frauen schläft, sie versucht sich einzureden, dass es kein Problem für sie ist, weil sie nie besprochen haben, dass die Sache zwischen ihnen exklusiv ist. Aber na-

türlich störte es sie. Es tut ihr weh zu wissen, dass er etwas mit anderen Frauen teilt, von dem sie sich wünscht, er würde es nur ihr geben. Ihr einziger Trost ist, das er diese Frauen später nicht wiedersieht, weil sie doch bloß schön, aber nicht interessant genug sind. Manchmal erzählt er ihr davon und sagt dann so etwas wie:

>>Wenn die Frau doch bloß so schlau gewesen wäre wie sie schön war, aber es hat wohl einen Grund warum Barbie nicht spricht.<<

Solche Sätze sind Balsam für ihre Seele, weil sie somit immer noch etwas besonderes für ihn ist.

Manchmal steht Zoe sogar daneben, wenn eine Frau ihn wie einen langen Wollfaden langsam und fordernd mit ihren perfekt manikürten Händen um ihren Finger wickelt. Zoe lächelt dann immer und sieht die Frauen angriffslustig an. Sie hat schon immer mit bloßer Freundlichkeit getötet und in ihrer Anwesenheit ist Liam am Ende des Abends auch nie mit einer dieser Frauen nach Hause gegangen, sondern entweder mir ihr oder alleine. All das gibt ihr immer neue Hoffnungen und beruhigt ihre Nerven wie ein Sedativum.

Die meiste Zeit, die Zoe mit Liam verbringt, genießt sie sehr. Sie fühlt sich besonders in seiner Gegenwart und hat das Gefühl, dass zwischen ihnen eine ganz besondere Verbindung besteht, aber zwischendurch gibt es auch andere Momente. Augenblicke in denen seine Zuneigung zu ihr so wechselhaft ist wie Aprilwetter. Manchmal hat sie das Gefühl, dass er mit seinen Gedanken ganz woanders ist und das er bloß zu höflich ist, um sie wegzuschicken. Manchmal hat sie das Gefühl, dass sie für ihn gerade zu anstrengend ist und er bloß zu freundlich ist, um ihr das zu sagen. Aber diese Momente dauern nie lange an und Zoe vergisst das unsichere Gefühl, welches sich in ihr drin ausgebreitet hat schnell wieder, wenn er sie in seine Arme zieht und sie sich endlich angekommen fühlt. Seine Arme vervollständigen sie.

Niemals wird sie das Gefühl vergessen, wie er sie festgehalten hat, als sie sich an ihm festhielt. Sie weiß noch wie sie dachte:
„Solange er mich festhält halte ich alles aus."
Er war der erste Mensch in ihrem Leben, der ihr gezeigt hat wie sich Geborgenheit anfühlt und vor allem war er der erste Mensch von dem sie dieses Gefühl annehmen und in sich aufnehmen kann. Zoe hat sich immer gewünscht von jemanden umarmt zu werden, den sie auch ertragen kann und das ist leider schwerer als es den Anschein hat, wie bei allem das zu schön klingt um leicht zu sein. Doch bei Liam fühlt es sich so an, wie es sein soll. Leicht und sicher. Er hat es irgendwie geschafft sich ihr Zuhause in seiner Brust einzubauen, was ein ziemlich kluger Schachzug seinerseits gewesen wäre, wenn er denn mit Absicht gehandelt hätte, doch daran zweifelt Zoe. Bei ihm hat sie zum ersten Mal das Gefühl umsorgt zu werden und Zoe findet, das dieses Gefühl jeder einmal erleben sollte, weil es keine schönere Bestätigung als diese für das eigene Dasein gibt. Sie versteht endlich, dass Zärtlichkeit eine ganz eigene Sprache ist.
Eine Fremdsprache.
Die sie langsam erlernt.

Geste für Geste.

Mit ihm fühlt sich Zoe atemlos ohne die Luft zu vermissen.

Doch trotz der Schönheit die in diesen Augenblicken inne wohnt, jagen Zoe all diese neuen Empfindungen noch immer eine riesige Angst ein. Sie bräuchte ein Navi für ihre und seine Grenzen, ein Warnsignal, wenn sie zu weit geht und eine Ampel die ihr das Startsignal gibt um zu laufen. So weit und so schnell sie kann. Doch all das hat sie nicht und so muss sie auf ihr eigenes Gefühl hören und ihren Gefühlen hat sie noch nie richtig vertraut.

Am besten gefallen Zoe immer die Nächte mit Liam. Weil sie besser bei ihm schläft, weil seine Arme ihr halt geben, wenn er sie um sie legt, weil sie ihr Gesicht in sein Kissen drücken kann, das nach ihm und nicht nach ihr riecht. Weil sein Herzschlag die perfekte Ergänzung zu ihrem ist. Sie liebt es, wenn sie seinen Atem ruhig und gleichmäßig an ihrem Nacken spürt und rückt jedes Mal noch ein Stückchen näher an ihn heran. Sie wollte schon immer mehr, vor allem von den schönen Gefühlen und Momenten.

Einmal hat sie zu ihm gesagt:

„Die liebsten Nächte sind mir die mit dir. Mit dir fühlt sich die Dunkelheit so viel leiser an."

„Aber ich schnarche doch ganz fürchterlich", erwiderte er lachend.

„Stimmt", sagte sie „aber das ist ein ruhiges Geräusch".

*

Zoe gesteht sich langsam ein, dass sie sich tatsächlich in Liam verliebt hat. Sie will mit ihm mehr als bloß einen Freundschaftsbecher teilen. Sie will, dass er nur noch sie will und das er die anderen Frauen nur noch am Rande als Nebendarstellerinnen wahrnimmt. Sie hat sich in ihn verliebt, so wie man in ein fremdes Gewässer springt. Sie wusste nicht wie tief es unter der Oberfläche geht und ob es ein gelungener Sprung wird oder mit einem Genickbruch endet.

Zwischen ihnen gab es diese eine Sekunde, ganz am Anfang. Diese eine die gereicht hat, um sie für immer zu berühren. Sein wüster Charme hat ihr in diesem Moment den letzten Hauch ihres Verstandes weggefegt.

Am Anfang gefielen ihr diese kurzen, wie zufällig wirkenden Berührungen noch sehr, doch mit der Zeit wollte sie eine bewusste Geste von ihm. Sie wollte das erste Mal in ihrem Leben Händchenhaltend mit einem Mann durch die Straßen streifen. Sie wollte, dass er sich vor seinen Freunden zu ihr bekennt. Einige von ihnen hatte sie hier und dort schon mal gesehen, aber er stellte sie bloß als *eine* Freundin vor und nicht als *die* Freundin.

Wenn ein anderer Mann Zoe anspricht reagierte Liam jedoch jedes Mal eifersüchtig. Er spielt dieses Gefühl dann herunter und lachte zu laut und machte zu viele Späße darüber die ihr verraten, dass es ihm nicht gefällt, wenn andere Männer sie interessant finden. Immer wenn es zu so einer Situation kommt, schöpft Zoe neue Hoffnung. Sie denkt, wenn er doch eifersüchtig ist, dann muss ich ihm doch etwas bedeuten. Wenn es ihn doch stört und mich kein anderer haben soll, dann will er mich doch bestimmt. Sie hofft darauf, dass er mit der Zeit die selben Gefühle für sie entwickelt wie sie für ihn. Und Liam macht es ihr leicht an dieser Hoffnung festzuhalten.

Seine Worte bewegen sie, weil sie achtsam klingen, weil ihr Nachhall ihr Herz berührt und die Betonungen immer auf den richtigen Silben liegen. Seine Berührungen lassen ihr Herz höher schlagen und ihre Haut fühlt sich an als würde ein Feuerwerk zwischen ihren Nervenzellen entflammen. Er kümmert sich um sie, hilft ihr soweit es ihm möglich ist und soweit sie es zulässt. Er fragt nach ihrem Befinden und bei ihm geht diese Frage weit über eine Floskel hinaus. Er merkt sich, was sie gerne mag und was nicht. Er erinnert sich an viele Details die sie ihm einmal aus ihrem Leben erzählt hat und jedes Mal ist sie auf ein neues überrascht. Sie erzählt ihm davon wie sich fallende Gedanken anfühlen und er versteht was sie ihm sagt. Es ist, als wäre er der erste Mensch, der ihre Sprache spricht. All das beweist Zoe, dass auch Liam mehr für sie empfindet und das er mehr will, als diesen Atem raubenden Sex.

Es vergehen Wochen.
Es vergehen Monate.
Es vergeht ein halbes Jahr.

Irgendwann gewöhnt sich Zoe an dieses Herzrasen in ihrer Brust, wenn sie ihn sieht. Sie gewöhnt sich daran, ständig auf ihr Handy zu blicken und auf eine Nachricht zu warten. Sie gewöhnt sich daran, nicht die einzige Frau für ihn zu sein. Sie gewöhnt sich daran zu hoffen und immer wieder neue Hoffnung zu finden, wenn die alte zunichte gemacht wurde. Es ist alles so gewohnt, dass sie gar nicht mitbekommt, wie lange es schon so läuft. Sie realisiert kaum noch, dass sie keinen Schritt voran gekommen sind.

Und eigentlich ist es doch gut so wie es ist, redet Zoe sich dann ein. Eigentlich ist sie doch lieber Single und will sich gar nicht binden. Es ist schon okay so. Sie können sehr gut miteinander reden und haben diesen unbeschreiblich guten Sex miteinander. Es ist Freundschaft Plus mit Doppelsternchen. Er gibt ihr die Nähe, die sie gelegentlich braucht und engt sie nicht ein. Mit ihm hat sie Spaß und sie kann sich auf ihn verlassen. Vielleicht, denkt sie, verlangt sie auch einfach zu viel. Vielleicht sollte sie sich mit dem zufriedengeben was er ihr gibt.

Manchmal fragt sich Zoe, ob sie diese starken Gefühle für Liam hegt, weil er nie ganz bei ihr ist. Vielleicht ist es so leicht für sie sich ihm nahe zu fühlen, weil er ein Tagtraum ist, den sie gelegentlich berühren kann und der sie festhält, wenn sie bereit dafür ist, aber am Ende doch wieder verschwindet ohne das etwas zurückbleibt, das danach verlangt Beachtung zu bekommen. Sie muss bei ihm keine Rechenschaft ablegen, sie muss ihm nicht sagen wo sie ist und was sie macht und wann sie sich wiedersehen. Sie könnte zu jeder Zeit einfach gehen und es wäre okay.

Er natürlich auch und das wäre nicht ganz so okay für sie. Ganz und gar nicht.

Dann gibt es andere Momente, Augenblicke in denen sie sich nach diesem *mehr* zwischen ihnen verzehrt. Stunden in denen er sie schlaflos macht und ihre Gedanken um Gespräche kreisen, die bisher noch nicht stattgefunden haben.

Sie malt sich aus, wie sie ihm ihre Liebe gesteht und er sie zur Antwort zärtlich küsst und sagt, dass er sie auch schon seit langer Zeit liebt. Sie träumt sich ganze Welten zusammen und überlegt, wie es wohl sein würde, seine richtige Freundin zu sein. So eine ganz feste und ganz ernste mit der er lachen und gigantischen Sex haben kann. Sie stellt sich vor wie gut sie zueinander passen würden und wie perfekt ihr gemeinsames Leben werden wird. Sie malt sich auch den ersten Streit aus, den sie natürlich vollkommen unbeschadet in zerwühlten Laken überstehen werden. Sie stellt sich vor, wie auch sie manchmal für ihn die starke Schulter zum anlehnen ist. Sie denkt darüber nach welch einen Halt er ihr bietet und wie sehr sich auch Liam an ihr festhalten kann. Sie würden sich beide beim gegenseitigen festhalten, festhalten. Sie würden zusammen ziehen, in eine kleine Wohnung und ein Leben miteinander und nicht umeinander herum führen. Es wäre so großartig, da ist sich Zoe sicher.

Und dann zieht sich ihr Herz ein Stück zusammen, weil es schon so lange so unerträglich vor sich hin dümpelt zwischen ihr und ihm und weil er ihr keine eindeutigen Signale sendet und nie mit ihr über die Zukunft spricht.

Zoe weiß eines ganz genau, wenn sie Liam ihre Gefühle gesteht, dann wird sich alles verändern. Entweder in die perfekte Richtung oder in eine die sie nicht ertragen könnte.

Zoe ist sich nicht sicher, ob sie damit leben kann, wenn er ihr direkt ins Gesicht sagt, dass sie nicht die richtige Frau für ihn ist. Was ist, wenn sie nicht gut genug für ihn ist? Was ist, wenn sie nicht reicht? Was ist, wenn er zwar gerne mit ihr Zeit im und außerhalb des Bettes verbringt, aber nicht gerne genug um diese Zeit weiter auszudehnen? Doch die ständige Fragerei raubt ihr mehr Energie und Kraft als es die falsche Antwort von ihm je könnte, so viel ist sicher.

Einige Wochenlang probt sie immer und immer wieder die Sätze in ihrem Kopf zurechtzulegen, die sie ihm sagen will um eine Klarheit zu erlangen, die sie fürchtet. Wochenlang wiegt sie ihren Kopf hin und her um diese Folgenschwere Entscheidung abzuwiegen. Die Wahrheit die alles verändern kann oder besser die Unwissenheit, die alles beim alten lässt?

*

Und dann kommt der Tag.
Der Tag an dem Zoe sich vornimmt einmal mutig zu sein. Sie weiß, in ein paar Sekunden ist alles vorbei. Sie braucht bloß einen Moment Mut und dann ist alles vorbei.
Oder alles beginnt.

Sie atmet und atmet und atmet und hat das Gefühl, trotzdem nicht richtig Luft zu bekommen.

Sie denkt und denkt und denkt und hat das Gefühl trotzdem keinen klaren Gedanken mehr fassen zu können.

Sie räuspert sich und trotzdem klingt ihre Stimme nicht nach der Selbstbewussten Frau die sie jetzt gerade gerne wäre, sondern eher unsicher und verängstigt. Sie fühlt sich wie ein kleines Kind, das sich noch nicht traut alleine auf die Toilette zu gehen.

>>Liam, führt das mit uns irgendwo hin? Gehen wir in eine Richtung oder laufen wir nur zufällig nebeneinander her? Ich meine, also ich würde gerne einen gemeinsamen Weg mit dir gehen, ich mag dich sehr und eigentlich mehr als sehr.<<

Zoe hat das Gefühl gerade ihr gesamtes Inneres vor ihm auf den Boden gekotzt zu haben und es riecht nicht gut und hat sich auch nicht schön angehört, es klang bedürftig und riecht nach Verzweiflung.

Liam bleibt für einen Moment Stumm und dann für einen weiteren und kurz überlegt Zoe, ob sie nur geträumt hat, ihm diese wichtigen Sätze gesagt zu haben, aber dann antwortet er doch.

>>Zoe, ich mag dich. Du bist eine unglaubliche Frau. Attraktiv, nett, hilfsbereit und unglaublich liebenswürdig.<<

Zoe hört das *aber* hinter jedem seiner Worte und es fällt ihr schwer seinen Worten gebührend zu folgen, weil in ihr etwas so laut bricht, dass es ihr in den Ohren schmerzt.

>>Du wärst die perfekte Frau für mich, darüber habe ich schon so oft nachgedacht. Glaub mir, ich würde dich so gerne lieben können. Ich hätte so gerne Herzrasen, wenn ich dich

sehe oder wenigstens ein kleines Flattern von einem einzigen Schmetterling, aber da ist nichts.

Ich wünschte, man könnte seine eigenen Gefühle besser steuern. Ich wünschte, ich könnte dir etwas anderes sagen, aber wir werden keinen gemeinsamen Weg gehen, keinen so wie du ihn dir wünscht. Wir laufen nebeneinander her. Wir teilen uns einen Weg, aber irgendwann wird die Kreuzung kommen, an der wir die Richtung ändern und einer wird dem anderen nicht mehr folgen können. Wir werden irgendwann bloß noch gelegentlich unsere Wege kreuzen und einen anderen Menschen an unserer Seite haben, mit dem wir eben genau diesen einen entscheidenden Weg gemeinsam gehen.

Ich weiß, dass ist nicht das was du hören willst, aber ich mag dich. Du bist ein wichtiger Mensch und du hast mir eine eindeutige Frage gestellt und du hast eine eindeutige und vor allem ehrliche Antwort verdient und wenn du jetzt gehen und mich vorerst nicht mehr sehen willst, dann verstehe ich das.<<

Nun schweigt Zoe eine Weile. Bis sie sich ein Herz fast und nach einer Ewigkeit ihre Stimme wiederfindet.

>>Wir müssen nichts ändern. Ich mag dich und ich mag die gemeinsame Zeit mit dir. Ich brauche bloß Zeit um damit abzuschließen. Gib mir ein paar Wochen Zeit in denen ich mein Herz von dem überzeugen kann, was du mir gerade gesagt hast und dann können wir einfach weitermachen, genauso wie bisher.<<

Liam blickt sie zögernd an, nicht sicher ob sie sich ihrer Worte bewusst ist. Nickt dann aber doch und rückte unmerklich ein paar Zentimeter von ihr weg, er hat das Gefühl Zoe

Raum geben zu müssen. Mehr als ein paar Zentimeter, aber es ist ein Anfang. Nun ist es an ihr zu entscheiden wie es für sie beide weitergehen wird. Sie ist diejenige mit dem gebrochenen Herzen, sie hat das Recht zu entscheiden, was für sie tragbar und machbar ist.

*

Zoe nimmt sich eine Auszeit von Liam. Es tut tatsächlich ein bisschen länger weh, als sie es erwartet hat. Er hat ihr gemeinsames Kapitel einfach eingegrenzt, mit dieser Zurückweisung muss sie erst einmal zurecht kommen. Es nimmt sie mit wie ein zu schneller Zug, in dessen Scheibe die Umgebung verschwimmt. Sie versteht einfach nicht, wie man für jemanden der perfekte Mensch sein kann, die passende Verbindung und es dann doch nicht sein soll. Wenn es an ihr liegen würde, wenn es einen konkreten Grund geben würde. Irgendetwas, das sie an sich nicht ändern will und kann, dann könnte sie es verstehen. Aber er hat gesagt sie ist für ihn das perfekte Gegenstück, bloß ohne Gefühl. Liegt es also trotzdem an ihr, ohne das er den Grund benennen kann, oder liegt es an ihm, weil er nicht lieben kann, was es wert wäre geliebt zu werden?

Was ist, wenn sie niemals wieder jemand so berührt wie er sie berührt hat? Dieser Gedanke jagt ihr Angst ein.

Zoe verbringt viele Tage und vor allem viele Nächte mit dieser Sorte von Fragen. Sie wiederholt seine Worte in ihrem Kopf und wird trotzdem nicht schlau aus ihnen. Sie weiß bloß, dass es ihr lieber gewesen wäre, wenn er etwas an ihr auszusetzen gehabt hätte. Denn so hat er ihr nicht genügend Hoffnung genommen um einen klaren Schnitt machen zu können. Dabei glaubt Zoe doch so sehr an Abschnitte und endgültige Abschlüsse. Doch Zoe weiß, man maßt sich an, wenn man auf Gegenliebe pocht. Menschen wollen immer zurückgeliebt werden, dabei haben sie da überhaupt kein Recht drauf und bloß weil ihre Liebe nicht von jemanden erwidert wird, werden sie sauer und sind verletzt und brechen den Kontakt zu demjenigen ab, den sie doch angeblich so sehr lieben. Sie möchte nicht zu dieser Sorte Mensch gehören und egal wie sehr sie sich gewünscht hat, das auch Liam so für sie empfindet, so akzeptiert sie seine Gefühle letztendlich.

*

Mit der Zeit wurde es besser. Sie glaubt nun selbst nicht mehr an dieses *wir* zwischen ihm und ihr. Höchstens dann, wenn Pferde eines Tages erkennen, dass sie Einhörner sind und Liebe etwas ist, das man selbst erschaffen und formen kann. Sie denkt:

>>Kann sein, das es nie ein *wir* geben wird, immer bloß ein du und ich. Kann sein, das unsere Herzen nie im selben Takt schlagen werden, doch solange wir im selben Moment den Atem anhalten ist das okay."

Sie wagt sich Liam wiederzusehen und es fühlt sich erstaunlich normal an. Noch ist es ein etwas unausgeglichener Tanz. Er will sie nicht verletzen und sie will ihm keine Anzeichen für andauernde Verliebtheits-Gefühle geben, die nicht mehr in ihr wohnen. Sie knüpfen dort an wo sie aufgehört haben. Manchmal klopft Zoes Herz noch zu schnell, aber sie weiß das wird vergehen.

Sie gehört nicht zu den Frauen, die einem Mann hinterherlaufen, der sich nicht einholen lassen will. Sie weiß, sie kann andere Männer haben, wenn sie will. Sie hat sich einmal von einem anderen Menschen abhängig gemacht und das wird sich jetzt nicht wiederholen.

Die Zeit vergeht weiter...
….und dann verliebt sich Liam.

Er verliebt sich in eine Frau, die Zoe zum verwechseln ähnlich sieht. Er erzählt es ihr bei einem Bier in ihrer Stammbar.
Zoe lächelt.
Sie lächelt und lächelt und lächelt.
Es tut weh.
Mehr als sie ertragen kann.
Sie lächelt.
Sie hätte diese Frau an seiner Seite sein sollen. Sie wäre doch genau die richtige für ihn gewesen.
Eine Weile hält sie es noch aus, in diesem Raum, der ihr plötzlich viel zu klein vorkommt um ihn mit Liam oder auch sonst einem Menschen zu teilen. Eine Weile hält sie ihre Fassade noch aufrecht.
Dann dreht sie sich weg und atmet so viel, dass sie sich verschluckt.
Gehen.
War ist nicht leicht.

Mag sein, das sie in den vergangenen Monaten keine aktiven Gefühle mehr für Liam hatte. Zoe ist gut im abschließen, aber nun so überdeutlich das vor sich stehen zu haben, was sie sich selbst so sehr gewünscht hat, war für sie nicht auszuhalten. Sie schafft es nicht ihm sein Glück zu gönnen. Es ist noch nicht genügend Zeit vergangen. Der Punkt den sie hinter sich und Liam gesetzt hat war bloß dekorativ, und vom dekorieren versteht sie genau wenig wie vom abschließen. Deshalb gleicht der Punkt in diesem Moment eher einem Schandfleck, als einem Abschluss. Vielleicht in einem Jahr, vielleicht, wenn auch sie jemanden kennengelernt hätte, dann hätte sie sicher damit umgehen können. Doch es war erst vier Monate her, das sie ihm ihre Liebe gestanden hat. Es war nicht genug Zeit um diesem Anblick mit Würde Standhalten zu können. Es reichte nicht aus.

*

Sie treffen sich noch ein paar mal. Ohne Sex und mit angespannten Gesprächsthemen. Sie versuchen erzwungener Weise Freunde zu sein. Doch jetzt, wo er eine andere Frau liebt und Zoes Hoffnungen von einem auf den anderen Tag zerschlagen wurden, fällt es ihr schwer normal mit ihm umzugehen und auch Liam wirkt plötzlich angespannt.

Die Abstände zwischen ihren Treffen wurden länger und irgendwann ebbten sie ganz ab. Liam fehlt Zoe. Doch noch mehr als er, fehlt ihr das Gefühl wie sie sich mit ihm gefühlt hat.

Die einzige gemeinsame Zeit ist heute die in Zoes träumen und manchmal fragt sie sich ob er zur selben Zeit auch von ihr träumt, denn vielleicht wären sie dann an einem anderen Ort in einem Paralleluniversum tatsächlich richtig zusammen. An einem Ort an dem für sie beide eine gemeinsame Zukunft möglich ist.

Noch heute erinnert sich Zoe regelmäßig an diese Zeit. Denn wenn sie beide nicht mehr an diese Zeit denken, dann ist es beinahe so, als hätte es sie nie gegeben und das darf nicht geschehen.

Niemals.

Er hat so viele Worte über ihre Tage gestreut.

So bunt wie Konfetti.

Und noch heute findet sie diese in den Lücken ihres Daseins, das hilft ihr dabei, dass diese Zeit niemals in Vergessenheit gerät.

Was wäre wenn...

ich dich niemals getroffen hätte und dafür sie?

Die Zeit entscheidet über unsere Zukunft.

Meistens.

Nicht.

Denn wir entscheiden über die Zeit.

Und wenn wir sie verpassen.

Ist das unsere Schuld.

Und die neue Zeit trägt unseren Namen.

Liam

Liam

Liam plant seine Zukunft nicht. Er glaubt nicht an einen vorgeschriebenen Lebensweg und das zu einem angemessenen Leben ein Wecker gehört, der ihn morgens um 05:00 Uhr aus dem Bett schmeißt. Er möchte nicht zu den Menschen gehören, die jeden Montag verfluchen, bloß weil sie sich den falschen Job ausgesucht haben und deswegen nicht ertragen können, dass ihr Wochenende vorüber ist. Für Liam ist es egal ob heute Montag, Freitag oder Samstag ist. Wenn er feiern gehen will, dann macht er das und wenn er arbeiten will ebenfalls. Liam liebt seine Arbeit, die ihm nicht im geringsten wie Arbeit vorkommt.

Er ist Songwriter für ein paar deutsche Künstler die gelegentlich irgendwo im Mittelfeld der Charts unterwegs sind. Er schreibt nicht für die ganz großen. Sein Name ist nicht besonders bekannt in dieser Szene. Das liegt nicht daran, dass Liam nicht gut genug in seinem Job ist, sondern das er nicht mehr will. Er will sich weder verbiegen noch verdrehen. Er steht nicht auf den monotonen Klang des Mainstreams. Er legt sich in seinem Stil nur ungern fest und aus diesem Grund schreibt er nie lange für einen Künstler.

Musik ist für Liam schon immer die beste Möglichkeit gewesen sich auszudrücken. Er legt seine gesamten Gefühle in eine Tonabfolge. Die Menschen, die jene von ihm geschriebenen Songs hören, spüren sie auch.

Liam wurde schon ein paar Mal gefragt, ob er nicht selbst auch den ein oder anderen seiner Songs gerne singen würde. Doch er gehört nicht zu den Menschen die sich gerne im Rampenlicht präsentieren. Er steht lieber daneben und beobachtet das Geschehen. Für ihn ist Musik noch immer mehr ein Hobby als ein Beruf, auch wenn er schon lange ganz gut mit diesem Hobby über die Runden kommt. Doch wie schon gesagt, ist Liam keiner der Menschen die ihre Zukunft bis ins letzte Detail planen.

Liam geht ständig auf Konzerte. Er mag es von Musik umgeben zu sein. Es ist ihm lieber sein Geld für ein gutes Konzert auszugeben, als für einen Abend im Club an den er sich später meistens nur noch bruchstückhaft erinnern kann. Auch an diesem Abend steht wieder ein Konzert an. Er freut sich schon seit Monaten darauf. Jennifer Rostock spielen ganz in seiner Nähe und das Ticket schlummert schon lange in seiner Schreibtischschublade.

Eigentlich wollte er schon vor einer ganzen Weile los, doch dann bekommt er Lust vorher noch einen zu rauchen. Geschickt baut er sich einen Joint und inhaliert die ersten Züge. Wie gebannt betrachtet er die blauen Rauchschwaben die sich in seinem Zimmer ausbreiten. Sein WG-Mitbewohner Robin kommt zur Tür rein, angezogen vom Geruch und der

Chance auf ein paar Züge. Sie teilen sich das Teil und bauen kurz darauf einen weiteren.

Liams Zeitgefüge scheint sich nach dem zweiten Joint zu verschieben, es ist als würde sich die Zeit vor ihm ausbreiten und sich um ihm legen. Als er das nächste Mal auf die Uhr schaut, ist er viel zu spät dran. Das Konzert beginnt in ein paar Minuten und pünktlich wird er es nun nicht mehr schaffen. Kurz ärgert er sich darüber, aber dann wird er wieder ruhiger. Angelt nach seiner Jacke und macht sich auf den Weg.

Als er die Halle betritt, ist sie bereits fast vollständig gefüllt und er hat keine Lust sich bis nach vorne durchzuwühlen und bleibt stattdessen hinten stehen. Die Musik ist gut, die Stimmung noch besser und seine erst recht.

Trotz dem Weitwinkel zur Bühne, nimmt ihn die Atmosphäre gefangen. Liam ist vollständig in seinem Element. Das Gras tut sein übriges um ihn vollständig wegzureißen von diesem Ort an dem er steht, hinein in eine andere Dimension in seinem Kopf mit der besten Hintergrundmusik die er sich in diesem Augenblick vorstellen kann. Er springt solange gemeinsam mit den anderen bis sein Herz ihm beinahe aus der Brust zu hüpfen scheint.

Leider spielt die Zeit heute nicht mit ihm gemeinsam sondern gegen ihn und so vergeht sie auch hier, wie schon bei ihm zu Hause viel zu schnell und plötzlich sind die meisten bereits gegangen, als auch er endlich seine Jacke von der Garderobe holte.

*

Ihm ist noch lange nicht danach wieder nach Hause zu gehen und so entscheidet er sich dafür, noch in einen Club ganz in der Nähe zu gehen. Er hat Lust zu harten Elektroklängen zu tanzen um noch länger in dieser elektrisierenden Stimmung zu bleiben. Vor der Tür atmet er die kühle Nachtluft ein und fühlt sich lebendig und voller Tatendrang. Der Weg ist nicht weit und so findet er sich kurz darauf vor dem Eingang wieder.

Der Club ist gut gefüllt und die Tanzfläche bebt bereits unter den tanzenden Füßen der Nachtschwärmer.

Gleich zu Anfang fällt ihm ein sehr hübsches Mädchen auf. Sie ist eindeutig etwas jünger als er, aber das passt Liam ganz gut. Er findet das Frauen in ihren zwanzigern in ihrer besten Zeit sind und Männer in ihren dreißigern. Tanzend bahnt er sich einen Weg durch die Menge zu der unbekannten. Ihre langen braunen Haare fallen ihr wie Seide über die nackten Schultern und ihre zerrissene Jeans legt sich um ihre perfekte Figur wie eine zweite Haut.

Er will sich gerade charmant vorstellen, als sie ihm herausfordernd in die Augen schaute und mit ihm zu tanzen beginnt. Sie lacht viel und in ihrem Blick liegt etwas anzügliches, das er nicht richtig ermessen kann. Nach ein paar Takten legt er seine Hände auf ihre Hüften und lässt sie langsam Stück um Stück weiter nach unten wandern. Sie zuckt nicht zusammen, wehrt sich nicht und scheint seine Art der Aufmerksamkeit zu genießen. Liam spürt einen Schauer der Erregung durch seinen Körper laufen. Er fragt sie ob sie gemeinsam etwas trinken gehen wollen. Sie nickt und wirft ihm wieder so einen mistigen Blick zu. An der Bar bestellt er zwei Gin Tonic und schiebt ihr eines der Gläser mit einer lässigen Geste rüber. Sie nickt bloß zum dank, setzt an und leert das Glas in einem Zug. Dann steht sie unvermittelt auf und blickt ihn erneut mit diesem herausfordernden Blick an. Sie bringt Liam komplett aus dem Konzept, denn normalerweise ist er derjenige, der die Oberhand übernimmt und die Frauen durcheinander bringt.

>>Kommst du.<<

Es ist keine Frage. Es ist eine Aufforderung. Liam kippt den Gin Tonic herunter und greift nach der entgegen gestreckten Hand. Sie zieht ihn in Richtung der Toiletten. Sein Herz beginnt in seiner Brust immer schneller zu schlagen. Sollte er mit seiner Vermutung recht behalten? Die Frau öffnet die Tür zu den Männertoiletten und dann die zu den Kabinen. Sie beginnt Liam zu Küssen. Er öffnet ihre Hose und schiebt sie ein Stück nach unten.

Sie hatten diesen verruchten und verbotenen Sex, der pures Adrenalin durch die Adern fließen lässt. Sie wissen nichts voneinander nicht einmal ihre Namen.

Es endet.

Dort wo es begonnen hat.

Hier in diesem Club.

Denn sie richtet ihre Kleidung und geht ohne sich ein weiteres Mal nach Liam umzusehen. Sie geht ohne ihm ihre

Nummer hinterlassen zu haben. Sie verschwindet und ein Hauch ihres Parfüms bleibt in der Luft zurück.

Liam lehnt sein Gesicht an die kalte Wand. Noch immer rast sein Herz. Noch immer versucht er zu verstehen, was hier gerade vor sich gegangen ist und als er sich endlich aufrafft die Toilette zu verlassen ist sie längst verschwunden. Er hat sie überall gesucht, diese Frau, die ihm gerade den Verstand geraubt hat. Noch eine Weile lässt er sich treiben von dem Beat in diesem dreckigen Club, bevor auch er geht.

*

Am nächsten Morgen, okay es ist früher Nachmittag, erzählt Liam Robin von der Begegnung mit der Frau. Robin stößt einen Pfiff der Bewunderung aus und klopft Liam anerkennend auf die Schulter.

>>So und nun lass es gut sein Alter. Du raffst gar nicht was du für ein Glück mit dem Mädel hattest oder? Sie wollte einfach nur Sex und du musst dich nicht einmal aus Anstand bei ihr melden. Man, man, man, wenn mir das doch bloß mal passieren würde. Geil. Ehrlich.<<

>>Ja ich weiß, aber sie war wirklich etwas besonderes und sie geht mir nicht mehr aus dem Kopf. Aber ohne ihren Namen, kann ich sie nicht einmal bei Facebook suchen.<<

>>Ich würde es einfach bei dem Abend belassen, ehrlich. Du hast sie dort mal eben weggeruppt und das war's. Sie hat bei dir Erregung ausgelöst aber kein Herzrasen und du bei ihr wahrscheinlich ebenso.<<

»Jetzt bleibt mir nur noch der Stempel als Zeitzeuge der Nacht und der ist spätestens nach der nächsten Dusche verschwunden.«

»Ach Liam komm schon, komm mal wieder klar, du hast doch ständig irgendwelche One-night-stands und Kurzzeit-Romanzen, dass ist eben dein Ding. Euch verbindet nichts weiter, als das eure Geschlechtsteile für einen Moment eine lockere Summe miteinander ergeben haben. Warum sollte es also ausgerechnet mit dieser Frau anders sein? Du bist doch bloß von ihr fasziniert, weil sie dir nicht verfallen ist.«

Da muss Liam seinem Kumpel wohl oder übel recht geben. Das was ihn an dieser Frau am gestrigen Abend am besten gefallen hat, war das sie vollkommen unbeeindruckt von ihm gewesen ist und ihm nicht heimlich oder offensiv ihre Nummer zugesteckt hat. So etwas passiert Liam nur sehr selten. Normalerweise trifft er immer auf Frauen, die von sich selbst dachten für ihn eben genau diese eine Frau zu sein, die ihn dazu bringen kann sesshaft zu werden. Aber am Ende ist Liam immer der Arsch der schon wieder irgendein Herz gebrochen hat, obwohl er ihnen nie mehr als diesen einen gemeinsamen Augenblick versprochen hat. Frauen.

Robin hält ihm einen Joint entgegen und sagt:
»Ey, anstatt dieser Frau hinterher zu jammern, solltest du endlich mal ein Demoband von dir abschicken. In dir schlummert so viel Talent, eigentlich müsstest du schlafwandelnd durch die Gegend laufen. Wenn ich so gut singen könnte wie du und dann auch noch solche Texte dazu schreiben würde, dann wäre ich der erste der hier schreien würde, bei jeder

sich mir bietenden Gelegenheit und du verschwendest dein können einfach bloß.<<

>>Robin, das ist nicht mein Ding. Ich muss nicht selbst auf der Bühne stehen, mir reicht es völlig aus, wenn andere meine Texte dort oben von sich geben. So habe ich weniger Stress.<<

Robin schüttelt bloß mit dem Kopf, er hat seinem Mitbewohner schon um die hundert mal dazu überreden wollen, endlich etwas aus seinem Leben zu machen, aber der ist absolut beratungsresistent.

Teil 2

Die andere Tür

Was wäre wenn...

ich geblieben wäre, weil ich hier immer gewohnt habe, weil es so gewohnt ist?

Warum haben Menschen eine Stimme?

Wenn sie sich in Schweigen hüllen.

Warum haben wir Beine?

Wenn wir nicht mit ihnen auftreten.

Warum bereuen wir?

Immer das was wir nicht getan haben.

Alissa

Alissa

Eigentlich wollte Alissa immer bloß schreiben. Schon in der Schule hat sie die Zeit zwischen den vorgegebenen Aufgaben dafür genutzt, sich ihren eigenen Gedanken hinzugeben.
Jahrelang weigerte sie sich, auch bloß einen Text jemand anderem zum lesen zu geben. Natürlich wusste sie, dass der ein oder andere Text gut gelungen ist.
Aber sie gaben zu viel von ihr preis.
Mehr als sie je bereit sein würde zu zeigen.
Vielleicht war das ein Grund dafür, warum jeder ihre Schreibkarriere mit Skepsis betrachtete.

Ihre Mutter ist selbst Journalistin für diverse Modemagazine und somit sollte sie eigentlich am besten wissen, wie wichtig das davonschreiben für ihre Tochter ist, doch sie weiß eben auch, wie hart dieser Job sein kann. Sie kennt die aussichtslose Lage, wenn kein Auftrag reinkommt. Sie hat Angst um ihre einzige Tochter und wünscht ihr ein Leben, das leichter ist als ihr eigenes. Sie soll sich einmal keine Sorgen darum machen, wovon sie die nächste Rechnung bezahlen soll. Sie will das ihrer Tochter das Reisen möglich ist und auch sonst wünscht sie sich ein angenehmes Leben für sie. Doch eigentlich kann sich kein Mensch leisten, ein unzufriedenes Leben zu führen, egal wie hoch dadurch der eigenen Kontostand auch sein mag. Denn wenn der Stand im eigenen Leben eher einem wankelmütigen Witz gleicht, welchen Wert hat dann das eigene Dasein.

Ihre Mutter weiß ganz genau wie es sich anfühlt immer zurückstecken zu müssen. Sie weiß noch, wie es ist, wenn andere mit dem Auto fahren, während sie neben fremden Menschen im Bus sitzen musste. Sie weiß, wie sich ausgetragene Kleidungsstücke auf der Haut anfühlen und wie kaputte Spitzen das eigene Blickfeld durchstreichen, bloß weil ein Friseurbesuch eben nicht zu dem mageren Einkommen passt.

Natürlich sind diese Zeiten bei ihr längst vergangen. Heute kann Alissas Mutter sehr gut von ihrer Arbeit leben, auch wenn sie in der Industrie oder der Wirtschaft noch mehr verdienen könnte.

Aber sie kennt ihre Tochter, glaubt sie. Sie ist nicht so nervenstark wie sie. Sie ist nicht so ausdauernd und taff. Sie würde sich die vielen Absagen zu sehr zu Herzen nehmen. Sie würde beginnen an sich selbst zu zweifeln und das würde sie am Ende kaputt machen.

Ihre Mutter fütterte Alissa früh mit Fremdworten, damit sie eine gute Tochter wird und jeder sehen kann, was für eine gute Mutter sie ist. Alissa wurden dabei Worte wie Samen in den Kopf gepflanzt.

Sie sagte sie fehlerfrei auf.

Ihre Mutter bemühte sich ständig, ihre Tochter davon zu überzeugen, einen ganz normalen Beruf zu erwählen. Einen der sie nicht überfordert und auch nicht mehr von ihr fordert als sie zu geben hat.
    Ihre Mutter war der Spoiler ihrer Zukunft.
    Sie legte ihr Träume in den Kopf.

Eine Weile versuchte Alissa mit zu leisen Worten auf ihr Recht zu bestehen, das zu erlernen, was sie gerne möchte. Aber da war auch diese Angst in ihr, die Angst, dass sie es tatsächlich nicht schaffen könnte und wenn doch schon ihre Mutter nicht an sie glaubt, wie soll sie dann an sich glauben können? Die Worte ihrer Mutter wurden zu Randbemerkungen und bildeten ihre Konturen, sie ließ die Konturen ausufern und dämmte sie im nächsten Augenblick ein. Alissa war bloß ein Bild von einem Bild, das von ihr gezeichnet wurde.
    Also wählte sie zähneknirschend den Studiengang BWL. Sie dachte schon beim Einschreiben an der Uni:
    »Manche Menschen haben eben Träume und andere studieren BWL.«
    Sie begann damit über ihre Vorstellungen von diesem Leben einen Retro-Filter zu legen, weil doch früher angeblich alles besser war, aber wenn jetzt schon alles schlimm ist, wie würde das später einmal für ihre Kinder werden, wenn dann in der Zukunft ihre Zeit so viel besser gewesen sein soll?

*

Alissa war einzigartig.
Als einzige artig.
Sie würde sich im Notfall sogar selbst Hausarrest erteilen. Sie ist mit den Jahren zu einem Backofen-vorheizen-Typ geworden, immer schön den Regeln folgend. Sie ist so ordentlich in ihrem Wesen, dass sie sogar das Bügelbrett bügelt. Sie ist so ängstlich, dass so mancher Pixarfilm für sie zu heftig ist. Und sie ist so besessen von den Meinungen anderer, dass sie sich im Radio den aktuellen Platz 1 der Charts wünschen würde. Alissa bildet lediglich ein quicklebendiges Leben nach dass mit ihr rein gar nichts zu tun hat.

Sie blieb zum studieren in ihrer Heimatstadt. Es ist eine von diesen Städten wo jeder noch jeden kennt. Wo eine Supermarkteröffnung noch eine riesige Sache ist, weil sonst nichts passiert.
Eigentlich hat Alissa sich hier immer wohl gefühlt. Vielleicht liegt das daran, dass sie auch nicht viel anderes kennt. Vielleicht liegt es wirklich an der Stadt, die so beruhigend überschaubar ist und in der nie etwas wirklich unvorhersehbares geschieht. Die meisten ihrer Freunde kennt sie bereits seit der Grundschule und sie mag diese Form der Beständigkeit.

Sie schloss das Studium ab und fand schnell eine feste Anstellung in einem Unternehmen in dem sie täglich zahlen hin und her schiebt. Dabei wollte sie doch eigentlich immer einen

Buchstaben mit dem anderen vertauschen um zu sehen, ob sie dadurch etwas ganz neues erschaffen könnte. Ein neues Wort, eine neue Bedeutung in dem alten.

All die Knotenpunkte in ihrem Lebenslauf wurden ihr aufgedrängt. Sie begann damit ein Leben zu führen in dem 2 Tage trinken, feiern und vergessen, 5 Tage am falschen Ort sein kompensieren müssen. Sie ist zu intelligent um sich selbst zu belügen. Sie weiß ganz genau was für ein falsches Spiel sie mit ihrem eigenen Leben treibt, doch sie fühlt sich unfähig etwas daran zu ändern. Außerdem ist es sehr viel leichter einfach zu resignieren, sich hin und wieder ein wenig zu beschweren, bloß um am Ende doch nichts zu verändern. Also konsumiert Alissa einfach ein bisschen vor sich hin um sich ein bisschen Befriedigung zu verschaffen. Manche ihrer Tage fühlen sich so schrecklich abgenutzt an, obwohl sie doch noch gar nicht berührt wurden. Gelegentlich fragt sich Alissa, wie sie überhaupt über diese vorgegebenen Wege laufen kann, so ganz ohne Rückgrat.

Wenn sie mit ihren Freunden auf den verspäteten Bus wartet, der sie in die Stadt fährt, in der sie beim feiern ihr Dasein für einen Moment zu vergessen versuchen, hat sie das Gefühl ihre Füße seien in Ketten gelegt. Sie ist eine abhängige von Umständen. Sie hat ihr Leben nach den gesellschaftlichen Zeitleisten ausgerichtet. Diese Zeitleisten bekunden ihr Dasein, ohne das sie ihr jemals eine Auszeit leisten. Nur so ist es möglich schnellstmöglich das Ziel zu erreichen. Und natürlich erreicht man am schnellsten das Ziel, wenn man den altbekannten, schon vorgetretenen Wegen folgt, denn warum sollte man in der Zeit von Navigationsgeräten noch Umwege in Kauf nehmen? Die Schönheit liegt überall, vor allem aber auf den verborgenen Wegen.

*

Sie hat die Entscheidung, die sie nicht selbst getroffen hat, einfach durchgezogen. Das Studium, die Bewerbungen, die ersten Jahre in der neuen Firma. Sie hat die Strippen ihres Lebens von jemand anderen ziehen lassen, von jedem der sie gerade zu fassen bekam. Und es waren so viele strippen, das die Chance die falschen Fäden mit dem richtigen Geschick zu erwischen ziemlich groß war. Und mit der Zeit hat sie Angst davor bekommen eigene Entscheidungen zu treffen, weil sie aufhörte auf ihre eigene Intuition zu vertrauen. Sie begann all die launischen Optionen zu fürchten, die überall um sie herum auf sie lauern und darauf warten von ihr erwählt zu werden. Doch sie kennt ihr wankelmütiges Gemüt. Erst Lächeln die Optionen sie gewinnbringend an und dann, ganz ohne Vorwarnung, kehren sie ihr den Rücken zu.

Sie wurde in all den Jahren zu dem Inbegriff von Nichtigkeit und sie verharrte zuweilen mühelos in diesem Zustand, als hätte sie noch nie etwas von dem Wort Leben gehört. Sie hat sich einfach vor Jahren auf Autopilot gestellt um niemals einen falschen Weg betreten zu müssen.

Alissa fühlt sich oft so klein in dieser Welt und die Tage fühlen sich so groß an und die Taten die zu tätigen wären, sind noch so viel größer, das ist für sie schon lange eine gruselige Tatsache. Und genau deswegen war es leichter für sie, auf die Intuition von anderen Menschen zu hören, auch wenn diese niemals auch nur die geringste Ahnung von ihren eigenen Wünschen haben werden. Ohne Ordnung ist für sie nichts in Ordnung. Sie braucht ein System um sich herum. Im großen wie im kleinen. Menschen die ihr vorgeben was sie zu geben hat und Dinge die immer da sind um ihr Dasein zu bezeugen.

Währenddessen wartet Alissa auf das Leben.
Doch es lässt sich nicht blicken.

Ihre Mutter hat auch recht behalten. Sie hatte immer genügend Geld für ein Auto. Sie konnte sich Kleidung kaufen wann immer sie wollte und hatte niemals Sorgen wie sie die nächste Rechnung bezahlen soll. Natürlich könnte sie dankbar für dieses sorgenfreie Leben sein, doch das ist Alissa nicht, weil sie das Gefühl nicht kennengelernt hat, nicht zu wissen wie man die nächste Miete aufbringen soll. Sie weiß nichts von den Entbehrungen von denen ihre Mutter noch ein Lied singen kann. Und deren Tonabfolgen sich in ihre Beständigkeit gebrannt haben.

Alissas Leben ist einfach. Es verläuft in geregelten Bahnen und man könnte meinen das es sie zufrieden und glücklich macht. Doch da, irgendwo ganz tief in ihr drin, zieht und reißt etwas. Da ist ein Verlangen auszubrechen aus den altbekannten Mustern, die ihr in den Augen wehtun, wann immer sie diese sieht. Da ist die große Frage wie ihr Leben verlaufen wäre, wenn sie nicht hier geblieben wäre, wenn sie nicht den

Beruf erlernt hätte, den ihre Mutter in ihren hübschen Kopf gesetzt hat. Da ist etwas, das sich nicht benennen lässt. Ein Drang nach Freiheit und Abenteuer.

Manchmal kocht der Wunsch in ihr hoch, das dort jemand wäre der sie bewegt. Dann wäre alles nicht so furchtbar eintönig, jemand der das Abenteuer in ihr Leben bringen würde. Aber wenn dort jemand wäre, dann würde sie sich nicht bewegt, sondern verschoben fühlen, hin zu einem Ort, den sie eigentlich gar nicht betreten will, denn es ist doch genau dieser Raum, den sie kennt und der ihr Sicherheit schenkt, auch wenn dieser Raum niemals den Namen *Freiraum* tragen wird.

*

Heute gehört Alissa die Realität, doch manchmal wünscht sie sich mehr kitschige Träume, an all den grauen Tagen. Aber ihre Gefühle prokrastinieren lediglich munter vor sich hin. Sie ist 36 Jahre alt, sie hat einen netten Mann. Sie kennt Martin schon seitdem sie klein ist und gemeinsam haben sie eine zauberhafte Tochter bekommen. Alissa arbeitet nur noch halbtags und kümmert sich den Rest der Zeit um ihre kleine Familie. Sie liebt ihre Tochter abgöttisch und auch ihren Mann liebt sie.

Hin und wieder.

Ganz bestimmt.

Bloß ihr Leben, das gefällt ihr manchmal nicht so gut. Ihren Mann kennt sie bereits seit dem Kindergarten und während des Abiturs verliebten sie sich, vielleicht setzte bei ihnen auch bloß der Effekt der Nähe ein. Denn je mehr Zeit sie miteinander verbrachten, desto attraktiver fanden sie sich sowohl innerlich als auch äußerlich. Sie waren zwangsläufig fasziniert voneinander.

Martin gehört zu diesen Menschen die weder Kanten noch Ecken besitzen, das muss nicht zwangsläufig schlecht sein, aber aufregend ist es nicht. Manchmal sieht Alissa Martin an und denkt sich:

>>Du bist so nichtssagend.
Tonlos.
Farblos.
Ausdruckslos.<<

Und das stört sie dann für einen Moment, bis sie begreift, wie sehr sie sich in ihm spiegelt. Denn auch sie ist nicht gerade ein kantiger Typ. Sie ist auch eher wie eine Pauschalreise.

Sicher und einfach.
Langweilig und berechenbar.

Und eigentlich ist er doch auch das was sie will. Mag sein, das seine Verhaltensmuster zu kleinkariert und schon lange nicht mehr angesagt sind, aber das hat auch seine Vorzüge und es gibt mit Sicherheit Liebhaber dafür. Er ist ruhig. Niemals laut. Er ist immer entspannt. Niemals aufbrausend. Er ist verständnisvoll. Niemals abwertend. Er ist der Vernunft sein Vater. Mit ihm läuft ihr Leben mit Sicherheit niemals in eine Sackgasse. Für Chaos gibt es bei ihnen keinen Platz.

Das ist doch etwas gutes.
Oder?

Das Leben mit Martin verläuft in altbekannten Bahnen. Keine Schlenker nach rechts oder links. Immer schön mittig auf der Spur des Lebens, die sie dabei jedoch nie hinterlassen.

Manchmal denkt Alissa an ihr Hochzeit, die scheinbar die einzige hoch Zeit ihres gemeinsamen Lebens war. Die Zeit mit ihm ist alt geworden.

Ihre Konversationen sind festgefahren, sie verlaufen immer nach dem selben Ablauf. Manchmal beteuern sie sich auch noch gegenseitig ihre Liebe und vielleicht kommt es gelegentlich sogar vor, dass es einer der beiden auch so meint. Doch bloß weil man mit offenen Armen zufällig ineinander läuft, ist das noch lange keine Umarmung und erst recht keine Liebe.

Der schlimmste Satz den er je zu ihr gesagt hat, war:
»Ich verstehe dich einfach nicht.«

Dabei klang seine Stimme so herablassend, als wäre es ihre Schuld, dass er keine Ahnung hat wer sie ist, dabei weiß sie das doch selbst nicht im geringsten. Dieser Satz rüttelte so übermütig an ihrer Verfassung und er wiederholte ihn noch oft. Dabei hat er sie schon beim ersten mal zu tiefst verletzt. Spätestens seitdem besteht Alissas Sprache ihm gegenüber fast ausschließlich aus Seufzern und Füllworten, denn wenn er ihre Worte nicht versteht und wenn er sie nicht versteht, warum sollte sie sich dann noch darum bemühen, mit ihm zu sprechen? Dann wären ihre Sätze doch bloß noch wie 1-Cent Münzen die man in den Becher eines Obdachlosen wirft.

Sie verändern nichts.

Anstatt sich zu bemühen seine Frau zu verstehen, bemühte er sich bloß darum, ihr seine Auffassung über die Welt zu vermitteln, doch bei seinen Erläuterungen rannte ihre Erfahrung beleidigt weg, während er weiter jeden einzelnen Fehltritt von ihr zitiert. Doch ihr aufbegehren gegen sein Verhalten ist bloß mittelmäßig vorhanden. Er hat sie immer schon mit einer solchen Leichtfertigkeit an die Wand gespielt, als zählte ihre Meinung nicht.

Natürlich könnten sie sich auch trennen, so belanglos wie sie sich täglich gegenübertreten, aber da ist ja noch das Kind, das eine heile Familie braucht. Außerdem hat Alissa keine Lust auf immer neue Anfänge. Sie will lieber den passenden Anschluss finden, selbst dann, wenn die Fortsetzung noch schlechter ist als der erste Teil. Außerdem ist das Leben doch kein Märchenbuch und falls doch, würde das von Martin und Alissa wahrscheinlich so enden:
Und wenn sie nicht gestorben sind, dann schweigen sie noch heute.
Aber sie weiß, sich an etwas unangenehmes zu gewöhnen, ist bloß ein auswärtiges Handlungsmuster.

*

Immer öfter hat sie das beklemmende Gefühl, nie selbst entschieden zu haben, niemals die Zügel in die Hand genommen zu haben um im Galopp ihre eigenen Wege zu bestreiten. Sie ist immer bloß durch fremde Worte hindurch gefallen, sie ist niemals geflogen, weil sie jedes Mal ihr Flügel vergessen hat und das Leben aus Konsequenzen besteht. Sie hat das Gefühl, ihr Leben ist ein einziger Konjunktiv. Die extremste aller Möglichkeitsformen könnte ohne Probleme ihren Namen tragen. Wenn sie in den Spiegel sieht, ist sie sich sicher, das alles an ihr wie eine Ausrede aussieht. Eine von denen die man schnell durchschaut und die verletzen, mit jedem gelogenen Wort. Die Routine hat seit Jahren einen Strick für sie geknüpft und ihn ihr verführerisch um den Hals gelegt, bis die Routine anfing die Schlinge zusammen zu ziehen.

Natürlich weiß Alissa, das sie noch immer etwas in ihrem Leben verändern könnte und das noch immer die ein oder andere Tür offen steht, aber dann sieht sie in das Gesicht ihrer kleinen Tochter und sie begreift, das ihr Platz hier, genau neben ihr, ist. Das sie nicht noch einmal in eine Universität gehen wird, denn ihr Tag hat bloß 24 Stunden und wenn sie woanders ist, kann sie nicht hier bei ihrer Tochter sein. Sie hat sich damit abgefunden, dass sie ihre Träume nicht gelebt hat. Aber wer richtet schon über die Inhaltslosigkeit im Kopf, Herz und im eigenen Leben? Außerdem müsste sich die Welt um 360 Grad drehen, wenn ihre Wünsche in Erfüllung gehen sollen, denn selbst aktiv zu werden hat sie nie gelernt. Genau deswegen folgt sie lieber Trends.
Ihrem Horoskop.
Fremden Spuren.
Aber niemals ihrem Herz.

Sie hat resigniert. Mittlerweile sind sogar ihre Wunschvorstellungen nichts weiter als bedauernswert. Alissa weiß, man kann sich auf den Kopf stellen, aber außer der äußere Betrachtungswinkel ändert sich dadurch rein gar nichts. Nicht in ihr und nicht um sie herum und deswegen hat sie auch den begonnenen Yogakurs nie beendet. Und sie weiß, nur weil sie sich die Gitterstäbe Gold angemalt hat, ist und bleibt ihr Lebensraum ein Käfig. Alissa weiß einfach nicht wohin sie sich zurückziehen soll, solange alle Räume um sie herum besetzt sind, mit fremden Gedanken, Meinungen und Erwartungen. Die Grenze zwischen dem wie das eigene Leben verlaufen könnte und dem wie es verläuft ist manchmal kilometerweit und doch meistens so dünn wie ein Nylonfaden. Sie hätte bloß ein einziges Mal eine Entscheidung für sich selbst treffen müssen und schon wäre sie heute ein ganz anderer Mensch, mit einem ganz anderen Leben.

*

Noch immer schreibt sie Geschichten, für sich und manchmal auch für ihre Tochter. Sie schreibt von Abenteuern, die sie nie erlebt hat und von Reisen auf denen sie nie gewesen ist, obwohl sie eigentlich genügend Geld dafür gehabt hätte. Doch Alissa hat nie gelernt alleine zu sein, eigenständig zu handeln und das zu tun was ihr Herz ihr sagt. Als sie ihren Mann noch nicht kannte, hatte sie niemanden, der mit ihr in den Urlaub gefahren wäre und alleine hat sie sich einfach nicht getraut. Als sie später mit Martin zusammenkam, erklärte er ihr schnell, dass er am liebsten zuhause ist und nicht gerne in fremde Länder reist. Alles was ihm fremd vorkommt gefällt ihm einfach nicht. Martin mag das altbekannte und möchte sich nur ungern auf neue Erfahrungen einlassen. Alissa hat noch versucht in sich drinnen Koversationsfetzen zusammen zu spinnen, doch ihre einzige Regung blieb ein nicken bevor sie erneut verstummte. Denn zustimmt, das konnte sie doch immer am besten, die Meinungen anderer Menschen annehmen. Sich selbst unter andere Menschen ordnen und sich neben ihr Recht setzten anstatt darauf zu bestehen. satzunterwürfig stellte sie sich einfach unter jedes seiner Worte. Es war schon immer verdammt leicht sie mit leeren Worten klein zu halten. Und mittlerweile ist sie so klein, dass man sie ohne Probleme mit einem Päckchen per DHL versenden könnte. Bei all seinen Erklärungen/Monologen/Aussagen rennt ihr eigene Meinung mit zitterndem Atem davon. Mit der Zeit hat sie sich einfach an Martins Gedanken gekettet, dass erspartete ihr Diskussionen und die Anstrengung selbst zu denken und eigene Fehler zu begehen. Alissas Kopf ist mittlerweile so vollgesogen mit all seinen unbedeutenden Phrasen und seinen unwillkommenen Aussagen, wie ein alter, stinkender Lappen, den man zu ungern berührt um ihn endlich zu entsorgen. Mit der Zeit wurden sogar ihre Gesten austauschbare Variablen. Natürlich nickt sie nicht jede seiner Aussagen einfach so ab, gelegentlich trafen sie und Martin auch Kompromisse. Aber diese Kompromisse schlossen sie nicht aus Liebe sondern aus einer verformten Art von Hass. Frei nach dem Motto, wenn man schon selbst seinen Willen nicht bekommt, dann soll ihn gefälligst auch der andere nicht kriegen. Das Pendel der Gerechtigkeit verrottete bei ihnen aufgrund von mangelnder Pflege.

Alissa fragt sich selbst so gut wie nie, wo sie eigentlich gerade steht und ob ihr dieser Ort gefällt. Sie fragt sich fast nie, wie oft sie hier schon gestanden hat, vor dieser Wand, die ihr einen Vorwand gegeben hat, bleiben zu können. Denn wenn sie sich all diese Fragen stellt, müsste sie etwas verändern und Veränderungen verlangen Mut und das ist etwas das sie nicht zu geben bereit ist. Für sie fühlt sich das Leben schon lange so an, als würde ihr Leben immer wieder den selben Song abspielen, bloß mit einer immer wechselnden Abwandlung der Melodie.

*

Es gibt Tage, die man nicht sorgfältig in Gehirnablagesysteme ablegen kann. Sie sind weder gut noch schlecht, sie bilden kein Vorher und auch kein Nachher. Sie drängen sich nicht auf verdrängt zu werden, sie pochen nicht darauf in Erinnerung zu bleiben.
Und doch.
Sie haben ihren Wert.
Sie haben ihren Preis.

Alissa kennt den Preis, den sie für diese unvollständigen Tage bezahlt und sie kennt den Wert der diesen Tagen entspricht. Sie hat früh gelernt das der Preis für die Sicherheit die Freiheit ist. Man kann nicht beides haben. Sie hatte immer Angst davor eine falsche Entscheidung zu treffen und hat deswegen das Entscheiden immer anderen überlassen. Das hat sie nicht frei gemacht, aber die Entscheidungen die andere für sie getroffen habe, waren sichere Wege auf denen schon tausende vor ihr gewandert sind, ohne sich zu verlaufen.
Und genau wie in einem jedem Leben, gibt es auch in ihrem Leben Glück. So muss es sein, denn das ist eine Regel des Lebens die niemals gebrochen wird. In einem jeden Leben

gibt es sie, die guten Tage und selbstverständlich gibt es auch die schlechten.

Das ist der Kreislauf der Welt.

Ein Versprechen der Zeit.

Was wäre wenn...

ich die Chance genutzt hätte?

Es gibt Augenblicke die nichts weiter sind als Wendepunkte.

Also alles.

Es gibt Wendepunkte die wir erst später als Segen verstehen.

Auch wenn es im Rückblick nicht leichter ist.

Als in der Weitsicht.

Dieses als solches zu erkennen.

Und es gibt Chancen die sich uns offenbaren.

Von denen man weiß.

Hier und jetzt beginnt die gute Zeit.

Auch für mich.

Elias

Elias

Elias hat nie gelernt seine ganz persönliche Wahrheit in seine Gesten zu legen und die Ehrlichkeit auf seinen Gesichtszügen walten zu lassen. Er wurde nie von Menschen in seiner Wahrhaftigkeit bestätigt. Ihm wurden Lügen in den Mund und in sein Handeln gelegt, mit jedem Wort das gegen ihn gesprochen hat. Er hat sich eine neue Persönlichkeit geschaffen und dann eine weiter und noch eine, bis er sein wahres Ich verloren hat. Heute weiß er überhaupt nicht mehr, wer er einmal gewesen ist und zu wem er geworden wäre, wenn er noch er selbst wäre.

Er wandelt schon so lange als menschlicher Geisterfahrer durch dieses Leben und nun bleibt er stehen um sich umzusehen und fragt sich, wie er verdammt nochmal hier landen konnte, auf all den verkehrten Wegen, die nicht seine sind. Aber er hofft das schon alles okay so ist, wie es eben ist. Autos bremsen noch für ihn, wenn er über die Straße geht, Verkäuferinnen bedienen ihn noch, wenn er einen Laden betritt Er atmet aus und er atmet ein, es ist gar nicht so schlimm. Noch fühlt er sich bloß selbst wie ein wandelnder Geist. Er ist noch nicht aufgeflogen.

Elias fühlt sich bei fremden Menschen furchtbar unsicher. Er hat permanent das Gefühl alles falsch zu machen und niemals so leichtfertig wie die andern die richtigen Worte zu finden. Er weiß wie fehl am Platz man sich fühlen kann, wenn niemand etwas sagt, wovon man denkt, das hätte man auch gerade selbst sagen können. Er denkt einfach bloß ununterbrochen das keiner seiner Gedanken relevant genug ist, um sich die Mühe zu manchen ihn auszusprechen. Keiner ist es ihm Wert ihn einem anderen entgegen zu bringe. Sein teilnahmsloses Schweigen zeugte immer von seiner Desorientiertheit und wenn Elias über sich selbst spricht, dann fallen ihm bloß Wasserfallartige Untertreibungen aus dem Mund. Elias ist schon immer der personalisierte Grenzwert. Für sich selbst und auch für andere. Immer knapp vorbei und knapp daneben. Weil zwar jeder die Grenzen in ihm, aber nicht seinen Wert erkennt.

Elias umgibt sich nicht gerne mit Menschen, weil es ihn anstrengt immer eine Rolle zu spielen, um eine Rolle in dem Leben eines anderen spielen zu dürfen, obwohl er doch nichts mehr hasst als zu spielen. Er mochte schon als Kind keine Brettspiele. Fangen spielen fand er immer grausam und warum sollte er sich verstecken, wenn er doch von allein unsichtbar blieb, wenn er einfach bloß er selbst gewesen ist? Und wenn man sich versteckt, will man in der Regel nicht gefunden werden und Elias wünschte sich nichts mehr als von jemanden ausfindig gemacht zu werden, der ihn erkennt und durchschaut und ihn an die Hand nimmt und zurück zu sich selbst führt. Elias will weder mit Herzen, Frauen noch mit Worten spielen. Nicht mit Gefühlen, Gedanken oder Feinden.

Er will ein ehrliches Leben führen, doch wie das gehen soll, wenn er es nicht einmal schafft zu sich selbst ehrlich zu sein, weiß er auch nicht so genau.

Elias weiß genau, wie es sich anfühlt sich zusammen zu reißen, zusammen zu tauschen und zusammen zu nehmen, bloß um dann am Ende doch nicht zu passen. Hier her, zu ihm, ihr oder allen um ihn herum und durch das tauschen und hinzufügen und reißen passt schon lange nichts mehr zu ihm selbst.

Diese Zeit tut ihm weh. Es ist schmerzhaft permanent das Gefühl zu haben, nicht dazugehörig zu sein. Es tut weh übersehen zu werden. Pusten hilft schon lange nicht mehr. Die Zeit heilt seine Wunden nicht, sie reißt sie bloß immer wieder erneut auf. Das einzige das noch zu helfen scheint, ist Zähne zusammen zu beißen bis der Kiefer schmerzt und weitergehen.

Als Elias noch klein war, dachte er immer das es besser werden wird, wenn er erst einmal erwachsen ist. Alle Menschen über zwanzig wirkten auf ihn so souverän, ganz so als hätten sie die Welt verstanden. Er konnte es gar nicht abwarten endlich zu ihnen zu gehören. Er hätte sich im Bus am liebsten immer nach hinten zu den älteren Kids gesetzt, die scheinbar über alles mit einer lässigen Geste hinweg winken. Doch er wusste, das man ihn dort nicht haben will. Er hätte auch mit dem Rauchen angefangen, wenn er nicht so große Angst davor gehabt hätte, von etwas abhängig zu werden, das krank macht. Denn rauchen dürfen doch bloß erwachsene. Jene Altersgruppe, zu der er so gerne gehört hätte. Nun ja, und heute ist Elias erwachsen und fühlt sich gar nicht so souverän, wie er es erwartet hat und die Menschen um ihn herum sind es auch nicht, jeder tut bloß so, weil keiner zu seinen Ängsten und Sorgen stehen will. Heute ist es für ihn leichter, manche Stunden lediglich als Teilzeit-erwachsener zu verbringen und sich wieder in den Phantasien zu verrennen, die er sich als Kind gesponnen hat.

*

Seine Eltern wollten, dass er eine Ausbildung zum Versicherungskaufmann macht, aber da hat Elias, das erste Mal in seinem Leben „Nein" gesagt. Er hat ein einziges Mal widersprochen um seinem Dasein nicht in den Rücken zu fallen. Er wollte nicht anderen Menschen etwas versichern, das er am Ende gar nicht einhalten kann. Er wollte Menschen keine Versicherung aufschwatzen, die sie gar nicht benötigten und er wollte bei anderen Leuten keine Ängste schüren, denn er weiß bloß zu genau, wie lange und ausdauernd einen die eigenen Ängste verfolgen können. Sie werden nämlich nicht müde und brauchen keine Pausen und wenn man selbst einmal zur Ruhe kommen muss um sich nicht endgültig zu verausgaben, dann holen sie einen ein. Dann rauben sie einem den Schlaf, die Nerven und das Glück und dann geht man los und unterschreibt jedes verdammte Stück Papier um sich abzusichern und in Sicherheit zu kommen, bloß um später festzustellen, dass neue Ängste entstanden sind und sich mit den alten verbündet haben und noch immer hinter einem her sind.

*

Somit hat Elias für sich einen anderen Weg gewählt. Er hat ein kleines Kino mitten in Berlin übernommen. Der Besitzer war hoch verschuldet und musste es verkaufen. Elias hatte zu diesem Zeitpunkt gerade ein bisschen Geld geerbt und es in dieses Projekt gesteckt. Er kennt dieses Kino besser als sich selbst und erst recht besser als alles andere was er kennen sollte aber lieber nicht kennen will.

Er ist schon als Kind ständig hier gewesen. Er hat sich ein Ticket für einen Film gekauft und ist dann heimlich den ganzen Tag dort geblieben. Er hat sich in alle Vorstellungen des Tages gemogelt um sich selbst und der Welt zu entkommen. Irgendwann nach ist er aufgeflogen und der Besitzer hat ihn zu sich in sein kleines Büro gebracht. Elias hatte schrecklich viel Angst im Bauch er war damals vielleicht zwölf oder dreizehn Jahre alt und wusste ganz genau, das er seit Jahren etwas unrechtes tut. Der Besitzer hat ihn gefragt warum er sich den ganzen Tag im Dunkeln versteckt. Er klang dabei überhaupt nicht sauer und seine Augen haben ihn ruhig betrachtet. Elias sagte damals:
»Manchmal ist mir die Welt dort draußen zu hell und die dunklen Räume finde ich beruhigend. Außerdem ist am Ende eines Films immer alles gut und dort draußen passiert das nur ganz selten. Die Leute lügen und verstellen sich um irgendwie und irgendwo dazuzugehören wo doch eigentlich gar kein Mensch dazu gehören will und ich mache das auch, weil es doch ein jeder so erwartet. Aber eigentlich möchte ich

nur ich selbst sein, aber ich weiß gar nicht mehr wie das überhaupt geht und wenn ich dann überlege wie ich wieder zu mir werden kann, dann wird mein Kopf ganz laut und es fühlt sich so an als würde eine Synapse nach der anderen explodieren und dann komme ich hierher. Hier an diesem Ort wo auch die schlimmste Geschichte nach einer bestimmten Anzahl an schlagenden Sekunden wieder gut ausgeht. Ich muss dann nicht nachdenken. In den Filmen spielen die Menschen auch, aber das ist okay, weil jeder der sie dabei beobachtet ganz genau weiß, dass alles was er dort sieht nicht echt ist und so mit ist es immerhin keine Lüge auch wenn es dadurch noch nicht die Wahrheit ist.<<

Der Besitzer hat Elias einen Moment einfach bloß angesehen und dann noch einen und noch einen und dann hat er genickt.

>>Weißt du, du darfst nicht einfach die Regeln brechen, aber ich verstehe dich sehr gut, denn genau das alles ist der Grund warum ich dieses Kino vor Jahren gekauft habe. Ich mochte genauso wie du auch immer die Abgeschiedenheit der Realität in einem dunklen Kinoraum. Deshalb darfst du hier bleiben. Heute und für jeden Tag in deinem Leben in dem du der Welt dort draußen entfliehen musst um bleiben zu können.<<

Da hat Elias von einem Ohr zum anderen zu grinsen angefangen und den Besitzer ganz tief in sein Herz geschlossen ohne ihn dort einzuschließen und irgendwie sind die beiden Freunde geworden ohne das es jemals einer von ihnen ausgesprochen hat. Elias war nun noch öfter in diesem sehr kleine und sehr alten Kino und auf einmal fühlte sich seine Welt gar nicht mehr so wackelig an, weil er nun einen Ort gefunden hatte an dem er nicht bloß am aller liebsten ist, sondern auch einen Ort an dem er zu jederzeit willkommen ist und das ist etwas ganz besonders. Das wusste Elias schon damals.

Und weil Elias und der Kinobesitzer schon so früh so enge Freunde geworden sind, auch wenn sie sich nur sehr selten unterhalten haben, hat Elias den Besitzer auch gleich wieder eingestellt, als er ihm das Kino abgekauft hat. Und ihm versprochen, dass er zu jederzeit hier her kommen kann, selbst dann wenn er nie wieder arbeiten möchte und das er hier nie zu Besuch sein wird, sondern immer zuhause.

Elias hat an diesem Ort nichts verändert, denn jeder Stuhl, jeder Meter den man hier entlangläuft erzählt von einer längst vergangenen Zeit. Dieses Kino trägt Geschichten in sich, die es niemals erzählen wird und keine Leinwand wird sie je verraten. Elias weiß das und der Besitzer weiß es auch.

Das Kino hat nicht so viele Besucher. Die meisten gehen lieber in diese riesigen Gebäude in denen es gleich dreizehn Kinosäle gibt und in denen jeder Film gespielt wird, der gerade zur Verfügung steht. Hier jedoch gibt es bloß drei Räume und das ist auch gut so. Es gibt in jedem Raum nicht mehr als zehn bestuhlte Reihen und man fühlt sich eher wie in einem Wohnzimmer umgeben von bekannten mit denen man sich gemeinsam einen Film ansieht. Wahrscheinlich wäre Elias als Kind in einem der großen Kinos niemals aufgeflogen, denn dort ist es sehr viel leichter in der Masse unterzugehen, doch hier erinnert man sich noch an die Gesichter die man schon einmal gesehen hat.

Wahrscheinlich hat der Besitzer Elias schon viel eher bemerkt und hat bloß auf den richtigen Moment gewartet um mit ihm zu sprechen, da ist sich Elias heute ziemlich sicher, aber er hat niemals nachgefragt, denn eigentlich hat die Antwort auf diese Frage keinen bestand und wenn eine Antwort nicht weiter von Bedeutung ist, welchen Wert hat dann schon eine Frage?

In diesem Kino werden täglich nur wenige Filme gezeigt, aber genügend um den Tag mit Geschichten zu füllen, wenn man gerade keine Lust hat mit seinem eigenen Leben selbst welche zu schreiben.

Elias ist an keinem Ort glücklicher als an diesem. Er ist hier sogar eingezogen. Der frühere Besitzer hatte sein Zuhause direkt über diesem Kino und als er es verkaufen musste, hat er Elias auch die Wohnung übergeben, denn es tat ihm zu weh, dass er seinen Traum hergeben musste, doch die Gewissheit das Elias ihm selbst so ähnlich ist und er diesen Ort mehr liebt als alles andere hat ihn getröstet. Außerdem waren die beiden im Stillen schon seit Jahren Freunde und seinen Freunden wünscht man das beste. Der alte Besitzer arbeitete noch ein paar Monate für Elias, aber dann entschied er sich, dass es für ihn nun Zeit wäre in den Ruhestand zu gehen. Aber er kommt noch immer oft hier her und wenn er in einem der durch gesessenen Stühle versinkt, dann denkt er an all die Zeit zurück die er hier verbracht hat.

Es war eine gute Zeit.
Die beste die er je hatte.

*

Es gibt eine junge Frau die sehr oft in dieses kleine Kino kommt. Elias freut sich jedes Mal, wenn er sie sieht und sie freut sich auch, wenn Elias sie einen Moment zu lange betrachtet. Er würde gerne mit ihr reden und jedes Mal nimmt er sich vor, sie beim nächsten Mal anzusprechen, doch bisher hatte er es jedes Mal auf ein neues verschoben. Doch an diesem Tag überwand er sich. Er dachte daran, dass man manchmal bloß für ein paar Sekunden mutig sein muss und man dadurch sein ganzes Leben verändern kann. Elias hatte festgestellt, dass diese Frau immer in den selben Film geht, bis er aus dem Programm genomen wird und dann wählt sie einen neuen aus, denn sie wieder so lange sieht, bis er verschwunden ist.

An diesem Tag ging er ein bisschen unsicher auf sie zu und fragte sie warum sie immer in den selben Film geht, denn auch wenn dieses Kino mit der riesigen Auswahl der großen weder mithalten kann noch will, so gibt es auch hier ein paar mehr Filme als bloß den einen. Die Frau lächelte Elias an, als müsste er diese Antwort von allen Menschen auf der Welt am besten kennen und sagte:

„Ich weiß gerne wie sich die Dinge entwickeln. Das Leben dort draußen ist doch für uns alle schon kompliziert und überraschend genug. Hier komme ich her um einen Ort der Beständigkeit zu haben. Hier ist alles leicht zu durchschauen und je öfter ich mir einen Film ansehe, desto mehr Einzelheiten fallen mir auf und dann begreife ich, dass wir alle viel zu sehr damit beschäftigt sind irgendwelche Zusammenhänge zu finden und dabei all die schönen und zauberhaften Kleinigkeiten übersehen. Ich glaube du verstehst das sehr gut, denn schließlich besitzt du ein Kino und so eine Entscheidung trifft man nicht aus versehen."

„Ich verstehe das sehr gut." Sagte Elias und erzählte ihr von seiner Kindheit in diesem Kino und wie er seine Jugend hier verbracht hat und wie es dazu kam, dass er dieses Kino übernommen hatte.

„Hast du etwas Zeit mit mir in den Film zu gehen, es wäre schön jemanden an meiner Seite zu haben, der versteht und das mit der vollen Größe seines Verständnisses."

Elias nickte und folgte der Frau, hinein in den abgedunkelten Raum, der für ihn schon immer ein Zuhause gewesen ist.

*

Seit diesem Tag setzte er sich oft zu der Frau in einen der Säle und obwohl die beiden den ganzen Film über kein Wort miteinander redeten, lernten sie sich immer besser kennen. Sie verstanden sich ohne Worte und wenn sie sich mit Worten gegenübertraten, dann gewannen sie an Verständnis für den anderen und für die Zeit.

Die sie gemeinsam verfolgten.

Und vor der sie flohen.

Die beiden gaben sich gegenseitig die Beständigkeit die sie draußen vergeblich gesucht haben. Sie schafften sich gemeinsam einen Ort an dem sie gerne verweilen wollen. Nicht bloß in diesem alten Kino, sondern auch dort, ganz tief in dem Herzen ihres Gegenübers.

Elias der bisher immer nur die selbst gewählte Einsamkeit kannte, oder ein sich selbst verratendes Versteckspiel, konnte endlich hervorkommen und damit beginnen nach sich selbst zu suchen ohne Angst davor haben zu müssen, in seinem selbst gewählten Versteck vergessen zu werden. Und auch die junge Frau hatte in Elias jemanden gefunden der ihren Sanftmut in ihren Gesten versteht und ihr so behutsam gegenübertritt, dass sie auch in einer Welt bestehen lernte, die viel zu chaotisch für ihren zarten Verstand ist.

Was wäre wenn...

meine Mutter bei meinem Vater geblieben wäre?

Sich zu entscheiden.

Birgt ein Risiko in sich.

In dem Wort Entscheidung steckt nicht ohne Grund ein weiteres Wort.

Scheidung.

Die Aufgabe von allen anderen Wegen.

Der Entschluss für diesen einen.

Wie kann man sie treffen?

Ohne dabei selbst von einschlagenden Ereignissen getroffen zu werden?

Zoe

Zoe

Zoe, hineingeboren in eine Welt in der es nie genug von irgendetwas geben wird. Ganz gleich wie viel sie produzieren, ganz gleich wie viel Geld sie besitzen um sich diese Erzeugnisse zu kaufen, ganz gleich wie viel sie auch besitzen. Es wird nicht reichen. Es geht nicht um den Besitz. Es geht um den Konsum. Es geht um das in die Stadt gehen und sich Dinge kaufen zu können die man nicht braucht, von Geld das man mit Dingen verdient hat die man nicht mag oder schlimmer noch von Geld das man gar nicht besitzt. Es geht darum mit prall gefüllten Tüten nach Hause zu fahren und wenn das Geld nicht reicht, dann rennt man eben zu Primak und kauft dort ein T-Shirt für zwei Euro und Schuhe für fünf. Hergestellt von Kinderhänden. Doch das findet alles auf anderen Kriegsschauplätzen statt. Irgendwo ganz weit weg und hier führt jeder seinen eigenen Krieg. Was kümmern einen da schon kleine Hilfeschreie eingenäht in Etiketten.

*

Zoe ist so satt. Ihr ist schon ganz schlecht. Sie hat von allem mehr als sie braucht. Sie besitzt mehr Geld als sie ausgeben kann. Ihr Jugendzimmer platzt aus allen Nähten und sie hat drei davon. Sie ist so satt das sie am liebsten vor die Füße ihrer Eltern kotzen würde, wenn die aneinander vorbei reden und um sie herum. Liebe ist bei ihnen zuhause bloß auswärtige Geborgenheit. Kommunikation findet hier bloß noch über Smartphones und Laptops statt.

Ihre Eltern lieben sich nicht und mögen sich nicht genug um sich zu trennen und hüllen das in einen Mantel aus Lügen.

„Das können wir Zoe nicht antun."

„Zoe braucht doch beide Eltern zuhause."

Und ja, Zoe braucht ihre Eltern. Sie braucht Wärme und Liebe so viel mehr als neue Kleidung und noch mehr Schmuck von Tiffanys. Sie braucht so viel, dass sie nicht haben kann und hat so vieles das sie gar nicht braucht.

*

Die Schule war hart für Zoe. Sie hatte keine Lust zu lernen und sich Mühe zu geben. Sie weiß nicht warum sie sich anstrengen soll. Sie hat die Kreditkarte in ihrer Brieftasche und wenn sie etwas braucht, zieht sie diese durch eines der Lesegeräte in den Shops. Das Geld darauf wird niemals ausgehen. Dafür haben bereits Generationen vor ihr gesorgt.

Es wäre beinahe alles anders gelaufen. Sie ist das Erzeugnis eines One-night-Stands. Schon damals wurde sie nicht in einem Akt der Liebe gezeugt. Schon damals fehlte etwas essentielles. Ihr Vater wollte dieses Kind nicht. Dieses Kind das aus versehen seine Gene in sich trägt. So hatte er sich das gar nicht vorgestellt. Diese Frau, die nun sein Kind austrägt, ist nicht die Frau von der er geträumt hat, wenn er an seine Zukunft gedacht hat. Sie hat nicht viel erreicht in ihrem Leben. Sie ist nicht ambitioniert genug für seinen Geschmack und wenn er ehrlich ist auch nicht hübsch genug. Und somit gleicht ihr Aussehen ihr schlichtes Gemüt nicht aus. Dabei sollte es doch genauso sein, wenn schon nicht besonders klug, dann wenigstens zu schön um wahr zu sein.

Sie solle doch einfach abtreiben hatte er gesagt. Und wenn er heute an diese Worte denkt, wird ihm ein bisschen schlecht, denn es ist seine Tochter. Sein Blut fließt durch ihren Körper. Seine Augen blicken ihm entgegen. Aber es ist ihr Mund, der Mund seiner Frau den er sprechen sieht, wenn seine Tochter Töne spuckt. Es sind ihre Haare, die sie sich immer ein bisschen fahrig aus dem Gesicht streicht. Und auch die Orientierungslosigkeit was ihre Zukunft betrifft hat Zoe von ihrer Mutter geerbt. All das hasst er an ihr, weil er es auch an seiner Frau hasst. Doch Zoe hat auch das große Herz ihrer Mutter mitbekommen, dass seine Frau vielleicht an sie übergeben hat, denn viel ist bei ihr nicht mehr davon übrig. Vielleicht ist das sein Schuld. Vielleicht hat er sie angesteckt, mit seiner Kälte, mit seiner Distanz, die ihn schon so lange von anderen Menschen trennt, dass er sich gar nicht mehr daran erinnern kann, einmal ein anderer gewesen zu sein.

Doch er liebt seine Tochter. Er liebt sie, weil sie zu ihm gehört, weil sie ein Teil von ihm ist. Er kann es nur nicht so zeigen wie sie es sich wünscht und er weiß das und wenn er diese Gedanken zulässt, dann tut ihm das weh.

Auch seine Frau liebt ihre Tochter, aber sie hat sich abgeschottet. Sie ist damit beschäftigt, sie mit Oberflächlichkeiten zu umgeben. Damit sich glücklich zu shoppen, auch wenn das immer nur Sekunden anhält, wie gut das sie das immer und immer wieder machen kann, denn es gibt kein Limit. Aber manchmal sieht sie ihre Tochter mit so viel Liebe an, dass auch Zoe sie spürt und dann fühlen sich die Tage gar nicht mehr so groß und unvollkommen an. Dann fühlt Zoe sich gesehen, wenn auch in den falschen Farben und Formen. Dann fühlt sie sich beschützt, wenn auch mit zu schmalen Armen um sich gelegt, die nicht fest genug zudrücken, um wirklich sicher vor den Klippen der Welt zu sein.

Ja, Zoes Leben stand kurz auf der Kippe, noch bevor es tatsächlich begonnen hat. Es war ihre Mutter die sie zum ersten Mal beschützte. Die sagte, ich werde dieses Kind lieben, mit dir oder ohne dich und du kannst nichts dagegen tun. Und ihr Vater entschied sich dafür nichts zu tun. Ganze 9 Monate lang. Am Tag von Zoes Geburt hat er das erste Mal seit langer Zeit geweint und dann mit der Faust ein Loch in die Makellose Wand geschlagen. Aus Wut und aus Verzweiflung und ist dann mit zerzausten Haaren und schlechtem Atem, von zu vielen schlaftrunkenen Nächten ins Krankenhaus gefahren. Er sah schlecht aus und fühlte sich noch schlechter. Die Schuld hatte sich schwer auf seine Schultern gelegt und ruhte dort nun noch schwerer als er diese Frau mit seinem Kind auf dem Arm sah. Dem Kind, dass es beinahe, nur wegen ihm, nicht gegeben hätte. Dieses friedliche Bündel Mensch, das nicht schrie und einfach nur selig schlafend auf dem Arm der

Frau lag. Er weinte erneut. Dieses Mal noch demütiger, noch verzweifelter. Ein schluchzen brach aus ihm heraus, dass nicht mehr menschlich klang. Es klang nur nach Schmerz. Diese Frau sah ihn an, ohne ihn zu verurteilen. Sie blickte in ihn hinein und sah die schlaflosen Nächte und den Selbsthass in ihm, der beständig brodelte und überschäumte. Sie sah die Scham in seinen Augenringen. Sie nickte ihm zu und reichte ihm das Baby. Und da wussten sie, sie werden eine Familie sein. Die beste die sie sein können und auch wenn das niemals gut genug sein würde.

*

Irgendwie hat Zoe es dann doch geschafft, die Schule hinter sich zu bringen, sogar das Abitur hat sie gemeistert, mit einem besseren Schnitt als alle erwartet haben.

Doch jetzt gibt es für sie nichts mehr zu tun. Eigentlich sollte sie sich für die Uni einschreiben, aber sie konnte sich einfach für keinen Studiengang entscheiden und nun hat das Semester längst begonnen. Sie braucht sich keinen Nebenjob zu suchen, denn sie muss kein Geld verdienen. Ihre Eltern habe lange Zeit Druck auf sie ausgeübt, aber dann doch resigniert. Sie haben versucht sie für ein Jahr im Ausland begeistern zu können, aber Zoe konnte sich für kein Land entscheiden und dann verließ sie der Mut, so lange so weit weg von allem zu sein das sie kennt. Ihre Freunde sind jetzt immer alle sehr beschäftigt, mit arbeiten, lernen und Sachen machen, die sie nicht machen muss. Zoe ist einsam. Zoe ist gelangweilt und überfordert.

Da sind so viele Türen. So viele Möglichkeiten. Die Welt steht ihr offen, hat ihr Vater zu ihr gesagt. Du kannst werden, wer immer du sein willst, hat ihr Mutter gesagt. Aber sie weiß nicht wer oder was sie sein will. Sie weiß noch nicht einmal wer sie ist, und wenn man nicht weiß wer man ist, wie soll man dann wissen, was aus einem werden könnte?

Durch welche verdammte Tür soll man gehen, wenn man nicht weiß wohin man will? Wenn einem alles gleichgültig ist. Wenn alles gleichgültig ist, dann ist alles gleich gültig und somit jede Tür die richtige und jede Tür die falsche. Jede Entscheidung scheidet sie von etwas, dass die bessere Option gewesen sein könnte.

*

Fast ein ganzes Jahr geht das schon so. Ideen suchen, keine finden. Hoffnung schöpfen und den mühsam gefüllten halbvollen Becher doch wieder fallen lassen. Ärger mit den Eltern, enttäuschte Blicke und unzählige Fragen von anderen auf die Zoe einfach keine Antwort hat. Alleine sein und doch umgeben von so vielen Menschen die helfen würden, wenn Zoe doch bloß wüsste wobei.

Eine Weile haben ihre Eltern sie treiben lassen. Haben das Vertrauen in sie nicht aufgegeben, immer gehofft, dass die Zeit schon alles klären wird. Das die erlösende Erleuchtung noch kommen wird, doch das Licht in Zoes Augen, dass doch Lebensfreude ausdrücken soll, dass wurde immer weniger und erlosch eines Tages vollständig.

Ihr Vater ist am Ende derjenige der dem Trauerspiel seiner Tochter ein Ende bereitet, denn in diesem Spiel gibt es kein Ziel und er weiß das, denn er weiß wie man erfolge schreibt und zwar mit einer Hand die in Bewegung ist und mit einem Geist der wach und aufmerksam und nicht dumpf und resigniert ist.

Ihr Vater hat sie zum Auszug gedrängt. Zoe ist 19 Jahre alt, alt genug um endlich selbstständig zu werden. Er hat ihr die Kreditkarte abgenommen und ihr stattdessen bloß ein Girokonto gelassen. Ein Konto mit genügend Geld zum Leben aber nicht mehr geeignet um in einem Überfluss zu schwelgen, der Zoe eh nie das geben konnte, was sie gebraucht hätte. Er hat sich darum gekümmert das sie eine Wohnung findet. Eine kleine zwei Zimmer Wohnung, schon fertig möbliert. Er hat zu ihr gesagt:

>>Mädchen, geh in die Welt. Finde heraus was du willst. Ich gebe dir noch zwei Monate, dann will ich eine Entscheidung von dir. Du wirst dich nach diesen zwei Monaten für die Universität einschreiben, oder dir eine Ausbildung suchen. Du wirst aufhören, wie ein Geist durch die Gegend zu wandern. Du bist noch so jung, du darfst dich noch nicht aufgeben und du bist zu alt um dein Leben in fremde Hände zu legen."

Angst. Das ist das einzige was Zoe gerade noch wahrnehmen kann. Ein Zittern des Körpers und des Herzens. Alleine sein, ganz alleine. In einer Wohnung die nicht nach ihr riecht. In der andere Menschen ihren Alltag gelebt und verlebt haben. Mit Möbeln die schon andere Hände berührt haben. Da ist nur Angst. Angst und noch viel mehr Angst.

*

Die ersten Tage sind schrecklich. Sie hat mit der Waschmaschine gekämpft. Die erste Ladung ist ihr eingelaufen, die zweite hat sich verfärbt. Sie hat das nie gelernt. Das Bügeln war auch nicht so leicht und das Geschirr spülte sich auch nicht von alleine. Die Hälfte der Tage verbrachte sie im Bett, die andere auf dem Sofa vor dem Fernseher. Und immer war da diese Angst in ihr, die sie noch mehr zu lähmen schien.

Die zweite Woche fühlte sich schon ein bisschen besser an. Langsam, ganz langsam gewöhnte sie sich an diese neue Wohnung, an dieses neue Leben. Sie weiß, dass viele ihrer Freunde sie um ihre eigene Wohnung beneiden, aber die wissen vielleicht auch nicht wie laut Wände zurück schweigen können, wenn man sich nach jemanden sehnt, der einen anspricht und hören will, wie der Tag gelaufen ist.

In der dritten Woche schaffte sie es sich auf den Weg zu der nächstgelegenen Universität zu machen. Sie betrat das alte Gebäude, dass sie ehrfürchtig machte. Hier sind so viele Träume in Erfüllung gegangen und wahrscheinlich genauso viele geplatzt. Hier wurde neue Hoffnung geschöpft und von anderen wieder verloren. Vielleicht könnte diese Zeit hier eine gute werden. Vielleicht ist entscheiden gar nicht so schlimm. Vielleicht, vielleicht, ja ganz vielleicht, darf sie sich sogar falsch entscheiden. Ja, wahrscheinlich ist es sogar besser sich einmal falsch zu entscheiden, als niemals etwas zu versuchen. Hier in dieser Eingangshalle, die so groß ist, das sich Zoe ganz klein fühlt, hat sie das Gefühl, dass eine Entscheidung zu treffen gar nicht so schwierig ist, dass es nicht die Welt verändert, bloß ihre eigene. Das all diese Menschen um sie herum das auch geschafft haben und das sie es auch schaffen wird.

*

Ein Mädchen stellt sich neben sie. Die beiden blicken sich an. Keine traut sich die andere anzusprechen und doch besteht von der ersten Sekunde an ein Band. Sie blicken sich mit großen Augen um und dann ein Ton, ein Wort, ein Satz, ein Anfang.
>>Ich habe Angst.<<, flüstert dieses kleine Mädchen neben ihr.
>>Ich auch.<<, haucht Zoe.
>>Schaffen wir das?<<, fragt die kleine.
>>Wir können alles schaffen, wir müssen bloß anfangen oder?<<
>>Ja wir müssen nur anfangen, damit ich groß werden kann.<<, sagt die kleine, dreht sich um und hüpft davon.
Das war ich, denkt Zoe. Das war mein Ebenbild, bloß jünger. Das war ich, so wie ich mich fühle, viel kleiner als ich tatsächlich bin. Ich bin doch gar kein Kind mehr. Ich bin vielleicht noch nicht erwachsen, auch wenn das Gesetz etwas anderes behauptet, doch ein Kind bin ich ganz sicher nicht mehr. Ich werde es schaffen meinen Weg zu gehen.

Es sind nur noch ein paar Schritt (11) bis sie die Tür erreicht. Der Türkauf ist noch ein paar Zentimeter entfernt (5). Sie dreht ihn, öffnet die Tür (die erste). Zoe tritt ein in diesen

Raum, zu dieser Frau, die ihr so viele Fragen stellt, das ihr ganz schwindelig wird (38). Doch dann ist ihre Entscheidung gefallen. Sie öffnet eine Tür (die zweite). Sie wird studieren in ein paar Tagen geht das neue Semester los (23).

Zoe hat sich entschieden. Sie will Grafikerin werden. Sie will die Welt in Farben tauchen. Denn es waren die Farben die sie in den vergangenen Jahren vermisst hat. Sie will kreativ sein dürfen, sie will Menschen von ihren Ideen überzeugen. Von Ideen die sie heute noch nicht hat, die sie aber finden wird. Denn es hat gedauert, doch sie ist bereit. So bereit wie noch nie, endlich das zu tun, was nur sie will.

Was wäre wenn...

ich das Demotape verschickt hätte?

Jeder Mensch hat Träume.

Manche von ihnen bloß in der Nacht.

Ich hatte auch welche.

Die meisten von ihnen am Tag.

Doch dies hier war nie mein Traum.

Und aus manchen Träumen erwacht man nicht.

Wenn man gar nicht geschlafen hat.

Liam

Liam

Manchmal hat Liam das Gefühl, dass alle Menschen die an ihm vorbeigehen ihn anstarren. Wenn ihn dieses Gefühl überkommt schaut er in jedes Schaufenster und in jede sich spiegelnde Oberfläche um den Fehler zu finden, den andere scheinbar in ihm erkennen. Doch niemals findet er etwas das an seiner perfekten Erscheinung kratzt. Er überlegt, ob jemand auf seiner Festplatte einen Virus installiert hat, der es ermöglicht, auf alle seine Daten zuzugreifen und dann die Privatpornos von ihm und den zahlreichen Frauen auf Youporn gestellt hat.

Wenn er so darüber nachdenkt kommt ihm selbst in den Sinn, wie paranoid das klingt und ignoriert die vielen Blicke.

Und irgendwann im Zeitsprung fällt ihm wieder ein warum die Menschen ihn ansehen. Denn sie glauben das sie ihn kennen, obwohl sie bloß ein paar Zeilen von ihm falsch verstehen und sich in ihnen verstanden fühlen.

Sie kennen ihn von dem CD Cover und den Interviews in Zeitungen, die ihm solange die Worte im Mund umdrehen, bis ihm ganz schwindelig wird und schwarz vor Augen und er vergisst, was es bedeutet ein wahres Wort von sich selbst zu lesen.

Manchmal bereut er die Entscheidung einen seiner eigenen Songs an eine Plattenfirma gesendet zu haben, denn berühmt sein wollte er eigentlich nie und was bringt ihm der ganze Ruhm, wenn ihn niemand mehr erkennt, weil jeder sein Augenmerk bloß auf das offensichtliche legt und dabei nicht merkt, wie weit weg all das von ihm ist.

Ständig stehen irgendwelche Leute um ihn herum. Sie hoffen dadurch gesehen zu werden, dabei weiß Liam ganz genau wie es sich anfühlt unsichtbar zu sein und seine Anwesenheit macht alle um ihn herum ebenfalls unsichtbar, weil alle bloß ihn beachten und nicht bemerken, dass er doch eigentlich ein ganz anderer ist.

Selbst zuhause ist er nie alleine, ständig stehen junge Mädchen vor seiner Tür, die zu jung sind um sie hereinbitten zu dürfen, ohne das er dafür einen riesigen Streit mit dem Gesetz in Gang setzten würde. Und die Reporter würden sich auf dieses Ereignis stürzen wie ein Geier auf ein totes Stück Fleisch und er würde sich genauso fühlen, wie das tote Tier, wenn es denn noch irgendetwas fühlen könnte.

Leblos.

Liam ist oft sehr einsam, denn auch wenn er ständig von Menschen umgeben ist, so ist ihm doch niemals jemanden wirklich nah, und welche Einsamkeit könnte schlimmer sein, als jene die man zwischen zu vielen Menschen verspürt. Er kennt keine schlimmere Form.

Nirgendwo ist Liam sicher vor den wachsamen Blicken der Menschen, die darauf hoffen, das er einen Fehler begeht. Jene

die ihn misstrauisch beobachten um sich selbst die nächste Schlagzeile zu sichern. Und eine Schlagzeile hat diesen Namen nicht ohne Grund, denn Liam hat das Gefühl, dass er am ganzen Körper grün und blau sein müsste, so oft wie auf ihn schon mit Zeilen eingeschlagen wurde. Dabei sind es doch die Zeilen die ihm immer am wichtigsten gewesen sind.
Die Zeilen die er mit Leben und Klang füllt, um sie an anderen zu überreichen, als Geschenk und nicht als einschlagendes Ereignis in ein Geschehen, das mit Sanftheit berührt werden muss und nicht mit nackter Gewalt.

Doch die Reporter mit den Stiften und den Mikrofonen in der Hand finden immer etwas das sie schreiben können und diese Zeilen haben nichts mit Sanftmut zu tun, sie verletzten bloß und unterhalten Menschen, die froh sind nicht selbst dort zu stehen, obwohl sich so viele Menschen wünschen an Liams stelle zu sein. Denn Menschen sehen nur einen kleinen Splitter des großen Ganzen. Sie sehen sein Geld, seine Kleidung, sein Talent, die großen Bühnen und die Menschen die ihn verehren und wünschen sich auch diese Form der Aufmerksamkeit, die sie, wenn sie diese hätten, ebenfalls nicht ertragen könnten.

*

Wenn Liam auf der Bühne steht und die Leute um ihn herum seinen Namen rufen und seine eigenen Texte mitsingen, dann fühlt er sich für einen Moment zuhause in diesem Geschehen, das dort geschieht weil er es geschehen lässt. Er lässt sich mitreißen von der Kraft der Masse und die Masse lässt sich mitreißen von ihm und so ist dieser Fluss der Energie nicht zu bremsen, denn er bestätigt sich in jedem Augenblick aufs neue selbst.

Manchmal kommt ihm dann der Gedanke, dass diese Halle gerade gefüllt ist mit Gehirnen, die sich alle stets bemühen diese Welt zu verstehen, seines inbegriffen und das der ein oder andere vielleicht sogar das Gefühl hat, durch seine Songs ein Stück weit zu verstehen, was hier vor sich geht.

Was Liam jedoch niemals verstehen wird ist, warum Mädchen anfangen zu weinen, wenn sie ihn sehen und warum sie immer so schrecklich laut schreien müssen und dann am Ende umkippen und den Moment der ihnen doch so viel zu bedeuten scheint verpassen.

Er würde sich gerne mit jedem einzelnen seiner Fans stundenlang befassen, auch wenn er nicht wüsste, was er ihnen sagen soll und sicherlich wären viele von ihnen am Ende enttäuscht, weil er nicht dem Bild von dem Entspricht, das in ihren Köpfen entstanden ist. Aber vielleicht wäre der ein oder andere dabei, der wirklich versteht. Der nicht bloß die tatsächliche Aussage in seinen Liedern wahrnimmt sondern auch das was dahinter steht und dazwischen und davor und überall ringsherum. Vielleicht wäre einer da, der sogar die Pausen und die Atemzüge von ihm benennen kann.

Doch es gibt nicht genügend Zeit auf der ganzen Welt, um sich wirklich mit jedem von ihnen an einen Tisch zu setzten und einen so großen Tisch gibt es auch nicht und bauen kann er auch keinen, denn dafür fehlt der Platz. Also geht er abends in diesen viel zu fremden Städten alleine in ein viel zu anonymes Hotelzimmer und fühlt sich verloren. Denn das stetige auf und ab macht einsam. Entweder ist er umgeben von hunderten von Menschen, die ihm alle entsetzlich fremd sind oder er ist ganz alleine und fühlt sich fremd, an all den unbekannten Orten. In diesen Momenten fühlen sich sogar die wirklich guten Augenblicke kaputt an.

Dies ist die Realität eines gefeierten Popstars.

Und ganz egal wie viel Geld man verdient, man kann sich keine Gemeinschaft kaufen, der man vertrauen kann, denn Geld verbindet niemals, es trennt bloß. Es spaltet ab und irgendwann verschwindet es einfach und mit dem Geld dann auch alles andere das darauf gebaut hat.

Manchmal hat Liam das Gefühl, bei seinem eigenen Leben nicht mehr hinterher zu kommen. Alles passierte so schnell. Der Plattenvertrag, der CD Release, die Charts, die Preise, der Ruhm. Irgendwer muss die fast-forward Taste schleunigst abstellen. Er kommt einfach nicht mehr mit. Bei manchen Menschen liegt Genie und Wahnsinn sehr dicht beieinander, doch bei Liam gehen die beiden noch einen Schritt weiter und haben wilden Sex miteinander. Wenn Liam neue Texte schreibt, dann befindet er sich in seiner ganz eigenen Welt, er vergisst dabei zu essen und zu schlafen. Er vergisst sogar den Ort an dem er sich befindet. All das ist ein treibender Strudel, der ihn mit sich zieht und manchmal hat Liam Angst davor, wohin ihn das alles treiben wird.

*

Einmal hat ein junges Mädchen ihm einen Brief geschrieben, darin stand, dass sie ihrer eigenen Stimme nicht vertraut und das er ihr die Worte gibt die sie braucht um endlich das sagen zu können, was da doch so tief in ihr drin sonst für immer verborgen geblieben wäre. Da hat Liam gelächelt und den Brief ganz vorsichtig und bedacht an einen Ort gelegt, der diese schönen Sätze sicher bewahren kann. Denn in den meisten Briefen die er bekommt, schreiben die Mädchen von der Liebe zu ihm und Liam ist sich sicher, dass sie erst noch lernen müssen was Liebe bedeutet. Denn einen Menschen zu lieben, den man überhaupt nicht kennt, ist bestimmt nicht die Form der Liebe die man empfinden möchte und ihm tut es auch jedes Mal ein bisschen leid, dass es Menschen gibt, die das tatsächlich für Liebe halten, denn diese scheinen die wahre Liebe niemals kennengelernt zu haben.

Natürlich ist sich Liam auch all der Vorzüge bewusst, die dieses Leben mit sich bringt. Er freut sich über die Geschenke die er bekommt. Über den Einfluss den er nehmen kann, weil seine Worte andere Menschen erreichen. Er weiß, dass es ein Geschenk ist, mit der Musik die immer zu ihm und seinem Leben gehört hat, sein Geld zu verdienen. Aber Liam weiß, Reichtum ist keine positive Eigenschaft und Armut keine negative. Manche sagen zu ihm, dass er nun zu der besseren Gesellschaft gehört, darüber kann Liam nur mitleidig lächeln. Die bessere Gesellschaft ist nämlich gar nicht besser, sie hat bloß mehr Geld zur Verfügung und das ist bloß besser für die

Nerven, aber es macht einen nicht zu einem besseren Menschen und erst recht nicht zu einer besseren Gesellschaft. Liam gehörte einfach nie zu diesen Menschen die sich über Geld definiert haben und auch nicht über einen anderen Menschen, denn das hätte ihn am Ende bloß wertlos stehen lassen. Er kann sich teure Kleidung kaufen und reist durch die ganze Welt. Er kann Geschichten von fremden Orten erzählen, aber das konnte er, wenn er ehrlich ist schon immer. Denn der Ort der ihm am befremdlichsten ist, war schon immer sein eigener Verstand. Somit hat sich eigentlich gar nicht so viel verändert.

*

Liam hat noch immer die Freunde die er auch früher schon gekannt hat, denn er hat schnell gemerkt, dass es keine Bereicherung für sein Leben ist, wenn die Menschen die ihn umgeben genauso viele sind wie jene die auf seiner Freundesliste bei Facebook stehen. Und mittlerweile hat er so viele Facebookfreunde, dass er gar keine neuen mehr hinzufügen kann. Beides hat nichts, also wirklich rein gar nichts mit Freundschaft zu tun.

Seine Freunde betrachten ihn auch jetzt noch auf dieselbe Art und Weise wie sie es getan haben, bevor ständig irgendwo ein Scheinwerferlicht auf ihn gerichtet wurde. Denn seine Freunde wissen, ein Scheinwerferlicht bringt niemals die Erleuchtung die man sich wünscht und ins rechte Licht rückt es einen auch nicht.

Sie verstehen seine Einsamkeit und versuchen sie ihm zu nehmen, wann immer sie ihn zu Gesicht bekommen. Doch das ist schwierig, wenn sich Liam ständig in einem anderen Land oder in einer anderen Stadt befindet. Zuhause ist für Liam schon lange keine Wohnung mehr. Zuhause ist immer da wo er ist, wenn er umgeben von bekannten Gesichtern in einer fremden Zeit steht.

*

Oft fragt sich Liam, wie sein Leben wohl aussehen würde, wenn er weiterhin als Songwriter für kleine Bands gearbeitet hätte. Wenn noch immer bloß eine Handvoll Menschen seinen Namen kennen würden und niemand je auf die Idee gekommen wäre, dass es seine Gedanken sind die fremde Stimmen für fremde Menschen singen. Vielleicht wäre er dann glücklich. Wobei er auch mit diesem Leben glücklich ist, es ist bloß eine andere Form des Glücks. Keine beständige. Es ist eine Form des Glücks, die Hand in Hand mit seiner Angst geht. Denn er ist schnell die Leiter des Musikgeschäfts hinaufgeklettert und er weiß genau, dass es sehr viel schneller geht als man sich vorstellen kann, die nächste Sprosse zu verfehlen und dann komplett hinab zu segeln in eine völlig andere Realität. Doch Liam weiß auch, dass auch eine Bodennahe Realität noch immer genauso sein Leben bestätigen würde, wie die jetzige, die sich so weit oben befinden.

Oben in den Charts.

Manchmal wacht Liam morgens auf und hört seine eigene Stimme im Radio und dann hat er das Gefühl noch immer zu träumen. Aber Liam weiß, kein Augenblick ist tatsächlich zweifelhaft. Jeder einzelne ist für sich gesehen so wahrhaftig wie ein jeder bereit ist zu begreifen. Und Liam begreift was hier geschieht.
Meistens.

Er hat früher, als er noch Songs für andere geschrieben hat, Bands und Sänger bei ihrem Aufstieg beobachtet und er hat zu viele von ihnen auch fallen sehen. Manche von ihnen sind einfach die Leiter des Ruhms wieder hinabgestürzt und fanden sich in einem Leben wieder, das nicht viel mit der Scheinwerferwelt zu tun hat, in der sie vor kurzem noch gelebt haben. Andere lebten weiter in der Illusion aus Erfolg und Reichtum und verloren sich dabei in zu vielen Partys, Alkohol, Drogen und Affären. Liam weiß wie schnell das alles geht und wie wenig man diesen Kreislauf mitbekommt, wenn man selbst im Kreis läuft. Von außen betrachtet kann man beide Fallbeispiele erkennen und sie vorhersagen, aber als beteiligter stellt man es erst fest, wenn man mit dem Kopf zuerst den Boden erreicht. Wenn man Glück hat, sind die Folgen heftige Kopfschmerzen und eine Beule, wenn man Pech hat, bricht man sich bei dem Sturz das Genick.
Liam hat vorgesorgt. Er hat Geld angelegt und investiert. Er hat seinen Freundeskreis beibehalten und abgesehen von einem gelegentlichen Joint hält er sich von Drogen fern. Natürlich feiert er, so wie alle feiern. In einem schicken Anzug mit einem Gratis Getränk in der Hand und dabei nett in die

Kameras lächelnd. Doch die beste Vorsorge bewahrt einen nicht vor den Geschwüren die in einem drin zu wachsen beginnen können. Da ist sich Liam sicher. Außerdem gehörte er einfach noch nie zu den Menschen die aufhören, wenn es am schönsten ist und deswegen kennt er das schlimmste in sich, in jedem und allem.

*

Als Liams Karriere begann, war er überwältigt von der Aufmerksamkeit die man ihm entgegen brachte. Er war fasziniert von den vielen schönen Frauen die ihn scheinbar vergöttern und ohne lange Gespräche gleich mit ihm ins Bett wollten. Er war wirklich gut im besorgen und entsorgen von Frauen, die für ihn keine lange Haltwertzeit besaßen.

Er hat selten nein gesagt, wenn sie um ihn herum tänzelten und er ihre Absicht in ihren Annäherungen erkannte. Welchen Grund hätte er dafür auch gehabt? Liam ist Single, er ist ungebunden und oft alleine und außerdem lehnen wohl die wenigsten Männer hübsche Frauen ab, die sich ihnen anbiedern.

Ein halbes Jahr taumelte er von Bühne zu Bühne und feierte hinterher im Nightliner oder im Backstagebereich mit Frauen und hatte diesen hemmungslosen Sex. Es war eine gute Zeit, zumindest oberflächlich betrachtet, denn eigentlich sahen die Frauen gar nicht Liam, den Menschen. Sie sahen immer bloß Liam, den Sänger. Sie sahen ihn eigentlich kaum an, sie schmachteten bloß. Er konnte sich mit ihnen nicht unterhalten, weil sie viel zu nervös waren, um auch nur einen geraden Satz herauszubekommen. Sein Manager nahm den Frauen vorher immer die Handys ab, denn ein heimlich gedrehter Sexfilm gehört nicht zu seinem Image und wenn einer gedreht wurde, dann immer nur von ihm. Die Presse hätte sich auf die Aufnahmen gestürzt und den Frauen wohl viel Geld geboten und da diese Frauen nicht wirklich an dem wahren Liam interessiert waren, sondern eher an der Vorstellung mit einem Star zu schlafen, hätten die meisten wohl das Geld genommen und ihn einfach ohne mit der Wimper zu zucken der Presse zum Fraß vorgeworfen.

Nur einmal hatte sein Manager vergessen ein Handy vorher einzukassieren und zwischen heißen Küssen klingelte das Smartphone der Dame des Abends. Sie blickte kurz auf das Display und Liam fragte, ob sie ran gehen möchte, doch sie sagte: >>Nö, das ist bloß mein Freund.<< Er verharrte mitten in der Bewegung. Es kam ihm plötzlich nicht mehr richtig vor. Er zog sich seine Hose wieder an und sagte:

>>Das wirst du morgen früh bereuen, lassen wir das besser.<<

>>Nee, werde ich nicht, ich schlafe eh immer bis mittags.<<

Liam war erschrocken über ihre Gleichgültigkeit, es sollte doch der eigene Partner sein der zählt und nicht irgendein Sänger den sie, wenn man es genau nimmt, überhaupt nicht kennt. Aber vielleicht, so dachte er, gehören die beiden auch zu diesen Pseudopärchen, die Emotionen vorspielen und sich an den Händen halten um nicht alleine zu sein. Wie auch immer, Liam schickte das Mädchen nach Hause, seine Lust war ihm eh längst vergangen.

Nach einem halben Jahr fühlte er sich nach dem Sex einfach bloß noch leer. So als hätte man ihn von innen heraus ausgehöhlt. Nachdem er gekommen ist, blieb nichts mehr und es fühlte sich bedeutungslos an. Er kennt keine von den Frauen, bloß körperlich innerlich. Alles was er über die Frauen weiß, ist wie ihre schlafenden Körper aussehen und wie sich die Brust hebt und senkt. Er wusste wie sie schmecken und riechen. Er kennt die Worte die sie im Eifer des Gefechts sagen, aber keinen einzigen Gedanken den sie fühlen und keine Geste die sie spüren. Klar sahen die Frauen fantastisch aus, doch die meisten konnten sich ihre Schönheit abschminken. Manche von ihnen waren unglaublich im Bett, aber doch war jede von nichtssagend. Sie waren unbedeutend. Aus one-night-stand und ein-Abend-flirts hat noch niemand ein Haus gebaut, so viel wusste Liam und so nahm er Abstand von den Groupies, die noch immer nach den Konzerten auf ihn warten und sich vor seinem Nightliner aufreihen, in der Hoffnung ausgewählt zu werden. Manche der Frauen hatten von den wilden Partys gehört, die Liam angeblich nach einem Auftritt mit einigen auserwählten feierte. Es handelte sich dabei auch nicht um Gerüchte, schließlich hatten diese Partys tatsächlich stattgefunden. Liam hat nicht nur mit unzähligen Frauen rumgemacht, sondern auch mit zu vielen Nächten. Ihre Liebesbeweise waren die Schatten unter seinen Augen.

*

Die Stimmung an diesem Abend stimmte bei Liam, aber die Frauen stimulieren ihn nicht mehr. Er wollte keine von ihnen mehr. Eigentlich wollte er bloß noch seine Ruhe.

Als er an den Mädchen vorbeigeht, sieht er sie sich alle an. Manche sind eindeutig zu jung für ihn, andere auf einer Skala eher extrem geht so, wieder andere sind so stark geschminkt, man könnte meinen sie gehen gleich los um Batman zu töten oder sie bestehen aus mehr Bildern als Haut. Manche haben etwas sehr schönes an sich. Einiger seiner Fans sind scheinbar jedoch auch Fans von sehr schmalen, beinahe nicht existenten Augenbrauen. Liam hat nie verstanden warum sich die Frauen, sie sich erst abrasieren um sie später nachzumalen. Männer rasieren sich schließlich auch nicht den Bart ab und malen sich später einzelne Stoppeln ins Gesicht. Viele seiner Fans definieren sich offensichtlich überwiegend über ihre Kleidung, doch dann haben sie ein Problem, denn wenn sie duschen gehen, sind sie bloß noch ein Haufen Haut, Fleisch und Knochen.
Diese Gedanken hat er schon hunderte Male gedacht. Es ist immer so, vor ihm reihen sich die Frauen auf. Nach jedem Konzert, vor jedem Hotel und vor seiner Wohnung.

Ein Mädchen blickt ihn mit großen blauen Augen an. Ihre Haare sind genauso dunkel wie ihr Blick. Irgendetwas fasziniert Liam an ihr, doch er hat diese belanglosen Treffen so satt. Er ist ihnen so überdrüssig, dass er einfach an ihr vorbei geht und in den Nightliner steigt.

   Allein.

Teil 3

Dieser eine Mensch

Was wäre wenn...

ich mich getrennt hätte?

Es stimmt das man manchmal bloß für ein paar Sekunden

mutig sein muss.

Es kann alles verändern.

Diesen Mut nicht aufzubringen.

Kann alles zum Stillstand bringen.

Scheinbar.

Denn auch das verändert das Dasein.

Zweier Menschen.

Alissa

Alissa

Als Alissa, Sam das erste mal sieht treffen sich ihre Augen. Es ist dieser Blick der versteht und der eigentlich keine weiteren Worte braucht, aber natürlich widmen sie diese dem anderen trotzdem. Es sind Floskeln, die untergehen in diesem Blick und seinen Augen.

Er lacht und seine Augen strahlen. Alissa verliert sich in den tiefen des Blaues und die grünen Sprengel an den Seiten seiner Pupillen hat sie natürlich auch längst erkannt. Links sind es fünf und rechts sind es sieben. Eine Asymmetrie die sie noch ein bisschen tiefer tauchen lässt. Sie hat das Gefühl rettungslos zu ertrinken und ja, es klingt furchtbar kitschig, aber wir lieben doch alle diesen Hauch von Kitsch, wenn er in unserem eigenen Leben stattfindet und nicht in einem dämlichen Film oder einem Buch an dessen Anfang man das Ende schon kennt.

Sie reden und Alissa merkt wie ihre Worte unkontrolliert übereinander stolpern, aber das ist gerade nicht weiter von Bedeutung. Sie hört das Rauschen der Autos, aber es klingt wie das Meer, weil seine Augen sie so sehr daran erinnern.

Es ist ein Blick der fesselt und gleichzeitig loslöst von all dem um sie herum. Dieser Moment wird nicht für immer halten, irgendwann muss sie auftauchen um Luft zu holen. Es ist nicht leicht wieder nach oben zu schwimmen, wenn man erst einmal weiß, wie ruhig und schön alles unter der Oberfläche seiner selbst ist.

Alissa hat das Gefühl tiefer in ihn zu blicken, als es mit Worten in dieser kurzen Zeit möglich gewesen wäre. Auch sie spürt seine Blicke, während sie noch immer halbherzig bemüht ist wieder an die Oberfläche zu gelangen. Auch Sam ist in ihren Augen für einen Moment zu tief versunken. Sie sieht für einen Moment sich selbst in dem Schwarz seiner Pupillen und beobachtet sich dabei wie sie ihn betrachtet und sie mag was sie dort sieht, vielleicht ist es dieses *sich selbst mit anderen Augen sehen,* wovon die Leute immer sprechen. Und dann löst Alissa sich doch und etwas in ihr drin scheint zu reißen, als sie ihn als ganzes betrachtet. Auch das gefällt ihr. Aber es ist nicht so, dass es jetzt, wo sie gerade so viel mehr in diesem kleinen Teil von ihm gesehen hat, noch zählen würde.

Dieser Moment war natürlich genau das, bloß ein Moment, es wäre eigenartig, wenn zwei fremde Menschen sich auf Anhieb eine Stunde ununterbrochen in die Augen sehen würden, ohne auch nur für den Hauch einer Sekunde den Blick abwenden zu können, aber Alissa kam es so vor, als wären bereits Stunden vergangen.

Und dann muss er los, weil er eigentlich gerade auf dem Weg zu irgendetwas oder irgendwem gewesen ist und auch ihr fällt auf, dass sie eigentlich ein Ziel hatte, auch wenn es ihr gerade einfach nicht mehr einfallen will.

Sie werden sich wiedersehen und das schon bald. Das war einer der Sätze die sie verstanden hat, obwohl sie unter Wasser war und eigentlich beinahe ertrunken ist.

*

Natürlich sehen sie sich tatsächlich wieder. Und dann gibt es diesen einen Moment, als er das erste Mal nach ihrer Hand greift und sie ihn aus dem Augenwinkel dabei beobachtet, wie er kurz zögert und mit sich ringt und sich dann langsam vortastet und am Ende mit einer schnellen Geste ihre mit seiner Hand umschließt. Dann schließt Alissa ganz kurz die Augen und begreift, dieser Moment zählt. Dieser Moment ist wertvoll und verdrängt den Ort an dem sie gerade steht, die Probleme die ihr Nachts den Schlaf rauben und ihr das Gefühl geben, dass sie die falsche Matratze hat, zu hart oder zu weich und das Kissen ist sowieso schon seit Wochen zu hart für ihren lädierten Kopf. Und der Mann der jeden Tag neben ihr liegt, passt erst recht nicht dorthin. Weder zu den Gardinen noch zu ihr. Aber hier und jetzt besteht die Welt bloß aus ihrer und seiner Hand. Aus seinen Fingerspitzen die so sacht über ihren Handrücken streichen. Alissa erkennt die blauen Venen unter ihrer blassen Haut, die das Sonnenlicht noch mehr vermissen als sie an diesen immer zu kalten Tagen, in diesem immer zu lange dauernden Winter. In diesem Raum der trieft vor lauter Rauch und schalem Bier in Gläsern, obwohl sie Bier doch immer lieber aus Flaschen getrunken hat. Das ist gerade alles egal, weil seine Hand sich warm auf ihrer kalten Haut anfühlt. Weil seine Finger perfekt in die Zwischenräume der ihren passen. Dieser Mann, der vielleicht gar nicht der perfekte ist, gar nicht so wie sie sich ihren Mann mit zwölf vorgestellt hat und schon gar nicht wie der von dem sie mit sechzehn geträumt hat und auch die Vorstellung von vor ein paar Monaten deckt sich nicht mit demjenigen der da gerade neben ihr sitzt und doch will sie Sam gegen keinen anderen austauschen, weil seine Hand in ihre geschlungen mehr ist als bloß eine Geste, es ist mehr als ein belangloser Moment unter vielen. Diese Geste ist Geborgenheit und Sicherheit in Großbuchstaben. Ein Gefühl an das Worte niemals heranreichen werden.

Er raubt ihr das Herz und ihren Verstand und das ist auch gut so, weil sie eigentlich bei ihrem Freund sein sollte und weil sie heute hätte aufräumen sollen, denn ihre Wohnung sieht aus, als hätte dort der dritte Weltkrieg stattgefunden, aber das ist ihr egal, weil ihr Verstand nicht mehr existent ist, weil seine Finger gerade etwas fester zudrücken und sie sich in ihrer Prokrastination bestätigt fühlt.

Es ist spät geworden ohne das Alissa es mitbekommen hat und hätte sie ihren Verstand nicht verloren wüsste sie es wäre an der Zeit zu gehen und sie sollte nicht das nächste Bier bestellen, weil schon das erste ein Fehler war, denn es ist weder Wochenende noch gibt es etwas zu feiern, doch Alkohol schenkt Mut und dieser Mut hat ihr diesen Moment geschenkt und ist das nicht Rechtfertigung genug?
Natürlich sitzen die beiden nicht schweigend nebeneinander, sie reden schon, aber sie weiß gar nicht so genau wor-

über und klar würde sie jetzt gerne tief in Sams Augen versinken, ganz so wie sie es in den Büchern gelesen hat, die sich auf ihrem Nachtisch stapeln, aber gerade liegt das außerhalb ihrer Möglichkeiten, weil seine Hand ihre noch immer fest umschließt. Dabei weiß Alissa ganz genau wie es sich angefühlt hat unterzutauchen, in dem anderen, durch einen bloßen Blick in dem sie sich und ihn erkannt hat. Aber jetzt wo er ihren Körper physisch berührt schafft sie es nicht sich auch noch psychisch von ihm berühren zu lassen. Reizüberflutung nennt man das wohl und dieser Moment ist zu kostbar um sich von dieser Flut woanders hin spülen zu lassen. Ein anderes mal, denkt sie sich noch, während sie schon wieder weg driftet und ihr Blick sich auf ihren Händen verliert.

Die Zeit rennt gegen die beiden an und schaut angriffslustig, sie wird es sein, die diesen Moment beendet. Beide müssen bald aufstehen und gehen. Die Bar schließt demnächst. Diese Bar, in der sie hier so dicht aneinander gerückt mit den Händen ineinander verschlungen sitzen. Und dann wird er sie nach Hause bringen, also zumindest fast, denn Martin wäre bestimmt nicht begeistert sie in fremden Armen zu sehen. Vielleicht bringt er sie auch nur bis zur nächsten Bahnstation und dann muss er ihre Hand loslassen. Dann wird sie sich wieder kalt anfühlen und sich nach dieser Nähe sehnen, die sie gerade noch erfahren haben und nach der sie in dieser kurzen Zeit eine Sucht entwickelt hat, die nie wieder vollständig verschwinden wird.

Alissa wird mit ihrer rechten Hand über ihre linke fahren und versuchen dabei genauso achtsam und bedacht zu sein, wie er es war. Sie wird ihre Finger ineinander schlingen und kein Gefühl der Geborgenheit spüren, weil sie in sich zwar nicht einsam, aber doch alleine ist.

Vielleicht werden sie dort anknüpfen wo sie hier heute Abend aufhören müssen, aber dieses anfängliche kribbeln, das Gefühl der Überwindung, das sie vorhin in seinem Blick und seinem Handeln beobachten konnte, das wird sie nie wieder sehen. Er wird nie wieder diese Angst vor Zurückweisung empfinden, weil er nun weiß, dass Alissa die Berührung seiner Fingerspitzen auf ihrer Haut mag. Das es ihr gefällt, wenn sich seine Finger um die ihre winden. Ihnen bleibt natürlich das Gefühl der Geborgenheit und der Sicherheit und noch eine Weile dieses Herzklopfen, aber das stocken des Atems das vergeht. Das abschweifen der Gedanken auch und dann...

Dann kommt der Moment in dem sie diesen Augenblick vergisst. Der Punkt wird kommen, an dem sie ganz automatisch nach seiner Hand greift und er nach der ihren.

Versprochen.

Sie wird kein Herzklopfen mehr empfinden. Vielleicht mit ein bisschen Glück werden seine Hände für sie immer Geborgenheit bedeuten, aber das ist keine Garantie die auf ewig gewährt wird. Aber dieser Moment der ist ihrer.

Dann wendet sie ihren Blick von ihren Händen ab und blickt auf die Uhr. Er ist kurz vor zwölf. Viel zu spät für sie und gleich schließt die Bar und er hebt die Hand um zu bezahlen und als er nach seiner Geldbörse kramt, lässt er ihre Hand los und plötzlich fühlt sie sich verloren in diesem

Raum und trinkt einen Schluck von dem Bier, das wieder schal schmeckt und ihr fällt auch wieder ein, das sie es lieber aus der Flasche trinkt und das sie morgen auf der Arbeit sein muss und auch das ihre Wohnung noch immer wie ein Schlachtfeld aussieht, auf dem es bloß Opfer und keine Gewinner gibt. Und sie erinnert sich daran, das dazwischen Martin sitzt und auf sie wartet.

Sam nimmt noch einmal ihre Hand und all die schlechten Gedanken fallen noch einmal von ihr ab. Er führt sie aus dem Laden, bis zur nächsten Bahnstation und dann löst er seine Finger von ihren und sie sehen sich nach der Wärme die doch eben noch da gewesen ist und nach dem Gefühl vollständig zu sein, obwohl sie sich am Morgen noch gar nicht unvollständig gefühlt hat. Alissa schaut auf ihre Hände und betrachtet jeden einzelnen Finger und sie sucht nach diesem Zusammengehörigkeitsgefühl das sich ganz automatisch einstellen sollte, aber es passiert nichts. Sie sehen verloren aus, ihre Finger und wollen nach etwas greifen, das längst nicht mehr da ist. Sie mustert sie enttäuscht und schiebt sie etwas hilflos in ihre Jackentasche, denn in der ist es für sie wenigstens warm. Wärme ohne Geborgenheit, aber immerhin.

Sie fährt nach Hause, in ihrem Kopf tobt schon wieder der helle Wahnsinn. Denn als er seine Hand von ihrer gelöst hat, hat sie auch ihren Verstand zurückbekommen, mit all dem darin enthaltenen Müll, den sie so gar nicht vermisst hat. Doch seine Hand die vermisst sie schon und sie verzehrt sich nach dem nächsten Treffen und nach seinen Händen und den etwas rauen Fingerspitzen die so viele Geschichten zu erzählen haben und ihr etwas schenkten, das sie sich selbst nicht geben kann.

Verbundenheit.

*

Die Zeit bis zu ihrem nächsten Treffen vergeht nur sehr qualvoll, aber letztendlich vergeht sie doch. Und das sie sich wiedersehen stand ohnehin außer Frage.

Sam hat genug von der ewigen Suche und der immerwährenden Auswahl und dem Gefühl etwas zu verpassen, wenn er nicht ständig in Bewegung bleibt. Er hat genug von dieser Suche nach immer mehr und immer besser. Er hat genug von den billigen Flirts und dem schlechtem Sex mit fremden Menschen, der zwar häufig gar nicht wirklich schlecht gewesen ist, aber eben so viel schlechter als jenen den er kennt, wenn er die Frau liebt, die da unter ihm stöhnt.

Alissa hat genug von dem Schweigen zu Hause und der ewig währenden Lethargie. Sie hat genug von der langweiligen Routine und den ihr auferlegten Meinungen. Und da ist doch jetzt auch dieser andere Mensch der neben ihnen steht und sitzt und mitlebt und leidet. Dieser Mensch der sich richtig anfühlt, wenn er da so bei ihr ist.

*

Natürlich greift er bei ihrem nächsten Treffen wieder nach ihrer Hand, denn die Angst wurde längst besiegt und sie freut sich, als sie diese Wärme wieder spürt und ihre Finger fühlen sich mit seinen auch wieder vollständig. Doch ihr Herz schlägt bloß für ein paar Sekunden lang zu schnell und findet dann wieder seinen gewohnten Takt.

Es fällt ihr dieses Mal so viel leichter dem Gespräch zu folgen und auch sie bringt sich heute mehr ein als beim letzten Mal.

Wie von selbst streichen ihre Fingerspitzen über seine Haut und sie bleibt trotzdem konzentriert bei dem aktuellen Thema. Klar ist das auch schön, weil er schöne Sachen sagen kann und aus seinem Mund nun nicht mehr bloß Buchstaben sondern auch Sätze purzeln.

Und Alissa hört ihm eine Weile zu bis sie begreift, dass sie lediglich seinem Wortfluss lauscht und seine Betonungen und sein Sprachrhythmus für sie zu einer Melodie werden. Diese Melodie würde sie für alles Geld der Welt am liebsten auf CD kaufen, weil dieser Klang mit nichts zu vergleichen ist.

Ab und zu macht er eine Pause und dann wirft Alissa ein paar Wortfetzen ein, aber nicht zu viele, weil sie ihn so gerne reden hört und er einer von denen ist, die gerne redet und sie doch so oder so viel lieber schweigt und es ihr noch nie leicht gefallen von einem Thema ins nächste zu klettern ohne dabei von der Leiter zu fallen.

Seine Stimme klingt so samt und voll wie flüssiges Karamell und so tief das sie Alissa umhüllt wie ein großer Mantel der sie im Winter wärmt.

Es ist kalt draußen, klar es ist schließlich Winter und endlich liegt Schnee. Dieser Schnee von dem sie immer träumt, wenn es bloß regnet, und wenn er da ist, besteht er mehr aus Matsch als aus weißen zarten Flocken und hat rein gar nichts mit dem aus Hollywoodfilmen zu tun, die sie zwar nicht leiden kann, die sich aber dennoch in ihrem Kopf in Endlosschleifen abspulen. Aber jetzt ist der matschige Schnee und das kalte Wetter für sie gar nicht mehr so schwer zu ertragen, weil Sam sie mit seiner Stimme umhüllt und sie sich bloß von ihr wegtragen lassen muss um irgendwo anzukommen, wo es schöner ist als hier.

Alissa fällt auf, dass sie so vertieft in die Art und Weise ist wie er redet, das es für sie heute ganz egal ist, was er ihr erzählt und das es für sie auch in Ordnung wäre, wenn er ihr stundenlang aus Wikipedia vorlesen würde und das es ihr sogar gefiele. Dabei ist sie ein Fan von guten Gesprächen und tiefgründigen Diskussionen, aber wie soll man diskutieren, wenn man gerade bloß einer Stimme lauschen will, aber das ist okay, denn dafür haben sie noch genügend Zeit.

Es wird schneller gehen als ihr lieb ist, das diese Stimme zum Klangalltag für sie gehört, genauso wie das Rauschen der Autos hier auf der Straße und das morgendliche zwitschern der Vögel vor ihrem Fenster. Sie wird mehr Gewicht auf die Worte von ihm legen, als auf die Melodie die sie ergeben und sie kann nichts dagegen tun. Der Mensch gewöhnt sich an alles. Doch dieser Moment der gehört ihr und sie kann ihn behalten.

Das ist doch ein Trost.

Seine Stimme klingt für sie wie wortergreifende Verführung. Alissa merkt wie die Wärme durch ihren ganzen Körper strömt und sich dann dort zwischen ihren Beinen sammelt und kurz wird sie ein wenig rot. Sie merkt wie ihre Wangen kurz aufleuchten und das stocken ihres Atems und wie er sich nun unregelmäßiger wieder in Gang setzt. Sam hat davon nichts mitbekommen oder übergeht ihren erhitzten Gemütszustand geflissentlich. Er führt das Gespräch fort und sie verfällt dem dunkeln Klang hinter jedem Wort noch ein bisschen mehr.

Und dann hört die Melodie plötzlich auf zu spielen und zwischen ihnen wird es ruhig, weil es der verkehrte Moment ist, die Konversation zwischen ihnen wieder aufzunehmen und das hat nichts damit zu tun, dass sie nicht eloquent genug sind um sie fortzuführen.

Und dann spürt Alissa sie wieder, seine rauen Fingerspitzen die so zart über ihre Haut streichen und sie spürt wie unter ihrer Haut lauter kleine Feuerwerke explodieren und taucht noch tiefer ein als beim letzten Mal. Dieses Mal betrachtet sie sich nicht in seinen Augen, sie sieht nur ihn.

Die Luft scheint zwischen ihnen zum Stillstand zu kommen und sie verharrt einen Augenblick. Alissa weiß was jetzt kommt und er weiß es auch und keiner von beiden hat Angst, weil sie wissen, das es beide darauf anlegen und das keiner zurückweichen wird. Sie könnten sich jetzt einfach annähern, sie einen und er zwei drittel des Weges, so wie es ihr am liebsten ist, aber dann wäre dieser Moment vorbei. Der einzige Moment den sie jemals bekommen werden, die Sekunden vor dem ersten Kuss. Sie werden diese Grenze kein zweites Mal überschreiten können. Alissa weiß es und Sam weiß es auch und beide zögern noch einen weiteren Moment, der keine Angst, sonder eine Vorfreude auf das kommende ist und sie spürt wie ihr Kopf nicht mehr in geordneten Bahnen verläuft und sie spürt auch sein Verlangen das ihres auf ein neues schürt und sie will es so sehr wie sie nur selten etwas gewollt hat und dann durchdringen sie gemeinsam diesen einen Zwischenraum, den sie nie wieder zurück bekommen werden.

Sie spürt wie seine Lippen ihre berühren, wie sie sich leicht öffnen um ihr den Raum zu geben, den Platz zu schließen. Seine Lippen sind weich und schmiegen sich um ihre, so als wären sie für Alissa geschaffen worden. Sie spürt wie seine Zunge ihre ertastet. Er beißt ihr ein wenig in die Lippe und sie will ihn noch stürmischer küssen. Die Welt um sie herum verliert ihre Kontur und kurz vergisst sie das sie hier an einem öffentlichen Ort sind. Sie vergisst, das sie ein gut erzogenes Mädchen ist, das sich in der Öffentlichkeit niemals so gehen lassen würde. Alissa vergisst, das dieser Kuss der einzige erste sein wird, den sie jemals haben werden. Sie vergisst, wie ihre Lippen sich ohne seine angefühlt haben. Sie vergisst sogar, das sie seit Wochen keinen Labello mehr benutzt hat, obwohl es sicherlich nicht geschadet hätte.

Es scheint einer dieser endlosen Küsse zu sein, die niemals enden sollen. Sie könnte jetzt ewig so weitermachen. Die Welt dürfte genau jetzt, in diesem Moment untergehen und sie würde sie nicht vermissen. Doch sie gehören beide nicht zu diesen dauerknutschenden Menschen und so lösen sie sich beide voneinander im selben Augenblick.

Sie schauen sich noch einmal in die Augen und er lächelt sie an und dieses Lächeln gehört nur ihr und sie lächelt auch, dieses zufriedene Lächeln, von dem sie dachte, es würde sich nie wieder auf ihrem Gesicht spiegeln, weil die letzten Monate wirklich nicht die besten ihres Lebens gewesen sind.

Beide wissen, dass es lediglich diesen einzigen allerersten Kuss zwischen ihnen geben wird und das die folgenden noch immer etwas besonders bleiben werden, aber sie wissen eben auch, dass sie eines Tages zu ihrem ganz normalen Alltag gehören werden, dass diese Gewohnheit eine schöne sein wird, aber das es einfach fantastisch ist, wenn die Lippen des anderen noch fast unergründet sind.

Als er sie nach einer Weile erneut küsst, ist ein Teil der Magie bereits verloren gegangen. Natürlich fühlen sich seine Lippen noch immer richtig gut auf ihren an und auch ihr Verlangen danach ist nicht weniger geworden, aber die Konturen der Umwelt sind nicht mehr ganz so verschwommen. Sie vergisst nicht erneut wo sie ist. Ihre Gedanken werden nur noch etwas matt, aber nicht mehr ganz verhangen von dem Augenblick. Der Abschiedskuss ist dann schon ein bisschen so als wäre es ganz alltäglich das sie sich küssen. Nicht so als wären sie schon seit Jahren ein Paar, aber doch so normal, das es ganz automatisch passiert.

*

Dann steht sie in seiner Wohnung.
Kleidungslos.
Splitterfasernackt.
Sie spürt wie ihre Haare wie Samt über ihre Schultern fallen und sie doch nicht bedecken. Sie schließt die Augen, als Sams Hände über ihren Körper streichen. Seine Hände legen

sich um ihren Hals, gleiten langsam hinab, bis zu ihren Schlüsselbeinen. Sie verharren einen Moment und wandern dann weiter. Überall dort, wo er sie berührt, spielen ihre Nerven unter der Haut verrückt. In ihr scheint etwas gleichzeitig zu brennen und zu explodieren. Er fährt mit der Erkundung fort. Sie will ihn auch berühren, aber er wehrt ihre steten Versuche jedes Mal charmant aber bestimmt ab. Sie steht einfach bloß vor ihm währen seine Hände immer weiter hinab gleiten. Er umkreist ihre Brüste und als er bei ihren Hüften angelangt ist zieht er sie dichter an sich heran. Sein Griff wird stärker und sie drückt sich ebenfalls ein wenig stärker gegen ihn. Sie will ihn küssen und er weicht ein Stück zurück. Er sieht sie direkt an. Nicht durch sie hindurch. Nicht an ihr vorbei. In seinem Blick liegt etwas forderndes. Alissa wagt einen neuen Versuch, aber wieder rückt er ein Stück von ihr weg. Ihre Beine zittern leicht und ihr Herz klopft so sehr gegen ihre Rippen, dass sie sich sicher ist, er sieht dieses Klopfen auch. Ihre Lippen trennen zwei Zentimeter voneinander. Er hält ihren Kopf fest. Nicht so das sie keine Chance hätte sich zu befreien, doch fest genug, das er bestimmt, wann sie bekommt was sie so sehr will. Ihre Lippen trennen ein Zentimeter. Sie beugt sich ein Stück vor, ein Stück diesen Lippen entgegen, er weicht aus. Und als er sich ihr nun nähert und sich ihre Lippen endlich berühren hat sie das Gefühl nicht mehr atmen, denken und vernünftig reagieren zu können.

    Alissa und Sam liegen noch immer außer Atem nebeneinander. Seine Hand streicht noch immer über ihre weiche Haut. Ja, zwischen ihnen scheint einfach alles zu stimmen. Alissa hatte in ihrem Leben schon häufig Sex, wenn auch nicht mit allzu vielen Männern. Doch es war nie vollkommen. Etwas hat immer gefehlt. Dieses etwas das sich nicht in Worte fassen lässt. Es ist eine Art Gefühl, das einen gefangen nimmt. Und vor allem hatte sie schon lange Zeit keinen annähernd guten Sex mehr. Als sie das letzte mal halbherzig mit Martin geschlafen hat, hat sie dabei darüber nachgedacht, was sie morgen einkaufen muss. Das ist ihr nicht zum ersten mal passiert. Sie ist häufig mit den Gedanken abgeschweift, während er sie gedreht und gewendet hat, wie er es immer getan hat. Sie kennt den immer gleichen Ablauf auswendig. Und er ist nicht besonders spannend geschweige denn gut. Aber er mag es so. Er mag die immer gleichen Bewegungen. Er mag die einstudierte Choreographie. Und Alissa hat es aufgegeben, zu versuchen die Routine zu durchbrechen und hat mitgemacht ohne sich einzubringen.

*

Es könnte alles so schön sein, wenn dort nicht ihr Freund zuhause in ihrer gemeinsamen Wohnung sitzen würde. Dieser Freund, den sie schon so lange kennt, wie sich selbst und von dem sie glaubte das sie ihn liebt, irgendwie. Und jetzt steht Alissa in der Wohnung von Sam, immer noch außer Atem und verschwitzt und hat genau das getan wofür sie andere immer verurteilt hat. Sie ist fremdgegangen. Körperlich, aber viel schlimmer noch, auch emotional. Alissa weiß ganz genau, das sie so nicht weitermachen darf und kann und auch Sam hat ihr bereits gesagt, dass er sie voll und ganz will und eine Affäre ihm niemals reichen wird.

»Alissa, hör mal, es reicht nicht, wenn du mir bloß einen kleinen Finger reichst. Du musst mit mindestens einem Bein durch die Tür gehen um den nächsten Schritt machen zu können.«

»Ja ich weiß, aber dann ist es wie in der Achterbahn, man kann es dann nicht mehr aufhalten.«

»Genau davon spreche ich.«

Abändern, denkt Alissa, ab diesem Punkt will ich mich ändern. Ich will etwas abändern, so wie Schneider das mit Kleidern tun. Hier und da ein bisschen was anpassen. Das klingt doch gar nicht so schwierig. Aber alleine die Vorstellung aus allem auszubrechen, was so sehr zu ihrem Leben gehört, macht sie wahnsinnig unsicher und ängstlich. Sam kennt ihr Unvermögen ihr Leben in die eigene Hand zu nehmen, deswegen hat er ihr vor ein paar Tagen gesagt:

»Deine bestrittenen Wege werden am Ende zu jenen die dir niemand jemals wieder aberkennen kann. Sie gehören zu dir und du wirst stolz auf jeden Schritt sein, denn du weißt, das die Richtung zu mir auch jene ist, in die du von ganzem Herzen gehen willst. Du kannst dich natürlich auch einfach an das Gewicht der Schuld gewöhnen, doch auch dann ist es noch lange nicht okay.«

Er hatte so recht mit dem was er an diesem Tag zu ihr gesagt hat und sie ist sich dessen auch bewusst, aber alles klingt leichter von jemanden, der dir einen Weg aufzeigt, ohne ihn schlussendlich gehen zu müssen. Nachdenklich wiegt Alissa jetzt ihren Kopf hin und her, als könnte sie einen Gedanken mit einem anderen abwiegen um diese folgenschwere Entscheidung treffen zu können. Doch eigentlich muss sie diese Entscheidung gar nicht mehr treffen, denn ihr Herz hat das längst für sie übernommen, bloß ihr Kopf versteht das noch nicht so recht, denn wenn sie sich für Sam entscheidet, dann ist das ein unerbittliches Aufbegehren gegen alles was sie einst gewesen ist.

Alissa war immer beständig, immer anständig, immer folgsam. Sie hat ihr Leben nach der Vernunft ausgerichtet und dazu passte Martin perfekt. Sie war immer der Meinung, das es leichter ist sich selbst zu belügen, als sich von der Wahrheit verschlucken zu lassen.

>>Du musst deine Sicht ausweiten, wenn du von der Weitsicht träumst.<<

Das war etwas das Sam zu ihr gesagt hat, als sie ihm von ihrer Angst vor Veränderungen erzählt hat. Und sie hat die Schmerzhafte Wahrheit hinter jedem einzelnen Buchstaben erkannt. Aber momentan rennt Alissa noch lieber mit suchendem Atem beinahe atemlos durch die Zeit und hofft auf ihrer Suche eine einfach Lösung zu finden. Doch es gibt niemals eine einfach Lösung, wenn die Liebe für einen Menschen erlöscht, denn gehen tut weh, egal wie richtig einem das schließen der Tür auch erscheint. Aber dieses festhalten an Martin tut ihr ebenfalls weh. Es reißt an ihren Händen, bei all der Kraft die sie aufwenden muss um ihn nicht fallen zu lassen. Sie sollte loslassen, denn Glück fühlt sich anders an.

Sie sagte zu Sam:

>>Ich war einfach immer gut darin mich einzufügen, aber ich konnte nie besonders gut über mich selbst verfügen und

gelegentlich kann ich auch in den kleinsten Fugen verschwinden.<<

>>Dann wird es jetzt Zeit, endlich einmal für dich selbst einzustehen. Das solltest du dir wert sein. Was siehst du wenn du die Augen schließt? Ich hoffe mehr als bloß Dunkelheit.<<

Da musste Alissa weinen, weil er so viele schöne Dinge zu ihr sage, die so wahrhaftig sind, dass sie es kaum aushalten kann. Zum Glück war Sam in diesem Moment für sie da, er schafft es immer sie wieder aufzubauen und ihr dabei zu helfen endlich einen Weg für sie selbst zu finden.

*

Zuhause bei Alissa ist eine abweisende Stille eingekehrt. Wenn sie Martin ansieht, blickt sie schon lange in ein Gesicht welches sie kaum noch erkennt. Immer wenn sie nachts neben ihm liegt denkt sie an Sam. Martin streicht ihr gelegentlich noch sacht über den Körper, aber was nützt der Reiz eines Mannes, wenn er einen nicht mehr stimuliert? Sie blinzelt und blinzelt und hofft, dass ihr Blinzeln einer Fernbedienung gleicht, die ihre Erinnerungen einfach wegzappen kann. Doch eigentlich denkt sie gerne an die gemeinsame Zeit mit Sam, wäre da nicht ihr schlechtes Gewissen. Sie schlägt sich auf die Brust.

Einmal. Zweimal. Dreimal.

Doch es findet keinen neuen Takt.

Ihr Herz.

Schlägt noch immer für Sam.

Sie würde so gerne nach Sams Händen greifen, aber dafür müsste sie alles andere loslassen.

Es ist nicht bloß die Trennung von Martin, die ihr Angst macht. Sam ist auch so ganz anders als alle Männer die sie bisher kannte. Er ist abenteuerlustig, vereist oft, ist spontan und vertraut auf sein Bauchgefühl. Er ist das Sinnbild von Entschlossenheit und geht dem nach was ihn bewegt. Sam braucht Veränderungen so sehr wie die Luft zum atmen und eine schnelle Internetverbindung. Er ermutigt Alissa dazu ebenfalls ihrem Herzen zu folgen und nicht immer auf die Entscheidungen von anderen zu vertrauen. Genau aus diesem Grund drängt Sam sie nicht, Martin zu verlassen. Er weiß ganz genau, das sie diesen Schritt selbst gehen und vor allem wollen muss. Er ermutigt sie bloß dazu auch wirklich hinzuhören, wenn ihr Herz ihr versucht etwas zu sagen. Er erinnert sie daran, dass sie eigene Entscheidungen treffen darf und sagt Sachen wie:

>>Wie lange willst du noch die Richtungsweiser übersehen? Du musst dich endlich entscheiden ob du die Freiheit oder die Sicherheit wählen willst, du kannst nicht beides haben. Das schließt sich aus. Ich verstehe wie verlockend es ist sich auf den Autopiloten zu verlassen, doch am Ende wird er dich immer bloß bevormunden.<<

Alissa weiß, dass Sam nicht tatenlos dabei zusehen wird wie sie ihr Leben verschwendet. Er würde sie dabei unterstützen ihren eigenen Weg zu gehen, aber Alissa weiß auch, dass all das Mut erfordert, den sie doch eigentlich gar nicht besitzt. Sam war stets darum bemüht Alissa wachzurütteln ohne ihr ein Schleudertrauma zu verpassen. Er hat ihr mal gesagt:

>>Man kann sich auf verschiedene Arten nach vorne bewegen um voran zu kommen. Man kann kriechen, rennen, rollen oder schwimmen. Man kann sich natürlich auch ziehen lassen, aber dann hat man den Sinn dieser Bewegung nicht verstanden. Ich werde niemals derjenige sein, der dich zieht, das fände ich nicht richtig, aber ich halte jedem Tempo von dir stand um dir beizustehen. Und wenn du dabei fällst, ist das gar nicht schlimm, denn dann lege ich mich zu dir auf den Boden und ermutige dich dazu wieder aufzustehen. Du musst dann gar nicht gleich aufstehen, wenn du zu große Angst vor dem erneuten Fall hast. Es ist auch okay, wenn du dich erst bloß hinsetzt. Dann kann dir ruhig ein bisschen schwindelig werden, ohne das du Angst haben musst, gleich wieder zu Boden zu fallen. Und wenn du damit beginnst, neue Wege zu gehen, dann wirst du auch Fehler begehen, das ist ganz normal, aber ich bin da um dich zu halten.<<

Sam entlockt ihr Visionen für eine gemeinsame Zukunft und entfacht ein heftiges Tosen in ihr. Mit ihm ist alles so dermaßen intensiv, dass sie an ihrem grenzenlosen Verstand zweifelt. Mit Sam würde ihr Leben aufregend werden, aber mit Martin ist alles immer so angenehm beständig.

Bei jedem Gespräch mit Martin schüttet er ihr weiter Salz in ihre Wunden und Alissa bekommt das gar nicht mit, sie fragt sich bloß warum alles immer so brennt und warum sie sich in seiner Gegenwart schon lange nicht mehr wohlfühlt. All die offenen Wunden wollen einfach nicht heilen und sie pustet und pustet, doch ihr Schmerz vergeht nicht. Sie ist zu alt geworden. Pusten hilft nicht mehr.

Vernunft war immer Alissas zweiter Vorname, aber seitdem sie Sam kennt, weiß sie gar nicht mehr so genau ob ihr das noch gefällt. Manchmal taucht sie mit ihm wild kichernd im Bälleparadies ab und dann schlägt die Vernunft auf die Bälle ein, bis sie Alissa trifft. Denn noch gibt Alissa ihr die Macht dazu. Sorgfältig hat sie sich einen Plan gezeichnet, mit Geodreieck und gespitzten Bleistift und dann kam das Leben rein geschneit und brachte seine Buntstifte mit und mischte sich ungefragt ein. Sie und Sam drehen sich in all den Wochen so schnell im Kreis, das sie entweder jeden Moment abheben oder schmerzhaft zu Boden fallen werden.

*

Als Alissa am nächsten Tag nach der Arbeit wieder vor Sams Tür steht, erkennt er sofort, wie schlaflos die letzte Nacht für sie gewesen sein muss.
Ihr Gesicht ist nackt.
Von Aussagelosigkeit gezeichnet.
Er zieht sie näher an sich heran und gibt ihr halt, solange bis sie sich wieder selbst halten kann.
>>Weiß du Alissa, du bist ständig auf der Suche nach etwas wovon du nicht weißt was es ist und gleichzeitig suchst du auch noch dich selbst. Das geht den meisten Menschen so, das kannst du mir glauben. Aber wehe du fragst Google nach den Antworten. Denn dabei kann dir nicht einmal eine Suchmaschine helfen. Du bestehst doch eigentlich längst und willst dich lediglich neu erfinden und dafür musst du erst einmal eine Idee dafür entwickeln, wer du eigentlich sein

willst. Bisher hast du dich lediglich mit Belanglosigkeiten beschäftigt, weil du dich mit den wirklichen Belangen deines Lebens nicht beschäftigen wolltest, aber so weichst du dir bloß aus. Hast du eine Vorstellung davon wer oder was du sein willst?<<

>>Ich glaube ich will mehr so sein wie du.<<

>>Damit begehst du den selben Fehler erneut. Du bist erst so geworden, wie deine Mutter dich haben wollte und dann bist du so geworden wie Martin und du bist niemals glücklich damit gewesen, weil du so einfach nicht bist und wenn du jetzt so werden willst wie ich, wird dich das auch nicht glücklich machen. Du bist ein eigenständiger Mensch, also verhalte dich auch so. Du wurdest schon viel zu oft ausradiert, damit andere Menschen sich ein Bild von dir machen können, jetzt bist du an der Reihe.<<

>>Aber was ist, wenn wir dann nicht zueinander passen? Wenn ich ganz anders bin, als du dir deine Partnerin vorgestellt hast?<<

>>Wir können ruhig unterschiedlich sein. Wir können uns in gewissen Punkten ergänzen und in anderen widersprechen. Ich habe keine Idealvorstellung von meiner zukünftigen Partnerin, denn wie sollte ich dann jemanden finden, der diese erfüllt?<<

>>Aber ich will doch perfekt für dich sein.<<

>>Du hast dein ganzes Leben lang beigebracht bekommen nach Perfektion zu streben, aber das ist ein Fehler und selbst wenn du sie erreichst, bleibt es ein Fehler, der deine Perfektion beim erreichen wieder zerstört. Es ist niemals perfekt nicht man selbst zu sein.<<

>>Mein Leben fühlt sich gerade einfach so an, als hätte ich hunderte von Dominosteine mühevoll aufgestellt. Eine unbedachte Bewegung, eine ungewollte Geste, ein unvollkommenes Wort und alles zerfällt.<<

>>Vielleicht ist es notwendig, alles zu zerstören um dir etwas neues aufbauen zu können, etwas das besser zu dir passt. Doch du wirst niemals den ersten Schritt gehen, solange du nicht damit beginnst dich selbst ernst zu nehmen. Aber das Leben ist eine ernste Sache, denn eines Tages ist es vorbei. So ist der Lauf der Dinge und am Ende wirst du es bereuen, wenn du nie nach deinem eigenen Empfinden gehandelt hast.<<

>>Ich habe doch bloß Angst davor endgültig zu begreifen, so viele Fehler in der Vergangenheit gemacht zu haben.<<

>>Jeder deiner Fehler hat dich hierher gebracht.<<

*

Sam bewies wirklich große Geduld mit Alissa, aber nach drei Monaten sagte er zu ihr:

>>Alissa, ich liebe dich wirklich. Mehr als ich je eine Frau geliebt habe, aber es tut mir weh dich zu lieben, weil ich dich mit jemanden teilen muss, den du längst nicht mehr liebst, aber den du noch aus Gewohnheit küsst. Ich will dich nicht drängen, wirklich nicht, aber ich kann nicht mehr.

Wenn du eines Tages kannst, dann geh einen Schritt auf mich zu, damit du mich erreichen kannst, denn ich kann nicht weiter auf dich zugehen, ohne dabei einen Raum zu betreten, den ich nicht betreten darf, solange du mich nicht herein bittest. Manche Türschwellen gleichen einfach einem Drahtseilakt und ich will nicht ins Bodenlose fallen, wenn du nicht unten auf mich wartest.<<

Der Zwischenraum zwischen ihnen stand sperrangelweit offen, er könnte ihr erster gemeinsamer Zwischenhalt sein. Alissa nickte mit Tränen in den Augen. Sie wusste das es nicht richtig war Sam so hinzuhalten und sie wusste auch wie falsch es ist Martin mit Sam so hinterrücks zu betrügen, aber da war diese riesige Angst. Alissa hat mittlerweile verstanden, dass es nicht ausreicht seine Gefühle benennen zu können, wenn man sie nicht gleichzeitig auch begreift und in Angriff nimmt. Nun trat auch noch eine weitere Angst in ihr Leben, was ist, wenn Sam nicht lange genug warten kann, bis sie den Mut gefunden hat, sich von Martin zu trennen? Wie lange hält sie diese Situation noch aus? Wie lange hält Sam noch durch?

>>Was ist, wenn ich zu tief falle, wenn sich alles ändert?<<
>>Dann landest du auf neuem Grund. Du wirst sehen.<<
>>Ich habe Angst davor alles zu verlieren.<<
>>Wenn wir uns ineinander verlieren, dann können wir nur gewinnen.<<

*

Es liegt auf der Hand, das Alissas steigende Abneigung Martin gegenüber nicht an ihm liegt. Aber das er da trotzdem neben ihr liegt und ihre Hände in seine nimmt ist ein offensichtlicher Fehler, der sein Blickfeld nicht erreicht. Martin ist kein schlechter Mensch, er ist lediglich ein Sicherheitsfanatiker. Er mag es, wenn er weiß was in der Zukunft passiert, er mag keine unvorhergesehenen Sachen und ihm gefällt es, wenn Alissa sich so verhält, wie sie sich immer verhalten hat. Brav, angepasst und gut organisiert.

Das sie nun immer später nach Hause kommt passt ihm nicht, dass sie eine Affäre hat, auf die Idee kommt Martin natürlich nicht, denn das passt einfach nicht zu der Alissa die er kennt. Es gefällt ihm nicht, dass sie nun gelegentlich auf ihre eigene Meinung besteht und er bestraft ihr neues aufbegehren mit Schweigen und einzeiligen Sätzen. Seine passiv-aggressive Art kratzt auf ihren Nerven, wie Fingernägel über eine Tafel.

Sie splitterten.

Mit jedem weiteren Tag verurteilt sie den Hochglanzlack den er so großzügig über seinem Leben verteilt hat ein bisschen mehr. Alissa hat es so satt, dieses vorgefertigte Leben mit ihm zu führen. Ihr Leben ist immer vintage. Längst von anderen abgetragen und von ihr aufgetragen, doch egal wie sehr sie sich bemüht es aufzuwerten, den staubigen, muffigen Geruch wird sie einfach nicht los. In ihrem Kopf findet im Moment die Apokalypse statt. Es fühlt sich an als würde alles in Trümmer zerfallen. Aber ein beginnender Aufbruch beginnt niemals vorsichtig.

Früher hat sie mit Martin wirklich gute Gespräche geführt. Er gehört zu diesen intelligenten Menschen, die sehr gut darin sind andere Menschen für sich einzunehmen, aber heute fühlt sich Alissa von jedem seiner Worte bevormundet. Er wollte, dass sie zu seinen Vorstellungen passt, schließlich war er einer der angepassten Menschen. Er hatte sich das Ansehen einer kranken Gesellschaft redlich verdient. Mittlerweile denkt Alissa jedoch oft, noch während er redet, >>bloß weil du ein Recht darauf hast zu sagen was du willst, hast du noch lange nicht recht.<<

Früher hat sie an seine Worte geglaubt, als wären sie eine eigene Religion. Deswegen sind ihre Gespräche heute wie abgelaufene Milch. Keiner will sie und sie hinterlassen einen abartigen Geschmack im Mund. Und seine Worte sind wie ein zugiges Fenster – sie machen sie krank. Vielleicht ist das ein Grund dafür, warum Martin und Alissa so oft in unbehagliches Schweigen verfallen. Ihr Schweigen ist wie ein Raumteiler. Er ist nicht schön und stört das eigene Sichtfeld, doch beide brauchen scheinbar Raum der unteilbar ist und deswegen schneidet ihr Schweigen jeden Raum den sie gemeinsam betreten entzwei. Nach und nach verstummt ihre Kommunikation und keiner der beiden hatte die Kraft ihr neuen Anschwung zu geben. Und wenn doch einer ein Wort von sich gibt, dann klingt es so nervig wie die Tastentöne der Handys. Deswegen verharrten sie bloß noch.

Lautlos.

Abwartend.

Früher haben sie sich angesehen und sich dabei gegenseitig verstanden. Nun sehen sie sich erneut minutenlang an. Doch sie erkennen sich nicht mehr.

Ihre Blicke weichen sich aus und rennen in ganz andere Richtungen. Möglichst weit weg. So weit und so schnell wie möglich. Ihre jeweiligen Betrachtungswinkel auf die Fehler des anderen sind hochgradig festgefahren. Und während sie Martin ausweicht, denkt sie daran, wie sich ihre Blicke mit Sam jederzeit quer durch die Zeit treffen und was sie in ihr auslösen. Es stimmt sie wehmütig und ihre Schuldgefühle brechen erneut über sie ein.

Sie begehen täglich neue Fehler an dem anderen. Sie sind flüchtig und kaum von Bedeutung, doch auch nahtlos aneinander geknüpfte Flüchtigkeitsfehler ergeben einen Gesamtschaden und ihr Schaden war kaum noch zu begrenzen. Die Entfremdung zwischen ihnen wurde von Tag zu Tag herrschsüchtiger. Ihr Nachspiel beginnt bereits bevor das eigentliche Hauptspiel begonnen hat und die Choreografie des Nachspiels besteht aus Fehltritten.

Jedes Mal, wenn Alissa von der Arbeit kommt und das Abendessen für sich und Martin vorbereitet, dann öffnet sie auch eine Flasche Wein, doch man sagt im Wein liegt die Wahrheit und deswegen ist ihr in letzter Zeit eher nach Bier gewesen. Alles in ihr drin sträubt sich noch immer ihm wirklich reinen Wein einzuschenken. Außerdem will sie nicht mehr kultiviert mit ihrem Freund am Tisch sitzen und zu trockenen Rotwein trinken, ihr ist nach Flaschenbier. Mittlerweile hat sie jedoch das Gefühl, dass die einzig wahre Flasche mit ihr am Tisch sitzt und sie schämt sich für Gedanken wie diesen. Alissa weiß, nicht Martin ist das Problem, sie ist es.

Das Band ihrer immerwährenden Verbundenheit war so stabil.

Wie eine Morsche Brücke.

In der jede zweite Latte fehlt.

Es dauerte seine Zeit, doch dann visiert Alissa endlich ihre eigene Zukunft an und sortiert Martin aus. Sie will endlich aufbrechen. Und wenn etwas aufbricht, zerbricht dabei etwas, das liegt in der Natur der Sache und alles was nun offen vor ihr liegt ist erst einmal ungeschützt und tut weh. Das ist der Ablauf des Neuanfangs. Ihre Gesten beginnen damit von Abschied zu sprechen und von längst vergangenen gemeinsamen Tagen. Eigentlich proben die beiden bereits seit Monaten die Voraufbruchstimmung, doch sie haderten noch mit dem Ablauf, aber das half ihnen nicht dabei zu ignorieren, dass die Entfremdung sie schon lange verräterisch angrinst. An abgenagten Gefühlen gibt es nichts zu beschönigen und nichts mehr das dass Verlangen sättigt.

*

Die Trennung von Martin war für Alissa ein schwerer Schritt, doch als sie erst einmal den ersten gegangen ist, war plötzlich alles ganz leicht. Ihre Sichtweise sitzt noch immer geschockt am Straßenrand, denn das alles hinter sich zu lassen so einfach sein kann, dass passt nicht zu ihrem Weltbild. Der Abschied von Martin war bloß das Vorspiel. Sam wurde zum Hauptspiel ihres Lebens. Er war der einschlagende Neuauslöser, endlich mit dem Leben zu beginnen. Nun ist sie erschöpft, aber angekommen. Sie sagt zu Sam:
>>Weißt du, du und ich das ist immer mehr als die Summer unserer Teile. Wir gehören zusammen und wenn ich ehrlich bin, wusste ich das schon im ersten Augenblick als ich dir begegnet bin. Mir fehlte bloß der Mut. Aber jetzt bin ich so-

weit. Ich würde jede deiner im Kopf gesponnenen Schandtaten mit dir begehen. Ich würde jeden noch so irren Umweg mit dir gehen.<<

Die Strapazen der Eroberung sitzen noch in seinen Gliedern, aber nun sitzt sie auf seinem Schoß und das entschädigt ihn für alles. Liebevoll flüstert er ihr zu:

>>Ich bin so froh, dass du dich für mich entschieden hast. Ich liebe dich, Alissa. Damals als wir uns kennengelernt haben kamst du mir vor wie ein Meer an windstillen Tagen. Ruhig und einladend. Doch all das war kein Versprechen, dass unter der Oberfläche ein immerwährender Frieden herrscht. Ich wusste, das dort noch so viel mehr liegt und ich wollte auch deine wilden und aufbrausenden Seiten kennenlernen. Denn sie gehören zu dir und ich liebe alles an dir.<<

>>Ich habe damals alle meine Regeln für dich gebrochen und beim brechen gemerkt, dass diese Regeln niemals meine eigenen gewesen sind, du hast mich von ihnen befreit. Es ist doch so, dass man erst, wenn man eine wirklich wichtige Entscheidung getroffen hat begreift, dass es damit die Klinke herunterzudrücken nicht getan ist, man muss auch durch die Tür hindurchgehen.<<

Alissa ist hineingesprungen, in das was man wohl Leben nennen. Mit einer Eleganz, als wäre sie Olympiasiegerin im Turnspringen. Niemals hätte sie gedacht, dass sie das kann. Das loslassen und lachen und spontan sein. Sam hat ihr immer und immer wieder garantiert sie aufrichtig zu lieben und diese Garantie legte sich in all den Tagen wie ein Trostpflaster über ihr Herz.

*

Es war kein Sprint, eher ein Marathon, bis Alissa es schaffte sich eigene Ziele zu schaffen und zu erkennen welcher Mensch sie sein möchte. Es waren harte Zeiten, aber sie waren nicht so schwer zu ertragen, wie sie erwartet hatte. Sie hat ihren Job gekündigt, denn den wollte sie so oder nie erlernen. Sie hat wieder angefangen zu schreiben und Sam hat sie dazu ermutigt. Irgendwann ist aus dem geschriebenen ein ganzes Manuskript geworden. Und wieder war es Sam, der sie darin bestärkt hat, es an verschiedene Verlage zu versenden und auch wenn Alissa nie damit gerechnet hätte, gab es tatsächlich einen kleinen Verlag, der es verlegen will. Alissa hat auf den Seiten ihres Buches seitenweise Glück verzeichnet. Sie will den Menschen mit ihren Worten ein wenig Glück ins Leben schreiben, denn sie weiß wie schmerzhaft es sein kann, dieses eine Zeitlang nicht empfinden zu können. Sam hat eine Flasche Sekt geöffnet um mit ihr gemeinsam anzustoßen und sagt:

>>Es ist viel leichter für dich Worte einzubinden, als Menschen und jetzt hast du beides geschafft, du kannst sehr stolz auf dich sein.<<

Da lächelt Alissa und strahlt wie in den letzten Jahren nur selten.

Früher hat sie sich immer verzeichnet beim ausmalen ihrer Träume, aber heute verzeichnet sie tatsächlich Erfolge. Sie hat weniger Geld als früher zur Verfügung, denn in ihrem alten Job hat sie ein gutes Gehalt gehabt, aber all das Geld hat ihr nie besonders viel gegeben. Dafür hat sie heute eine Form des

Glücks in ihrem Leben, von der sie gar nicht wusste, das es existiert.

Vor kurzem ist sie bei Sam mit eingezogen und seitdem wohnt sie bei und mit ihm, das ist ein wichtiges Detail, das weiß sie heute. Sam und Alissa vervielfältigen sich gegenseitig, ohne sich dabei zu verschwenden. Sie verstehen diese Gratwanderung.

*

Alissa hat sich das mit Sam viel schmerzvoller ausgemalt, weil sie die Liebe bisher nur als langweilig oder schmerzhaft kannte. Doch es ist ganz einfach.
So leicht.
Fast schwerelos.
Die beiden sagen auch nach drei Jahren noch Anfangswörter zueinander, weil beide wissen, jeder kann jederzeit eine neue Entscheidung für sich treffen und sie treffen sie jeden Tag erneut.
Für einander.

Auch zwischen Alissa und Sam gibt es natürlich gelegentliches Schweigen. Doch bei ihnen breitet es sich ebenmäßig in einem Raum voller Geborgenheit aus.
Ihre Liebe zueinander ist Absicht.
Sie miteinander sind Umsicht.
Und das Wissen, das am Ende alles gut wird ist Weitsicht.

Ihre Liebe zueinander wurde zu einer ganz eigenen Epoche.

Was wäre wenn...

ich endlich verstehe, das bloß der erste Schritt der schwerste ist?

Es ist kein guter Weg.

Sich in seiner Einsamkeit zu verrennen.

Denn das Ziel ist niemals.

Isolation.

Doch wenn man dem Leben eine Chance gibt.

Dann kann es einen erreichen.

Und schickt einem Menschen.

Die einen herausholen.

Aus der eigenen Abgeschiedenheit.

Elias

Elias

Noch immer blickt Elias die Frau, die ständig in sein Kino kommt, um den immer selben Film zu sehen nachdenklich an. Sie ist chronisch umwerfend. Er wünscht sich so sehr, dass er zu diesen Menschen gehört, denen es ganz leicht fällt auf andere zu zugehen, doch zu denen gehörte er nie. Zu seinem Wortschatz gehören keine Worte, mit denen man andere vollkommen mühelos in ein Gespräch verwickeln kann, zu ihm gehört eher die unangenehme Stille zwischen den kurzen und zu hastig ausgesprochenen Worten. Er fragt sich mit der Zeit immer häufiger, ob sich alles verändern würde, wenn sie sich noch einmal über den Weg laufen würden und er sie dann endlich anspricht und er hat täglich Angst davor, dass sie nicht mehr zu ihm in das kleine Kino kommt, bevor er endlich den Mut gefasst hat, den ersten Schritt zu gehen. Jeder Tag an dem sie ihm begegnet könnte die letzte Chance für ihn sein und wenn er die verpasst, würde er das ewig bereuen.

An diesem Tag geht er jedoch auf sie zu. Sehr unsicher und unbeholfen, aber immerhin. Er fragt sie zögerlich, warum sie immer in den selben Film geht, denn auch wenn dieses Kino mit der riesigen Auswahl der großen weder mithalten kann noch will, so gibt es auch hier ein paar mehr Filme als bloß den einen. Die Frau lächelt Elias an, als müsste er diese Antwort von allen Menschen auf der Welt am besten kennen und sagt:

>>Ich weiß gerne wie sich die Dinge entwickeln. Das Leben dort draußen ist doch für uns alle schon kompliziert und überraschend genug. Hier komme ich her um einen Ort der Beständigkeit zu haben. Hier ist alles leicht zu durchschauen und je öfter ich mir einen Film ansehe, desto mehr Einzelheiten fallen mir auf und dann begreife ich, dass wir alle viel zu sehr damit beschäftigt sind irgendwelche Zusammenhänge zu finden und dabei all die schönen und zauberhaften Kleinigkeiten übersehen. Ich glaube, du verstehst das sehr gut, denn schließlich besitzt du ein Kino und so eine Entscheidung trifft man nicht aus versehen.<<

>>Ich verstehe das sehr gut.<<, sagt Elias und erzählt ihr von seiner Kindheit in diesem Kino und wie er seine gesamte Jugend hier verbracht hat und wie es dazu kam, dass er dieses Kino übernommen hat.

>>Hast du etwas Zeit mit mir in den Film zu gehen? Es wäre schön jemanden an meiner Seite zu haben, der versteht und das mit der vollen Größe seines Verständnisses.<<

Elias nicht und folgt der Frau, hinein in den abgedunkelten Raum, der für ihn schon immer ein Zuhause gewesen ist. Nach dem Ende des Films stellt sich die Frau ihm als Ella vor und nun hat er nicht nur ein Bild von ihr in seinem Kopf, sondern auch einen Namen der sich zu diesem Bild bekennt. Und als sie sich nach der Vorstellung zum Abschied in die Arme schließen, ist diese Umarmung intensiver als so manches Vorspiel. Sie haben es gegenseitig geschafft sich einen gemeinsamen Mikrokosmos zu schaffen, der bloß ihnen beiden gehört.

*

Seit diesem Tag setzt er sich oft zu Ella in einen der Säle und obwohl die beiden den ganzen Film kein Wort miteinander reden, lernen sie sich immer besser kennen. Sie verstehen sich ohne Worte und wenn sie sich mit Worten gegenübertreten, dann gewinnen sie an Verständnis für den anderen und für die Zeit.
Die sie gemeinsam verfolgen.
Und vor der sie flohen.
Die beiden gaben sich gegenseitig die Beständigkeit die sie draußen vergeblich gesucht haben. Sie schaffen sich gemeinsam einen Ort an dem sie gerne verweilen wollen. Nicht bloß in diesem alten Kino, sondern auch dort, ganz tief in dem Herzen des anderen.

Elias, der bisher immer nur die selbst gewählte Einsamkeit kannte, oder sich selbst verratendes Versteckspiel, kann endlich hervorkommen und damit beginnen sich selbst zu suchen, ohne Angst davor haben zu müssen in seinem selbst gewählten Versteck vergessen zu werden. Und auch die junge Frau hat in Elias jemanden gefunden, der ihren Sanftmut in ihren Gesten versteht und ihr so behutsam gegenübertritt, dass sie auch in einer Welt bestehen lernt, die viel zu chaotisch für ihren zarten Verstand ist.

Es dauert einige treffen bis zwischen ihnen mehr geschieht, als tiefe Blicke und ihr Kopf an seine Schulter gelehnt. Doch dann kam dieser Tag, an dem er sich zu ihr hinüber beugt und sie endlich küsst. Dieser Kuss fühlt sich grenzenlos an. Wie aufschäumende Wellen im offenen Meer. Als sie sich voneinander lösen kreist Ellas Hand behutsame Kreise auf seinen Arm. Ihre Berührungen summen ein Lied der Achtsamkeit. Die Gefühle die sie in diesem Moment und in allen weiteren umgeben sind makellos und rein.

Mit der Zeit verliebten sie sich im dunklen der Abgeschiedenheit ineinander und Elias denkt häufig daran, was es für ein Glück ist, wenn zwei Menschen sich gegenseitig lieben, bei dem Zufall den es dafür bedarf.

*

Ihre Liebe ist nicht halb so wortlos, wie sie am Anfang begonnen hat. Sie haben sich fast vollkommen wortlos kennengelernt, doch auch die gemeinsam erwählten Worte verbinden sie miteinander.
Satz um Satz.
Ella hat viele schöne Sätze in ihrem hübschen Kopf und ihr Erzählstrom reißt ihn jedes Mal hinab. Er folgt ihren Worten überall hin und findet sich immer öfter in ihnen wieder. Nun kennt Elias endlich das Gefühl, sich mit dem gesagten Worten von anderen in Verbindung zu bringen. Ella hat die Gabe Geborgenheit sogar lautlos zu vertonen und dabei stets den Ton zu halten und wenn sie sich dazu entschließt etwas auszu-

sprechen, dann bedeckt sie ihn mit behutsam ausgewählten Worten.

Ella hilft Elias dabei sich zu sich selbst zu bekennen und mittlerweile könnte Elias mit seinem steigenden Selbstvertrauen an die Börse gehen. Für sie war es vollkommen in Ordnung, dass Elias zwischenzeitlich schlechte Tage hat, die ein Relikt seiner Vergangenheit sind. Wenn einer dieser Tage kommt, dann nimmt sie ihn bei der Hand und zieht ihn in einen der dunklen Kinosäle, denn sie weiß, dass dies immer der Ort für sie beide sein wird, der ihnen Sicherheit verspricht. Manchmal flüstert sie ihm dann im Schutz der Dunkelheit noch etwas zu, bevor der Film beginnt. Einmal sagt sie zu ihm:

>>Ich weiß, manche Tage tun dir weh, aber die Kunst ist es dich nicht von diesem Schmerz verschlucken zu lassen.<<

An guten Tagen lächelt er in diesen Momenten und küsst sie sacht auf die Stirn und an schlechteren Tagen reagiert er nicht und sie drückt leicht seine Hand um ihn auch körperlich zu erreichen, bevor er ganz in seinen Gedanken verschwindet. Doch mit der Zeit gewinnen diese Tage an Seltenheitswert und eine ihm bis dahin unbekannte Gelassenheit tritt in sein Leben. Ella hat ihn in all der Zeit mit ihren schönen Sätzen begleitet und auch wenn sie gerade keinen davon ausgesprochen hat, erinnert er sich regelmäßig an alle ihre bereits aneinander gereihten Worte. An Sätze wie:

>>Du bist sichtbar.

Weil es immer jemanden gibt, der dich sieht.

Und sie mal was für ein Glück wir haben, dass wir uns gegenseitig sogar erkennen.<<

Als sie sich beide damals kennengelernt haben, war sich Elias sofort sicher, dass auch in Ella die Schwermut lebt. Er war einfach davon ausgegangen, das dort in ihrem Blick dieselbe Traurigkeit liegt, die er auch in seinem erkennt, wenn er in den Spiegel blickt. Er war sich so sicher, dass auch sie sich in dem Kino vor der Welt versteckt, weil sie ihr Angst einjagt, sowie ihm. Er hat schon immer zu schnell von sich auf andere geschlossen, weil er so dringend nach Verbundenheit gesucht hat. Doch als er Ella in all der Zeit immer besser kennenlernte wurde ihm klar, dass sie eigentlich eine sehr lebensfrohe Frau ist, die keine Angst vor der Welt, der Zeit oder ihren Gefühlen hat. Das sie einfach nur zu den Menschen gehört, die gerne einer liebgewonnenen Gewohnheit nachgehen und gut mich sich alleine sein können. Elias hat zuweilen sogar das Gefühl, dass Wunderwesen ihren Kopf und ihre Gedanken durchstreichen und sie dabei jeden einzelnen mit Glück benetzten. Er staunt über ihr sperrangelweit geöffnetes Herz, weil er das gar nicht von ihr erwartet hat.

Doch dadurch, dass Elias am Anfang lediglich das in ihr sah, was er sehen wollte, fühlte er sich von ihr in seiner Einsamkeit verstanden und konnte sich ihr gegenüber nach und nach öffnen. Zielsicher hat sie sein Dasein umhüllt und sich schützend über ihn gelegt.

>>Ella, es ist so schön endlich jemanden getroffen zu haben, der sich ebenso gerne wie ich vor der Realität in dunklen Räumen versteckt.<<, sagte er einmal nach dem ein Film gerade geendet hat.

>>Ach Elias, ich verstecke mich hier überhaupt nicht vor der Realität, denn dieser Moment ist ebenso real, wie jener

der dort vor der Tür gerade auf mich warten würde. Wenn du die Augen vor der Realität verschließt, dann brauchst du dich nicht zu wundern, dass dir dein Leben ständig so dunkel vorkommt. Du musst schon Licht in dein Leben lassen.<<

Diese Art von Gesprächen führen die beiden häufig miteinander und so verstand Elias allmählich, dass er Ella am Anfang vollkommen falsch eingeschätzt hat, doch das beunruhigte ihn überhaupt nicht und enttäuscht war er darüber erst recht nicht. Er war eher erleichtert, dass eine so lebensfrohe Frau, wie sie es ist, ihn gerne in ihrem Leben haben will.

Elias hat ihr in all der Zeit so einiges aus seiner Vergangenheit erzähl. Er hat ihr von all den wortlosen Zeiten berichtet, in denen er immer das Gefühl hatte, niemals die richten Worte zu finden und das seine falsch platzierten Buchstaben keiner hören will. Er hat sich ihr offenbart und sie ist geblieben. Das war ein gutes Gefühl, wie nach einer langen Reise zum ersten mal wieder in seiner Wohnung zu stehen und sich zuhause zu fühlen. Ella half ihm dabei seine hilflosen Aussagen mit physischen und ausufernden Gesten zu unterstreichen. Einmal sagte sie:

>>Weißt du, wenn dir niemand zuhören will, dann wiederhole deine Worte so lange, bis endlich jemand bereit ist dir sein Gehör zu schenken, denn wenn du in ein Schweigen verfällst, dann fällst du haltlos durch diese Zeit, die doch eigentlich dein Leben sein soll.<<

Ella hat ihm jedoch nicht nur schöne und aufbauende Sätze in sein Gehirn gesetzt, sondern ihm auch viele Fragen gestellt, auf die er selbst niemals gekommen wäre und sie hat von ihm gar nicht immer eine Antwort erwartet, weil sie immer gewusst hat, dass er sich die meisten Fragen noch nie selbst gestellt hat und er erst einmal in Ruhe darüber nachdenken muss. Es waren Fragen wie:

\>>Glaubst du, das dich deine Haut beschützt?<<

Oder:

\>>Wie viel zählen für dich Worte, die man einfach bloß so dahin sagt?<<

Manchmal hat Elias dann das Bedürfnis seinen Kopf ganz schnell ausschalten zu müssen, weil ihm das denken plötzlich schrecklich weh tut. Das sagte er Ella auch einmal. Sie sagte:

\>>Ich glaube es ist okay gelegentlich mit dem denken zu pausieren, solange man dabei das fühlen nicht unterbricht und ja, fühlen kann weh tun, aber es kann auch schön sein, endlich einmal auf sein Herz zu hören. Manchmal geschehen nicht nur schreckliche Dinge, sondern auch furchtbare Gedanken zu deinem Leidwesen, doch Elias, das macht dich noch lange nicht zu einem Leidwesen.<<

Wenn sie solche Dinge zu ihm sagt, dann spiegelt sich Anmut auf ihren Gesichtszügen wieder und Elias erkennt ihre Aufrichtigkeit in ihren Gesten, all das hilft ihm dabei ihren Worten zu vertrauen. Es scheint ihm dann fast so, als streichen ihre Sätze wie vorsichtige Berührungen über ihre Haut. Sich von Worten gestreichelt zu fühlen ist ein Geschenk das man annehmen darf , das hat ihm Ella beigebracht.

Wenn Ella abends neben ihm im Bett liegt, dann bleibt Elias noch eine Weile wach um sie zu beobachten. Denn sie zu betrachten ist Leichtigkeit. Ihren Herzschlag zu hören ist für ihn besser als jedes Beruhigungsmittel und in diesem Moment ist sich Elias sicher, das er lebt. Also nicht bloß existiert und Luft ein- und ausatmet, sondern wirklich so richtig am Leben ist und das da endlich dieser eine Mensch in seinem Leben ist der ihn liebt, genauso wie er ist, mit all seinen Fehlern und seinem Unvermögen und die auch all die guten Seiten an ihm erkennt. Mehr Glück kann ein Mensch doch gar nicht haben.

Ella ist bei Elias schneller eingezogen als Bodylotion. Beide haben lange genug auf den richtigen Partner gewartet und sind das weitere Ausharren leid. Es war eine gute Entscheidung da sie beide eine besondere Begabung besitzen. Sie schaffen es auch nach Jahren das Knistern in ihrer Beziehung beizubehalten ohne sie in Brand zu setzen.

Was wäre wenn...

meine Mutter sich von ihm getrennt hätte?

Manchmal betritt ein Mensch dein Leben.

Er hinterlässt Spuren auf deiner haut.

Manchmal betritt ein Mensch dein Leben.

Er hinterlässt Spuren in deinem Herz.

Manchmal kann man die Zeit verändern.

Denn es ist nicht die Zeit.

Die uns zu dem macht, wer wir sind.

Es sind wir selbst.

Die die Zeit zu dem machen was sie ist.

Zoe

Zoe

Zoe hält sich fern von Menschen, die sie begrenzen um selbst mehr Platz einnehmen zu können. Zoe hält sich fern von jeder Gewalt. Sie schaltet keine Nachrichten ein und liest auch nicht die Zeitung. Sie hat sich bei Facebook für immer ausgeloggt, weil sie Angst vor ihrer eigenen Timeline bekommen hat, in der Menschen immer so grässliche Dinge geteilt haben, die hier, in dieser boshaften Welt geschehen. Sie versucht sich selbst mit bedacht zu behandeln und jeden Menschen dem sie begegnet. Sie versucht immer gütig und nachsichtig zu sein, sie blick zurück auf ein jedes Geschehen und versucht in allem etwas schönes zu entdecken.

Zoe schmückt ihr Leben. Mit Abenteuern und Erfahrungen. Sie holt sich das Glück in ihren Alltag, so oft es ihr gelingt. Und es gelingt ihr oft, weil sie sich große Mühe gibt. Wer Zoe begegnet, der bemerkt zuerst ihre innere Gelassenheit. Ihre Ruhe, die in ihr selbst lebt und die sie weiterreicht wie ein kostbares Geschenk. Ja, die Leute fühlen sich wohl in Zoes nähe, denn sie gibt jedem das Gefühl etwas ganz besonderes und wertvolles zu sein.

Doch es hat lange gedauert bis Zoe das geschafft hat, an diesen Punkt zu kommen. Einen Punkt hinter ihre eigene traurige, jedoch längst vergangene Geschichte zu setzen. Es war eine schwierige Zeit. Vielleicht die schwerste ihres Lebens. Zoe wandelte auf ihren ganz eigenen Abwegen, doch diese Abwege sind gar nicht mal so abwegig wie es vielleicht den Anschein hat, wenn man all ihre bisherigen Wege nachvollzieht. Denn Zoe ist nicht gemeinsam mit dem Glück groß geworden. Viel eher mit dem metallischen Geschmack von Blut, der daran erinnert, das Kommunikation nicht für jeden Menschen auf der Welt das gleiche bedeutet.

Sie fühlte sich damals so hilflos. So klein. So verzweifelt. Sie hatte keine Angst vor den Geistern die bestimmt irgendwo auf sie warten, denn ihre Gefahr war real. Außerdem fühlte sie sich oft genug selbst wie ein Geist. Das einzige das sie von den Geistern in den Ecken noch unterschied war ihr pulsierender Herzschlag.

Für ihren Stiefvater gehörten Schläge zu seiner Ausdrucksweise, weil sein Wortschatz nicht groß genug gewesen ist um sich groß genug zu fühlen. Ihre Mutter hat sehr lange gebraucht um diesen Mann zu verlassen, denn leider hat Zoes Mutter nie gelernt, dass sie es nicht verdient geschlagen uns schlecht behandelt zu werden. Leider hat Zoes Mutter viel zu oft weggesehen um zu erkennen, dass ihr Mann auch auf ihre kleine Tochter losgeht. Und leider hatte Zoe viel zu viel Angst vor diesem Mann um ihrer Mutter zu erzählen, woher die vielen blauen Flecke wirklich stammen. Zoe weiß wie schnell aus dieser starken Frau das kleine Mädchen von einst werden kann und sie weiß wie schnell ihre Mutter verzweifelt in Tränen ausbricht und diesen Schmerz und dieses Leid wollte Zoe ihr nicht antun. Doch ihre Mutter hat sich mit dem wegsehen keinen Gefallen getan, denn auch das wovor wir die Augen verschließen ist doch noch immer da und auch das was man mit dem falschen Blickwinkel betrachten, ist mehr als man begreift. Mutig ist wer allem entgegen blickt.

Dem Glück und der Schönheit.

Der Hoffnung und dem unvermeidlichen Ende.

Dem morgen und dem gestern.

Ihr Stiefvater war gut darin immer und immer wieder eine neue Chance von Zoes Mutter zu bekommen. Er träufelte ihr Worte voller gelogener Liebe ins Ohr und sie halfen ihr dabei, all die Lügen zu überhören und all die Wahrheiten der Zeit zu ignorieren. Doch seine aufwallende Wut ist ganz sicher kein Zeichen von Liebe, beides geht nicht Hand in Hand miteinander. Und das Hass das Gegenteil von Liebe ist, dass weiß jedes Kind.

*

Als Zoe vierzehn Jahre alt ist packt ihre Mutter endlich die wichtigsten Dinge zusammen, schnappt sich ihre Tochter und zieht mit ihr in eine andere Stadt. Die Hand der eingreifenden Zeit, greift selten in ein von Menschen vorgefasstes Geschehen ein, genau aus diesem Grund ist es wichtig seine eigenen Entscheidungen zu treffen und auf sich und die Menschen die einem etwas bedeutet acht zu geben. Sie ziehen weg aus Köln, so weit weg wie es nur irgendwie möglich ist.

Denn dieser Mann ist zu allem fähig und Zoes Mutter hat endlich ihren Verstand eingesetzt und festgestellt, dass sie ihn genau dafür besitzt. Um eigene Entscheidungen zu treffen für sich und ihr Leben, aber vor allem für ihr Tochter, die schon viel zu viel erleiden musste.

*

Noch eine ganze Weile klebt die Vergangenheit an ihr wie ein verschwitztes T-Shirt im Hochsommer. Es dauert einige Zeit bis Zoe endlich nicht mehr die Augen schließt und panisch wird, wenn sie Menschen miteinander streiten hört. Es dauert eine ganze Weile, bis sie nicht mehr zusammenzuckt, wenn man sie berührt. Es dauert einige verzweifelte Versuche bis sie versteht, dass die meisten Menschen gut sind und das man ihnen vertrauen kann. Irgendwann verstand sie, das die Menschen sie nicht für einen vollständigen unvollkommenen Fehler halten. Doch egal wie viel sie in dieser Zeit auch lernte, so deckt der Abdeckstift der Zeit doch niemals gut genug ab. Ein kleiner Schatten bleibt zurück.

Zoe hat immer gehofft, dass sie irgendwann einen Menschen findet, der sie versteht. Sie braucht jemanden in ihrem Leben der für sie da ist. Niemand kann sie halten, aber vielleicht könnte sie irgendwann mal jemand aufhalten in die falsche Richtung zu laufen. Niemand braucht ihr irgendetwas geben, aber es wäre schön, wenn da jemand wäre, der sie nicht aufgibt. Keiner muss sie tragen, aber wenn dort jemand wäre, der sie ertragen kann, wäre das wahres Glück. Sie möchte von niemanden gefangen werden, aber es wäre wunderschön, wenn sie irgendjemand auffangen würde.

Sie lernt, das sie nein sagen darf und das sie auf ihre Meinung bestehen muss, wenn sie in dieser Welt bestehen will, denn wenn sie nicht dazu in der Lage ist für ihr Recht einzustehen, wer soll sich dann vor sie stellen und ihr Wort ergreifen, wenn sie selbst nicht kennt? Es dauerte auch bis Zoe ihrer Mutter vollständig all die vergangenen Jahre verzeihen kann, aber irgendwann versteht sie, dass ihre Mutter nie gelernt hat was Achtsamkeit bedeutet und das sie selbst noch jede Menge lernen muss, auch wenn sie schon so viel älter ist als Zoe.

Zoe hat gedacht das es leichter wird.
Mit 8.
Mit 12.
Mit 14.
Heute.
Doch rückblickend war es nur im nach hinein leichter, wenn sie all die begangenen Fehler erkannt hat, ihre eigenen und die der anderen. Bei Zoe hat der Verfassungsschutz in den vergangenen Jahren kläglich versagt, er hat sie nicht vor einschlägigen Ereignissen beschützt, doch heute lernt sie Tag für Tag wie sich selbst vor ihnen schützen kann.

*

Köln vermisst Zoe nicht, sie will nicht mehr in diese Stadt zurück, in der sie alles an die finsteren Jahre erinnert und außerdem lauert dort vielleicht hinter jeder Mauer und jedem

Busch noch immer ihr Stiefvater auf sie und dieser würde zur Begrüßung sicher nicht mit weit geöffneten Armen und Herzen auf sie warten, sondern eher mit einer lauernden Faust. Diese Stadt in der sie jetzt lebt ist sehr viel leiser. Sie passt zu Zoes Befindlichkeit. Sie passt zu ihrem in sich ruhenden Wesen. So ist sie schon immer gewesen, doch erst hier, wo sie endlich sicher ist, hat sie das entdeckt.

Zoe spricht nicht über diesen Teil ihrer eigenen Geschichte und das macht es allen Menschen um sie herum schwer an sie heranzukommen. Aber natürlich redet niemand über diese Art der Vergangenheit und doch gehört auch sie zu dem eigenen Leben. Die Zeit hat die Ereignisse längst bestätigt, dafür braucht es keine Worte. Keine lüge kann beim auslöschen helfen und keine Wahrheit macht es leichter. So rückt sie immer weiter von ihrer eigentlichen Geschichte ab, doch dadurch steht neben ihr nichts weiter als ihre eigene Aussagelosigkeit. Und was bringt einem die schönste Lüge, mit der man seine eigenen Vergangenheit beschönigen will, wenn man ein Gehirn besitzt, das sich erinnert.

*

Es gibt Wege in der eigenen Befindlichkeit die man nicht alleine begehen kann und die gängigen Straßen sind doch nicht immer Gänge die für jeden zu durchlaufen sind. Auch wenn die Gewalt, die jeden Tag mit ihr gemeinsam verbracht hat, längst nicht mehr mit ihr gemeinsam ihr Leben durchstreicht, so ist sie längst nicht aus ihren Erinnerungen verschwunden. Zoe weiß, dass die Wahrhaftigkeit der ausgesprochenen Wahrheit nicht ganz so ehrlich ist, wie der Teil der im verborgenen bleibt und ihre verborgenen Seiten sind all umgreifend.

Zoe hätte vielleicht nie gelernt was Achtsamkeit für sich und andere bedeutet, wenn ihre Mutter ihren Stiefvater nicht verlassen hätte. Wenn sie niemals die Stadt verlassen hätten und wenn sie nicht diesen einen Jungen kennengelernt hätte, der ihr die Regeln der Achtsamkeit gezeigt hätte. Doch so wurde sie endlich aufgehalten, ertragen, aufgefangen und nie wieder aufgegeben.

Niko war der erste Mensch dem sie in Hamburg begegnet ist. Er hat sie an die Hand genommen und ihr all die schönen Orte gezeigt, die er kennt, damit diese Orte auch Zoe erkennen. Niko hat sich nicht von den abweisenden Worten abschrecken lassen, die Zoe ihm entgegen gebracht hat. Er hat ihre liebevollen Gesten erkannt und die Angst die sich in ihrem Schweigen verbarg. Er hat sie aufgebaut, wann immer sie das Gefühl hatte, dass sie gerade in sich zusammenfällt. Niko ist ihr immer mit ehrlichen Worten gegenübergetreten. Einmal sagte er ihr:

>>Weißt du, nur Wäsche an der Leine darf sich hängen lassen. Du hast noch ein ganzes Leben vor dir, steh auf und mach was draus.<<

Niko weiß, dass manche Menschen Hilfe brauchen, gerade dann wenn sie verlernt haben danach zu fragen. Wenn sie verlernt haben für sich selbst einzustehen, weil noch nie jemand für sie aufgestanden ist, um die fehlenden Worte für sie zu ergreifen. Er sagte zu ihr:

»Ich glaube, dass jeder so leise spricht wie du, wenn man immer viel zu laut denkt. Und du bist so tief in deine eigenen Gedanken versunken, du bekommst doch längst keine Luft mehr.«

Zum Glück besitzt Niko ganz viele Worte, er hat genügend übrig um Zoes Schweigen so lange zu füllen, bis sie ihre eigenen Worte zurückbekommen hat. Er hat ihr beigebracht, das sie nicht wertlos, sondern bloß manchmal wortlos ist.

Das sind die Lektionen die er ihr beigebracht hat. Außerdem besitzt er ein gutes Gehör, welches auch versteht und deswegen auch die halb auf dem Weg verlorengegangenen Worte nicht verpasst. Zoe hat sich in all der Zeit so beharrlich an all den unausgesprochenen Worten verschluckt, dass mittlerweile kaum noch welche übrig sind. Doch nach und nach hat Niko sie ihr zurückgebracht.

Auch Niko kennt das Schweigen. Er weiß ganz genau, an welchen Stellen er keine Worte benötigt um Zoe zu zeigen, das er hier ist.

Ganz nah bei ihr.

Ohne ihre Grenzen zu überschreiten.

Und er weiß auch, wenn man wirklich verletzt wurde, tiefgreifend und weitläufig, dann wird einem kein Wort der Welt helfen, die Wunde zu schließen. Doch zum Glück gibt es für diesen Schmerz Menschen die bereit sind ihn mit einem gemeinsam zu tragen und zu ertragen.

In der Stille.

Der Geborgenheit.

Und Zoe weiß, was für ein großes Geschenk es ist, wenn ein anderer sich zu dem Schmerz in ihr bekennt.

Mit der Zeit entblößte sie ihre Erinnerungen vor ihm, wenngleich sie noch nie etwas so sehr gefürchtet hat.

Die beiden knüpften sich nahtlos aneinander. Sie wurden Freunde. Gefährten in dieser schwierigen Zeit. Sie teilten sich alles, was sie gegenseitig zu geben haben und Zoe lernte von ihm , dass sie alles was er ihr gibt auch annehmen darf. Denn Zoe besitzt genug Herzensgüte um ihm etwas zurückgeben zu können.
Das ist Freundschaft.
Hat Niko ihr beigebracht.
Bevor Zoe Niko traf hatte sie niemals wahre Freunde. Von den falschen jedoch mehr als genug. Das lag jedoch nicht daran, dass die Menschen um sie herum die falschen waren. Es lang daran, dass Zoe keine Stimme besaß, die fähig genug gewesen ist über die Wahrheit zu sprechen. Und wenn das eigene Schweigen von niemanden erkannt wird, weil man selbst zu gut im vergeben ist, wie soll man dann durchschaut werden?
Von Niko lernte sie viel, einmal sagte er ihr:
»Wir alle begehen Fehler und Fehltritte und manchmal reißt der Boden unter uns ein Stück auf, aber die Lücke die uns dann angriffslustig anstarrt, ist niemals groß genug um uns zu verschlucken, solange wir uns zu unserem Denken bekenn.«
Zoe liebt die Wahrheit die in jedem Wort von Niko liegt und durch ihn schafft sie es zu sich selbst zu stehen und stolz auf den Menschen zu sein, der sie ist.

Die beiden wurden gemeinsam mit jedem Jahr älter, doch sie alterten nicht. Manche Sekunden kamen ihnen zwischendurch abhanden im Verlauf der Zeit und dann kommen sie plötzlich zurück.

Denn sie gehören ihnen.

Sie erhalten sich ihre Phantasie und das Glück das so viele um sie herum mit jedem Jahr ein Stück weit verlieren, weil die Probleme ebenfalls mit jedem Jahr wachsen, doch davon lassen die beiden sich nicht unterkriegen. Denn das haben beide längst hinter sich. Unglück gehörte zu ihrem Leben bereits dazu als sie noch sehr jung waren und sie haben sich beide dazu entschieden es aus ihrem Lebenslauf zu streichen.

Das Leben ist manchmal einfach wie Wackelpudding. Es hat eine eigenartige Konsistenz und man kann es nicht immer essen, aber wenn man Appetit darauf hat, schmeckt es einfach fabelhaft.

Niko hat damals, als das viel zu stille Mädchen in sein Leben trat, den Schmerz hinter jeder ihrer Aussagen erkannt, weil auch er ihn einmal mit sich herumgetragen hat. Bevor er in eine Familie kam, die ihn mehr liebt, als man jemals in Worte fassen kann, wurde er von einer Pflegefamilie zur nächsten gereicht. Es war eine schlimme Zeit für ihn, doch er hat diese Zeit hinter sich gelassen. Sie sind sich beide sicher, dass Probleme Menschen schon immer besser miteinander verbunden haben als die Auskunft und beide wissen auch, das große Ganze sind zwei halbe Geschehnisse, die sich zusammen tun um zu teilen, was längst zusammen gehört. Sie schlossen sich zusammen und teilten ihre Geschichten miteinander. Beide kennen das Gefühl in den schlimmen Zeiten beinahe verloren gegangen zu sein, doch wenn man jeden Moment für sich betrachtet, bestreitet es das eigene Abhandenkommen und das gesehen werden von dem jeweils anderen ist der beste Beweis dafür.

Sie sind der Zusammenhang.

Weil sie den Hang haben zusammen zu sein.

Sie beide wissen auch heute, dass es wichtig ist, niemals zu vergessen wie erstrebenswert der Zusammenhalt in diesen haltlosen Zeiten ist. Denn oft konnten sie die eigene Zukunft kaum sehen, es fehlte ihnen an Weitsicht, doch sobald sich ihre Sichtweisen vereinten, erkannten sie was da vor ihnen geschieht.

In einer Zeit die sie noch nicht erreicht haben.

*

Niko und Zoe teilten sich eine Zeit und eine Stadt doch irgendwann zog Niko weg aus Hamburg. >>Die Zeit trägt mich weiter<<, hat er damals traurig zu Zoe gesagt, >>aber keine Angst, sie schlägt für uns beide in dem selben Takt.<<

Zoe hatte schreckliche Angst vor diesem Abschied. Sie dachte verzweifelt:

>>Es gehen doch immer bloß die Menschen die bleiben sollen.<<

Niko hatte einen Studienplatz in Berlin bekommen und so gerne er auch bei Zoe bleiben wollte, konnte er nicht.

Er sagte zu ihr:

>>Zoe, das einzige das uns begrenzt hat ist der Tod. Die Zeit endet für uns beide nicht bloß, weil ich gehe. Sie folgt uns und du kannst mir auch folgen, und wenn du das nicht willst, dann kann ich in ein paar Jahren zu dir zurück kommen. Unsere Wege trennen sich hier nicht, sie ziehen sich nur in die Länge.<<

Zoe versprach sich selbst ihm zu folgen, sobald sie das Abitur fertig hat, sie braucht bloß noch ein Jahr.

Ein Jahr.

So viel Zeit.

Alleine.

Die Tage bis zum Abschied vergingen viel zu schnell, es war wie ein ewig andauerndes Luft anhalten und als Niko ihr endgültig zum Abschied winkt, hat Zoe das Gefühl sich an der Luft zu verschlucken. Sie hat das Gefühl, dass mit ihm auch ein wichtiger Teil von ihr selbst verschwindet und sie ist sich sicher, das ihr dieses fehlen jeden Tag schmerzhaft bewusst sein wird. Auch für Niko ist es nicht leicht gewesen Zoe hier zurückzulassen. Er hat sie doch in all den Jahren so sehr ins Herz geschlossen, aber er hat ihr den Schlüssel überreicht, denn einsperren wollte er sie nicht. Es gibt einfach Dinge die keinen Sinn ergeben. Rache vortäuschen zum Beispiel oder Wasser spendende Handtrockner. Und vor allem der Weggang des wichtigsten Menschen im Leben.

Vermissen ist ein seltsames Geräusch, das im ganzen Körper flüstert. Wenn Zoe nun an Nikos alten Zuhause vorbei geht, klingen ihre Schritte hohler als sonst. Sie hat das Gefühl, dass ihre gemeinsamen Schatten, die sich hier und dort überschnitten haben noch immer irgendwo in einem unsichtbaren Raum um sie herum befinden. Sie flimmern auf, wann immer sie es gerade am wenigsten ertragen kann. Sie atmet jedes mal Glasscherben ein und aus und spürt wie selbst Luftholen zu einer Herausforderung werden kann.

In Zeiten wie diesen.
An Orten.
An denen der eine Mensch fehlt.
Der daraus ein Zuhause gemacht hat.

Niko kann sein neues Leben in dieser fremden Stadt auch nicht vollständig genießen, weil doch auch er selbst nicht vollständig ist. Eigentlich ist ihm der Ort an dem er lebt ganz egal, aber die Menschen die ihn umgeben zählen schon immer so sehr für ihn, das er sie behutsam gezählt hat, um sich ja nicht zu verzählen.

Zoe und Niko, sie beide wissen, dass niemals ein Sommer das Herz erwärmt, sondern immer nur der Mensch, der ihn gemeinsam mit einem verbringt.

*

Es vergehen viele Monate und fast haben sie es geschafft. In Zoe sitzt eine so tiefe Sehnsucht, das sie den Grund auf dem ihr Dasein steht nicht mehr erkennen kann. Niko war doch immer ihr ganz persönlicher Sicherheitsgurt.

Nach einigen weiteren sehr einsamen Wochen entscheidet Zoe, das sie bei Niko leben will und da sie ihr Abitur nicht einfach abbrechen kann überlegt sie tagelang, wie sie trotzdem bei ihm sein kann. Er fehlt ihr, denn er wusste immer ganz genau wie es sich anfühlt, wenn sich die Nacht lauernd auch über die hellsten Stunden legt und ohne ihn hat sie das Gefühl, bloß noch von zu dunklen Stunden umgeben zu sein. Sie haben sich immer in vollkommener Stille verstanden, sie konnten auch immer die lautlosen Geräusche des anderen benennen, deswegen fühlt sich jedes Telefonat zwischen ihnen falsch an. Denn Schweigen funktioniert nicht am Telefon. Es fehlt an Gesten und Mimik und es fehlen die Momente in denen sie sich gegenseitig so nahe sind, wie es eine Berührung niemals schaffen kann. Ihre Gespräche am Telefon klingen hohl und unvollständig. Es ist schwer die richtigen Worte in die Leere vor sich auszusprechen, während man den anderen nicht an seiner Seite hat.

Die beiden haben mittlerweile so lange keine intensiven Gespräche mehr geführt, das sie bereits so viele schöne Sätze des anderen verpasst haben. Dabei waren doch Nikos Worte für Zoe immer der Inbegriff von Schönheit. Niko hat ihr Wohlfühlsätze wie Sprengsätze in den Kopf gelegt und hin und wieder explodiert noch einer von ihnen, wenn sie sich ganz schrecklich alleine fühlt. Ohne Niko an ihrer Seite hat Zoe das Gefühl, dass niemand ihre Worte gebrauchen kann. Er war immer ihr Grundwortschatz für ihr Ausdrucksvermögen. Seitdem Nikos Worte weg sind, versteht sie ihre eigenen nicht mehr. Ihr Sprachzentrum ist von einer einsamen Stille umschlungen.

Zoe will ihm etwas geben, das einen Wert besitzt. Sie will ihm etwas mitteilen ohne Worte verwenden zu müssen. Denn irgendwie hat sie diese seit seiner präsenten Abwesenheit verloren. Ihre Mutter versteht nur sehr selten die wirkliche Bedeutung hinter ihren Sätzen und sonst ist da niemand, mit dem sie diese teilen will.

Mitten in der Nacht wacht Zoe auf, endlich ist ihr eingefallen was sie Liam von sich geben will um ihm in aller Form der Stille mitzuteilen wie sehr er hier fehlt.
Hier.
Bei ihr.

Zoe
Zoe schlüpft leise in die Kleidung vom Vortag, die noch achtlos auf ihrem Boden liegt. Sie steigt über die Diele, die jedes mal quietscht, wenn man sie betritt. Drückt die Klinke der Haustür herunter und verschwindet in der Abgeschiedenheit der Nacht. Sie läuft die altbekannten Straßen entlang. Und dann erreicht sie ihr Ziel. Auf diesem Spielplatz hat sie Niko von der Gewalt erzählt, die sie so viele Jahre lang begrenzt hat. Sie hat ein leeres Einmachglas dabei und füllt es mit dem Sand der den Spielplatz bedeckt. Niko wird die Geschichte dahinter schon verstehen da ist sich Zoe sicher.
Am nächsten Tag bringt sie das Päckchen zur Post. Sie schreibt bloß seine Adresse drauf, den er wird ohnehin wissen von wem es kommt. Sie nimmt einen dicken schwarzen Stift und schreibt eine 20 an die Stelle wo normalerweise die eigene Adresse steht. In 20 Tagen wird sie die letzte Prüfung schreiben. In 20 Tagen kann sie endlich wieder bei ihm sein. Zoe wird nicht zum Abschlussball gehen und auch nicht zur

Zeugnisvergabe, denn da wird sie schon längst in Nikos Wohnung sein, die groß genug ist um für sie ein eigenes Zimmer bereitzustellen. Sie haben das lange im Voraus geplant, denn es ist leichter eine solche Zeit zu überstehen, wenn man weiß das sie vergeht. Und wenn etwas auf einen wartet, das einen mit Vorfreude erfüllt.

*

Niko
Als es an der Tür klingelt ist Niko zunächst überrascht. Das schrille Geräusch reißt ihn zu plötzlich aus seinen Tagträumen. Hier fühlen sich die Tage so viel leerer an, als damals, als er noch ein Mädchen an seiner Seite hatte, die ihn verstanden hat, selbst dann, wenn sie kein einziges Wort miteinander gewechselt haben.

An der Tür steht ein Paketbote. Niko will schon protestieren, denn er kann sich beim besten Willen nicht daran erinnern etwas bestellt zu haben und bisher hat ihm noch nie jemand ein Päckchen zugeschickt, das er nicht bezahlen musste. Der Lieferant zuckt nur mit den Schultern und lässt ihn unterschreiben. Niko schließt die Tür und betrachtet das Paket eingehend. Er sucht nach einem Absender, irgendeinem Hinweis. Es steht sein Name drauf, also kann es sich nicht um eine Verwechslung handeln. Neugierig öffnet er es. Ein Einmachglas gefüllt mit Sand kommt zum Vorschein. Einen Moment überlegt er, ob das tatsächlich bloß ein blöder Witz ist, den er nicht versteht. Es dauert drei Augenblicke, vielleicht auch vier, bis er versteht. Es gibt nur einen Menschen in seinem Leben, der auf eine solche Idee kommen könnte. Zoe. Ja, dieses Paket trägt eindeutig ihr Handschrift, auch wenn der Adressaufkleber gedruckt wurde und sie kein einziges Wort dazu geschrieben hat.

Er kennt die Geschichte hinter diesem Geschenk. Es ist eine Geschichte, die von Gewalt erzählt und von einem Davonkommen. Doch vor allem ist es eine Sehnsüchtige Geschichte. Niko weiß, dass Zoe ihm den Sand nicht bloß geschickt hat, weil sie gemeinsam auf dem Spielplatz saßen, als sie ihm Wort für Wort von ihrer Vergangenheit erzählt hat. Sie hat ihm den Sand geschickt, weil sie ihm damals erklärt hat, das Sand sie immer an ihn erinnert. Denn eigentlich ist Sand vor sehr, sehr langer Zeit einmal ein riesiger Felsen gewesen, der sich mit der Zeit aufgelöst hat und es bis heute nicht geschafft hat sich wieder zu vervollständigen. Doch das ist gar nicht so schlimm, weil es auch schön sein kann, ein Sandkorn zu sein, umgeben von so vielen die einem ähnlich sind, wenn man erst einmal bereit ist das anzuerkennen.

>>Niko, du bist nicht alleine, sie mich an, hier bin ich und ich bin dir sehr ähnlich, deswegen gaben wir uns in dieser Zeit getroffen. Wir kennen den brodelnden Schmerz der in uns ruht, aber das macht uns nicht weniger wertvoll. Denn wer den Schmerz kennt, kann das Glück begreifen.

Vielleicht wärst du eigentlich lieber wieder dieser große Felsen, der du einmal gewesen bist, weil du dich kaum noch daran erinnern kannst, wie sich das damals angefühlt hat, aber als Sandkorn bist du immer noch du und du kannst neue Seiten an dir entdecken und dich mit etwas verbinden, das dir wichtig ist.<<

Niko erinnert sich an dieses Gespräch, als hätte es erst gestern stattgefunden. Er erinnert sich an so viele von Zoes Worten, doch er wird sich vor allem immer an ihr Schweigen erinnern.

Er überlegt ob er bei ihr anrufen soll, um sich für dieses Geschenk zu bedanken, damit sie weiß, das er weiß, das es von ihr kommt und damit sie weiß, das er weiß, was es bedeutet. Doch dann entscheidet er sich dagegen. Er überlegt sich wie er ihr antworten könnte, ohne diese gemeinsam erwählte Stille zu brechen.

Es dauert drei Tage bis er die richtige Antwort für sie gefunden hat und als sie ihm einfällt, fragt er sich warum er nicht gleich darauf gekommen ist, doch er erinnert sich an ihre Worte so viel besser als an seine eigenen.

Er geht an diesem Tag nach der Uni gleich zum Lietzensee. Das ist einer seiner absoluten Lieblingsorte, hier in dieser Stadt. Es gibt so viel mehr Orte als Menschen auf dieser Welt und jeder Mensch sollte sich Orte suchen die zu einem selbst gehören. Natürlich ganz ohne einen persönlichen Besitzanspruch, denn es gibt genügend Raum um diese Orte zu teilen. Mit den Orten ist es eigentlich ein bisschen so wie mit den Menschen. Man wird in eine Familie hineingeboren und wenn man Pech hat, so wie Niko, dann wünschen sich diese Menschen manchmal man wäre nicht geboren und reichen einen weiter. Und dann begibt man sich selbst auf die Suche nach weiteren Menschen mit denen man seine Zeit teilen will und die froh darüber sind einen an ihrer Seite zu wissen. Genauso wächst man auch an einem Ort auf, den man nicht selbst für sich erwählt hat. Doch auch Orte kann man sich aussuchen und sie in sein eigenes Leben einbinden. Es kann sie in jeder Stadt geben. Einen oder ganz viele. Sie können zu einem großen Teil des eigenen Daseins werden und man kann sich orte suchen die jeweils gerade zu der eigenen Stimmung und Verfassung passen.

Er füllt Wasser aus dem See in eine Flasche und schreibt anstatt seiner Adresse ebenso wie Zoe es getan hat eine 13 auf das Paket.

*

Zoe

Zoe hat so sehr gehofft, das er ihre Botschaft versteht, eigentlich war sie sich sicher gewesen, dass er ihre Wortlosigkeit erkennt. Es war doch Niko, der ihr in den ersten Wochen in Hamburg dabei geholfen hat, ihre Gedanken auszusprechen. Jeden Tag hofft sie sehnsüchtig auf das Klingeln an der Tür. Als es das erste mal klingelte hüpfte sie voller Vorfreude zur Tür, doch es war bloß ihre Nachbarin, die sich ausgesperrt hatte und nun ihren Ersatzschlüssel benötigte. Am nächsten Tag klingelte eine Freundin ihrer Mutter und dann lange Zeit gar keiner mehr. Natürlich ist ihr klar, das sie für den Versand ein bis zwei Tage einrechnen muss, also würde es mindestens zwei bis vier Tage dauern bis sie ein Paket von Niko als Antwort erreicht, aber nun wartet sie bereits seit einer Woche auf eine Antwort und Zoe gehörte noch nie zu den geduldigen Menschen.

Als es an diesem Tag klingelt, probiert sie die aufkeimende Hoffnung in Schach zu halten, denn sie hat Angst, das die Hoffnung erneut nicht erfüllt wird.

Doch dieses mal ist es ein Paket und es ist sogar für sie und als sie die 13 sieht, weiß sie, das sie sich nicht getäuscht hat. Natürlich hat Niko sie verstanden. Das hat er immer.

Vorsichtig öffnet sie das Paket, es fühlt sich schwer an und als sie die Wasserflasche sieht, erinnert sie sich sofort an Nikos Worte.

Damals sind sie gemeinsam an der Alster entlang gelaufen und da sagte er:

>>Zoe, du bist auch wie dieses Wasser. Es erscheint so ruhig und friedlich, aber man weiß nie wie tief darunter der Untergrund verborgen liegt und es braucht bloß einen Sturm und das Wasser schäumt auf und verschluckt einen ohne Vorwarnung.<<

Zoe weiß sofort an was sie Niko mit dem nächsten Paket erinnern will und so geht sie an ihren Kleiderschrank und holt eine Bluse hervor, die schon seit Ewigkeiten gerissen ist. Sie hat immer vorgehabt sie zu nähen, aber es jedes mal wieder vergessen. Sie legt die Bluse in eine kleine Kiste und packt Nadel und Faden dazu. Am nächsten Tag geht sie zur Post. Nun sind es noch 10 Tage bis sie sich endlich wieder in die Arme schließen können.

*

Niko

Dieses mal wundert sich Niko nicht mehr über das unbeschriftete Paket, er freut sich bereits seit Tagen auf eine wortlose Botschaft von Zoe. Als er das Paket aufreißt und er die Bluse sieht, wundert er sich zunächst. Er kann doch nicht nähen, das konnte Zoe doch immer so viel besser als er. Sie hat ihm oft Löcher gestopft und Knöpfe angenäht. Er legt den Inhalt auf seinen Küchentisch und betrachtet es eine Weile bis er endlich versteht.

>>Okay, dein Glück hat vielleicht Risse, aber irgendwo findest du ganz sicher Nadel und Faden und nähen kann man lernen.<<

Das hat Zoe einmal zu ihm gesagt, als er eine Familie dabei beobachtete wie sie ganz normale Familiendinge machten. Der Vater des kleinen Jungen rannte ein Stück weit vor und ließ sich dann von seinem Sohn einholen, um ihm das Gefühl zu beben, das er der schnellste ist. Er gab seinem Sohn die Bestätigung das er etwas tolles kann. Diese kleinen Momentaufnahmen machten Niko traurig, da er sie nie erlebt hatte, als er endlich eine Familie fand, die ihn so liebte wie er ist, da war er bereits zwölf Jahre alt und Unsicherheiten waren in ihm gewuchert wie Unkraut.

Lächelnd sitzt er nun vor der Bluse und versucht den Faden einzufädeln und dann wagt er sich zum ersten mal an die Aufgabe einen Riss zu nähen. Die Naht ist nicht perfekt und es hat Ewigkeiten gedauert. Er musste immer und immer wieder von vorne anfangen, aber als er fertig ist, fühlt es sich so gut an. Er hat das Gefühl etwas heile gemacht zu haben und er hat gemerkt wie schön es sich anfühlen kann nicht aufzugeben, bloß weil etwas kaputt gegangen ist.

    Dieses mal muss Niko nicht lange überlegen, er weiß gleich was er zu Zoe auf die wortlose Reise schicken will. Zuerst legt er die Bluse zurück in eine neue Schachtel, Nadel und Faden behält er bei sich, für den Fall noch einmal etwas reparieren zu müssen und als Erinnerung an diese stillen Gespräche. Dann sucht er in seinem Bücherregal nach einem ganz besonderen Buch. Er hat es damals von seiner neuen Familie geschenkt bekommen, darin stehen lauter Witze, sie haben es ihm geschenkt, weil er immerzu so traurig gewesen ist. Einen Moment sieht er es bedächtig an, bevor er es in das Paket legt und verschließt. Er schreibt eine 8 auf das Packpapier und bringt es zur Post.

*

Zoe

    Als Zoe das neue Paket erhält öffnet sie ungeduldig das Klebeband. Der Trennungsschmerz wird mit jedem Tag schlimmer, aber diese Pakete tragen sie durch diese Zeit. Sie lächelt, als sie die Bluse in der Hand hält und blickt eine Weile stumm auf die Naht. Er hat sie verstanden und er hat es geschafft etwas zu reparieren, das andere einfach entsorgt hätten. Dann entdeckt sie das Buch und blättert durch die Seiten. Zoe kann nicht ahnen, das dieses Buch ein Geschenk von Nikos neuen Eltern gewesen ist, er hat ihr nie davon erzählt. Es geht Niko bei diesem Buch um etwas ganz anderes. Sie überlegt hin und her und verzweifelt daran. Sie weiß einfach nicht was er ihr damit sagen will. Immer und immer wieder schaut sie auf das Buch. Die nächsten zwei Tage lang. Sie weiß, dass sie Niko erst wieder etwas schicken kann, wenn sie seine Botschaft verstanden hat. Als sie gerade in der Mathestunde sitzt und von der Hälfte bloß die Hälfte versteht, erinnert sie sich endlich.

>>Du könntest auch mal deine Witze durch die Wahrheit ersetzen. Beides tut dir weh, aber nur ein wahres Wort kann deine Wunden irgendwann heilen.<<

Wie recht Niko damit damals gehabt hat. Sie war immer gut darin gewesen mit Witzen, Ironie und Sarkasmus über all ihre Schmerzen hinweg zu täuschen, doch geholfen hat ihr das nicht. Erst als sie endlich die richtigen Worte gefunden hat um über das was dort in ihr tobte zu sprechen, wurde es allmählich besser.

Zoe weiß, dass sie nun das letzte Päckchen an Niko senden wird bevor sie endgültig bei ihm ankommt und überlegt ganz genau was sie ihm gerne vorher mitteilen möchte.

Und dann fällt es ihr ein. Bisher haben sie sich auf ihre Weise immer über die vergangenen Zeiten ausgetauscht. Doch nun beginnt für sie beide eine neue Zeit. Eine gemeinsame Zukunft. Und genau aus diesem Grund gibt es nur eine Nachricht, die jetzt zu dieser Situation passt. Zoe öffnet ihren Schrank und holt eine Schachtel hervor in der sie fein säuberlich ihre liebsten Fotos einsortiert hat. Sie sucht nach einem ganz bestimmten Bild und dann findet sie es. Ihre Mutter hat es vor zwei Jahren gemacht. Sie liegen auf dem Rasen, sie mit dem Kopf auf seinem Bauch. Zoe liest in einem Buch und Niko hört Musik. Sie haben gar nicht mitbekommen, wie sie fotografiert wurden, beide waren zu sehr versunken in fremde Welten. Dieses Bild gefällt Zoe am besten. Sie legt es in einen Umschlag und schreibt eine 5 darauf und wirft es noch am selben Tag ein.

*

Als Zoe endlich in dem Transporter sitzt, und ihre wichtigsten Habseligkeiten unruhig klappern, fühlt sie in sich drin eine Ruhe, die sie so noch nie zuvor empfunden hat. Es ist das erste mal seit langer Zeit, dass sich um sie herum eine ebenmäßige Stille ausbreitet. Keine Dellen die angehäuft und nicht verarbeitete Vergangenheit hinterlassen hat und keine Löcher aus Angst vor der eigenen Zukunft und keine Einsamkeit. So hat sie sich das letzte mal gefühlt, als Niko noch in ihrem Zimmer gesessen hat und sie leise an seine Schulter weinte und sagte:

>>Egal wie sehr es weh tut, egal wie laut du über das brechen deines Herzens hinweg lachst oder wie laut du aus Verzweiflung schreist, die Welt dreht sich trotzdem weiter mit 0,463 km/h.<<

Diese Tatsache hat sie damals beruhigt, weil sie von einer Beständigkeit war, die sie gerade nicht empfinden konnte. So war es mit Niko immer, er gab ihr das was sie braucht, ohne das sie vorher wusste, dass ihr genau das gefehlt hat.

Sie weiß, das sie nun endlich ankommen wird. Bei dem richtigen Menschen. Sie weiß, das dies ihre Zeit werden wird und das sie in Berlin nun endlich alles vergangene hinter sich lassen kann.

Was wäre wenn...

ich nicht an ihr vorbei gegangen wäre?

Manchmal wirst du getroffen.

Von einem Wort.

Manchmal wirst du getroffen.

Von einem Blick.

Und manchmal wirst du getroffen von einem Augenblick.

Ich wurde getroffen.

In dem Moment wo ich dich traf.

Denn du warst eine getroffene.

Der Gezeiten.

Liam

Liam

Berlin

Als Liam an diesem Abend von der Bühne geht, verschwitzt und mit noch immer schnell pulsierenden Blut in den Adern, sieht er sie.

Dort im Geschehen.

Wartet sie auf ihn.

Sie hat die hellsten blauen Augen, die er je gesehen hat und gleichzeitig ist ihr Blick so dunkel, dass er ihm kaum standhalten kann. Bei ihr trifft Horrorfilm auf Alice im Wunderland. Ihre Haare fallen ihr wie ein seidener Schleier über das blasse Gesicht. Goldene Seide auf aschfahler Haut. Sie blickt ihn an und irgendetwas in diesem Blick lässt ihn innehalten. Die wirklichen Tiefen von Gewässern und Menschen lassen sich von außen nicht zu erkennen, aber bei diesem Mädchen lassen sie sich erahnen.

Neben ihr stehen noch weitere Mädchen. Alle hübsch. Keine Frage. Die meisten sind sogar um einiges schöner als dieses Mädchen, aber sie sind nichtssagend schön, sie jedoch ist interessant. Als er stehen bleibt, befindet er sich bereits umringt von den jungen Mädchen. Doch sie hält sich abseits. Sie

stellt ihm keine Fragen. Sie sagt rein gar nichts. Sie wirkt vollkommen unbeteiligt. Sie sieht so aus wie er sich fühlt.
Still und regungslos.

Höflich wimmelt er die anderen ab und geht dann ganz gezielt auf sie zu. Liam erwartet, dass sie sich ihm vorstellt, doch das tut sie nicht. Sie schaut ihn einfach bloß an. Er spürt die Blicke der anderen, die sich alle gerade wünschen, sie wären dieses eigenartige Mädchen. Liam wird währenddessen immer unsicherer, denn eigentlich braucht er sich schon lange nicht mehr anstrengen, wenn es um Frauen geht.
>>Hi<<, sagt er nun zögerlich.
Sie lächelt leicht, doch es wirkt schief, so als hätte sie zu lange nicht mehr herzhaft gelacht und ihre Muskeln an den entsprechenden Stellen dadurch geschwächt. Unsicher tritt Liam von einem Fuß auf den anderen. Diese Frau bringt ihn vollständig aus dem Konzept.
>>Möchtest du was mit mir trinken?<< Sie nickt und folgt ihm in den Nightliner. Noch immer hat sie kein einziges Wort gesagt.
>>Was kann ich dir denn anbieten? Wir haben hier eine ziemlich gute Auswahl, in unserer kleinen Minibar.<< Liam grinst sie schief an.
>>Whisky Cola, bitte.<<, sagt sie vorsichtig, als würde sie ihrer Stimme nicht vollständig trauen. Er holt zwei Gläser aus dem Schrank und gießt ihnen beiden ein. Sie beobachtet jede seiner Bewegungen, als würde er eine Choreographie vorführen, die sie lernen will.

»Komm setz dich.« Er zeigt auf eine kleine Bank, die Teil der spartanischen Küchenzeile ist. Sie folgt seiner Aufforderung. Ihre Bewegungen wirken hölzern.
»Verrätst du mir deinen Namen?«
»May.«
»Schön dich kennenzulernen, May.« Es entsteht eine unangenehme Pause, beide nippen an ihren Gläsern und blicken sich unsicher an. Liam weiß einfach nicht, was er mit diesem Mädchen anfangen soll. Sie scheint weder mit ihm schlafen, noch mit ihm reden zu wollen. Warum um alles in der Welt stand sie dann da? Warum hat sie auf ihn gewartet. Er will ihr all diese Fragen stellen, doch er hat das Gefühl, sie würde das bloß noch weiter verschrecken. Sie sitzt da vor ihm, so zusammengesunken wie ein Ballon, aus dem man alle Luft herausgelassen hat. Er überlegt fieberhaft, wie er sie behutsam nach ihren Beweggründen fragen kann und gerade als er den Mund aufmacht, sagt sie:
»Ich weiß selbst nicht so genau warum ich auf dich gewartet habe, also Sex will ich jedenfalls keinen mit dir, falls du das dachtest. Ich wusste glaube ich einfach nicht wohin und deswegen bin ich geblieben. Ich habe nicht damit gerechnet, das du mich mit in den Bus nimmst und jetzt sitze ich hier und weiß gar nicht warum und was ich hier will oder was du von mir willst.« Sie zuckt verschüchtert mit den Schultern und blickt auf ihr Glas. Ihre Stimme ist nicht mehr als ein flüstern.
»Du gehörst nicht zu den Frauen mit denen ich schlafen würde, dafür sahst du zu zerbrechlich aus. Ich weiß auch nicht warum ich gerade auf dich zugegangen, das mache ich

eigentlich schon lange nicht mehr, also mit Fans hier her gehen. Das führt nie irgendwo hin.<<

>>Ich bin kein Fan.<< Bei diesem Satz wirkt ihre Stimme plötzlich fest und sicher.

>>Entschuldige, ich dachte, weil, na ja du hast da zwischen den anderen gestanden und warst auf meinem Konzert, deswegen dachte ich, na ja egal oder?<< Sie nickt.

Der Abend wurde später und irgendwann wechselt die Farbe draußen vor dem Fenster von Nachtgedankenschwarz zu Tagesanbruchsblau. Es beginnt zu regnen und May zieht Liam mit nach draußen. Der Regen regte schon immer ihre regungslose Verfassung an. Sie stellen sich einfach gemeinsam in den strömenden Regen und beobachten den anbrechenden Tag. Der Himmel weiß scheinbar Bescheid über May.

Viel geredet haben sie nicht und wenn May etwas sagte, waren ihre Sätze immer bloß undeutlich, zweideutig oder ausweichend, aber Liam fühlte sich das erste mal seit Tagen nicht alleine. Er weiß, dass es sehr viel leichter ist, sich zu verlieren als sich zu finden, geschweige denn gefunden zu werden, doch durch dieses unsichere Mädchen, das so wortkarg dort vor ihm steht, hat er das Gefühl gerade von jemanden gefunden worden zu sein und ihr scheint es wie ihm zu gehen.

May hätte Liam eigentlich so gerne noch so viel mehr von sich erzählt. Sie kann jedes einzelne Wort aussprechen, bloß kann sie manche nicht in einem angemessenen Tempo aneinander reihen. Außerdem hat sie das Gefühl, wenn sie erst einmal damit anfängt, kann sie nie wieder aufhören zu erzählen und hinter jedem ihrer Worte scheinen sich Tränen zu verstecken und sie weiß ganz genau, wenn sie den Mund zu weit öffnet, dann würde sie Tagelang schreien und es ist niemals schön, wenn ein Mädchen schreit. Aber aus irgendeinem Grund glaubt May daran, dass Liams Worte ihr Schweigen begrenzen und irgendwann sogar durchstreichen könnten. Sie glaubt daran, weil seine Umgangssprache so achtsam ist und sie nicht umgeht. Mit keinem Wort und keiner Geste.

Als die anderen Crew Mitglieder irgendwann zu ihnen in den Bus kommen, haben sich die beiden in sein Etagenbett zurückgezogen und den Vorhang zugezogen. Nun sitzen sie sich auf dem Bett gegenüber. Mit durchnässter Kleidung und tropfenden Haaren. Es ist das erste mal, das er sich hier mit einer Frau das Bett teilt, ohne nackt zu sein.

>>Sag mal hast du 'ne Ahnung wie spät es ist?<<
>>Keine Ahnung, bei mir ist es immer kurz vor zwölf.<<, erwidert May.
>>Manchmal kannst du richtig witzig sein.<<
>>Ich wünschte es wäre ein Witz.<<
>>Verdammt, wir brechen gleich auf, also es war schön das du hier warst, auch wenn wir nicht viel geredet haben. Ich bin froh, dass du auf mich gewartet hast.<<, sagt Liam.
>>Darf ich mitkommen? Ich verspreche auch nicht zu stören und zu helfen wo ich kann, wirklich!<< Ihre Stimme klingt flehend und May weiß nicht wie ihr diese Frage überhaupt über die Lippen kommen konnte.

»Ich weiß nicht, hast du keine Verpflichtungen hier, ich meine kannst du einfach so weg? Bist du irgendwie in Schwierigkeiten oder so? Versteh mich nicht falsch, du scheinst echt nett zu sein, aber du kannst nicht einfach so mitkommen, ich kenne dich doch gar nicht.« May nickt bloß, öffnet den Vorhang und geht zur Tür hinaus. Liam blickt ihr hinterher. Irgendetwas an May gefällt ihm. Sie hat etwas sehr zerbrechliches an sich und wirkt trotzdem auf ihre Art stark. Er zögert einen Moment, bevor er aus dem Bett springt und ihr hinterher rennt.

»Warte May!« Sie dreht sich um und lächelt. Es ist ein erleichtertes Lächeln, so als wäre eine riesige Last von ihr abgefallen.

»Ich nehme dich mit, wenn du das wirklich willst. Wir fahren jetzt nach Düsseldorf, du kannst in meinem Bett schlafen.«

Dieser Moment ist geschichtsträchtig.

Nicht für die Welt.

Aber für May.

*

Düsseldorf

Die beiden verstehen sich über die Stille hinweg. In Liams Obhut fühlt sich May das erste mal seit langer Zeit wieder intakt. Liam erkennt die verlorenen Worte in ihren Augenringen und dem ringen von ihr nach Luft.

Als sie in Düsseldorf aufbrechen, um in die nächste Stadt zu fahren, nimmer Liam May erneut mit. Und plötzlich gehört sie einfach so dazu. Sie gehen gemeinsam auf Tour und da sie ihm hilft wann immer sie kann und nicht bespaßt werden muss ist sie für ihn eine ideale Begleitung. Außerdem mag er dieses Mädchen. Sie ist merkwürdig. Des Merkens eindeutig würdig. Genau das hat er von Anfang an verstanden. Noch immer weiß Liam nicht, wie dieses Mädchen bloß mit einer Handtasche in seinen Tourbus steigen konnte und wie es ihr so egal sein kann, wo sie am nächsten Morgen sein wird. Diese Frage beschäftigt ihn sehr, aber bisher gab es noch keinen geeigneten Zeitpunkt sie danach zu fragen. Liam weiß, es gibt empfindliche Menschen, bei denen schneiden Worte ein und es gibt überempfindliche Menschen, bei denen schneiden Worte Pulsadern auf und May hält er für letztere Sorte Mensch.

Als sie an diesem Abend nach dem Konzert durch die leeren Gänge der Halle wandern fragt Liam wie es ihr geht und will ihre Antwort wirklich hören und May sagt, das es ihr gut geht und meint es auch so, dass erkennt Liam in jedem einzelnen Buchstaben und so fasst er endlich den Mut seine brennende Frage zu stellen.

>>Du bist einfach so zu mir in den Bus eingestiegen und wolltest bleiben, ich verstehe nicht warum, aber ich habe verstanden, das du nicht darüber reden wolltest und ich habe dir keine weiteren Fragen gestellt, weil es für manche Fragen manchmal noch zu früh ist, aber nun stelle ich sie doch, weil mich das ganz ehrlich interessiert. Verrätst du mir warum?<<

Einen Moment bleibt May einfach bloß stumm und starrt geradeaus, als könnte sie dort etwas sehen, für das Liam blind ist. Doch dann antwortet sie doch:

>>Es gibt so viele Fragen mit schöneren Antworten.<<

>>Ich bin mir sicher, das ich auch deine hässlichsten Antworten mag.<<

Sie atmet tief durch und blickt für einen Moment ihrem Vertrauen hinterher und hofft, das es sie nach all der Zeit noch erkennt. Und das Vertrauen geht Schritt für Schritt auf sie zu und endlich kann sie sprechen.

>>Okay, also ich war schon auf so vielen Konzerten und jedes Mal frage ich mich, wie es wohl ist, einfach nirgendwo bleiben zu müssen und auf seinem Weg vielleicht einen Ort zu finden an dem das bleiben kein *müssen* sondern ein *wollen* ist.

So lange ich mich zurückerinnere war ich alleine. Also natürlich nicht so richtig. Ich habe Eltern, die ich sehr liebe, genauso wie sie mich und ich habe auch bekannte, manche würden sie wohl Freunde nennen, aber so fühlt es sich für mich nicht wirklich an. Ich hatte immer das Gefühl anders zu sein und das dieses *anders sein* nicht die gute Form davon ist, sondern eine ganz und gar verkehrte. Ich war es so gewohnt, jeden Tag eine Bestandsaufnahme meiner Fehler zu machen, ich habe täglich mehr von ihnen gefunden.

Ich hatte das Gefühl, niemand würde mich jemals richtig verstehen können. Niemand hat meine Traurigkeit verstanden und niemand hat mit mir gelacht, weil sie nie wussten warum ich gerade Tränen lache. Sie haben immer gesagt, dass alles halb so schlimm ist, wenn ich das Gefühl hatte, das sich die Welt um mich herum auflöst, aber weißt du was? Es ist schlimm, weil es sich so anfühlt. Dieses reißen und zerren in

mir. Dieses vibrieren im Herzen und das rattern im Kopf. Das ist nicht halb so schlimm.
Das ist schlimm.
Schlimmer.
Am schlimmsten.

Ich wollte einfach mal etwas anderes ausprobieren. Ich will eine andere Form des Lebens testen und du warst so nett zu mir, obwohl ich gar nicht viel gesagt habe und da dachte ich, vielleicht darf ich dich begleiten.
Weißt du, mit 16 habe ich mir so oft wie möglich Stunden voller Erwachsensein stibitzt, aber heute würde ich alles dafür tun, diese gelegentlich zurückzutauschen. Wenn es nach mir gehen würde, würde ich diese erwachsenen Momente sogar verschenken. Ich will mich noch mal wieder so frei fühlen, wie damals mit 16. Als alles zwar nicht leicht, aber doch leichter war.
Die Menschen um mich herum haben immer so viel von mir erwartet, aber ihre Erwartungen passen überhaupt nicht zu mir. Sie haben immer bloß das gesehen, was sie in mir sehen wollten. Ich bräuchte einen Spiegel an allen Wänden um in all die Bilder zu passen, die sich die Menschen von mir gemacht haben. Ich verpasse die Abfolge der jeder scheinbar folgt, doch vielleicht war ich bloß nie der folgsame Typ. Und manchmal haben sie dann herablassend gesagt, dass ich schon wissen würde, was ich tue. Aber ich wusste meistens weder das noch irgendetwas anders. Ich habe einfach bloß Dinge gemacht, um überhaupt etwas zu machen und ich bin in eine Richtung gestolpert, ganz egal in welche, nur um

nicht stehen zu bleiben. Ich habe einfach den Anschluss verpasst, also nicht den Zug, das wäre ja gar nicht so schlimm. Nein, den zu mir selbst. Ich weiß gar nicht mehr wo ich beginne und wo ich ende, wo also soll ich da bloß anschließen?

Ich dachte, es wäre schön auf der Bühne zu stehen. Also nicht das ich mich neben dich stellen will, das ist ja schließlich dein Platz, aber dahinter. Ich dachte vielleicht erweckt mich der Beifall jeden Tag zum leben und vielleicht spüre ich dann wieder das ich atme. Kannst du das verstehen?<<

Beim erzählen überschlägt sich ihre Stimme und Liam muss sich richtig anstrengen um ihr folgen zu können. Er hat sie nicht einmal unterbrochen, er war zu froh darüber, das sie sich ihm ein Stück zu öffnen bereit gewesen ist. Nun sagt er:

>>Ich verstehe das glaube ich ziemlich gut. Aber eines kannst du mir glauben, der Beifall beschönigt nicht deinen Fall und bloß weil du auffällst, wirst du noch lange nicht gesehen, geschweige denn gefallen. Egal wie sehr dich das Bühnenlicht auch blendet, du selbst wirst dich noch immer erkennen, ob dir das gefällt oder nicht. Für einen Moment fühlt sich der Applaus tatsächlich ein bisschen wie eine verformte Art der Liebe an, doch irgendwann blickt man durch dieses Schauspiel hindurch und erkennt, das man von niemanden geliebt werden kann, der einen nicht kennt.

Niemand ist erleuchtet, bloß weil das Licht auf ihn gerichtet ist und niemand ist sicher im Schutz der Dunkelheit der Backstageräume, das wäre zu schön. Es ist so leicht all den Lügen zu verfallen und du bist auf diese Illusion hereingefallen. Es ist so ein bisschen wie mit dem Geld. Die Menschen glauben, mit genügend Geld wird alles besser, doch sie vergessen, Ruhe im Kopf kann man sich nicht kaufen.

Aber all das darfst du selbst herausfinden und vielleicht stellst du dann fest, dass du eigentlich längst weißt wie dein Atem klingt und wie sich der Sauerstoff in deinem Körper in Leben verwandelt.<<

>>Aber es ist doch bestimmt ein gutes Gefühl, seinen Traumberuf nicht bloß zu kennen, sondern ihn auch täglich ausüben zu dürfen und dann auch noch davon leben zu können. Ich weiß ja noch nicht einmal was mir gefällt und wenn ich es wüsste, würden alle bestimmt bloß wieder glauben, dass ich endgültig den Verstand verloren habe.<<

>>Ja. Es ist ein Geschenk. Doch wenn man seinen Traumberuf schlussendlich ausübt, dann muss man täglich darauf acht geben, das er sich auch wie ein gelebter Traum anfühlt und nicht zu einem Job wie jeder andere wird. An manchen Tagen, wenn ich nicht auf der Bühne stehe, sondern vor Verträgen, dicker als der Quelle Katalog sitze, dann fühlt es sich nicht mehr so traumhaft an, und wenn ich in einem Hotelzimmer sitze und meine Freunde und Familie vermisse, weil ich sie seit Monaten nicht mehr gesehen habe, dann fühlt es sich auch mal wie ein Alptraum an. Ich schätze das Leben ist einfach kein Traum, aber es kann gefüllt mit vielen guten Augenblicken sein und ich schätze, wenn man viele davon hat, ist das Leben traumhaft schön.

Und weißt du noch etwas, es ist gar nicht so schlimm, das du noch nicht weißt was du willst, das geht doch den meisten so. Du hast so viel Wahlmöglichkeiten in dieser Welt, das es ganz leicht ist an ihnen zu scheitern, doch eines stellt sich im-

mer als Konstante dar, ganz gleich was auch passiert oder nicht passiert.
Du bleibst du.<<

Liam und May wurden zu verbündeten. Liam betrank sich nicht mehr mit den anderen Crew Mitgliedern, er hatte nicht mehr das Gefühl die Leere der Einsamkeit mit Alkohol füllen zu müssen. Einst dachte Liam, das Alkohol desinfizierend wirkt, aber er verstand mit der Zeit das seinen Gedanken und Gefühlen dies nicht klar zu sein scheint. Er wurde gesehen, von diesem gegensätzlichen Mädchen Er umgab sich nicht mehr mit oberflächlichen Gesprächen. Wenn May mit ihm spricht, dann sind das diese guten Gespräche, an dessen Wortlaut man sich auch nach Jahren noch bis ins Detail erinnert.

Als die beiden am nächsten Morgen aufwachen, trägt sie keine Wimperntusche dafür einen Hauch Augenringe. Es scheint für sie eine schlaflose Nacht gewesen zu sein. Noch mit Schlaf in der Zunge sagt sie:
>>Weißt du, es ist schön mit dir unterwegs zu sein, aber ich habe das Gefühl an keinen Ort zu gehören und niemals richtig für irgendetwas zu sein.
Ich fühle mich nirgendwo daheim.
Nicht hier.
Nicht dort.
Nicht in mir.
Ich habe das Licht am Ende meines Tunnels selbst ausgeschaltet, weil ich irgendwann gemerkt habe, dass es mich nir-

gendwo hinführt, wo ich bleiben will. Ich habe schon so lange das Gefühl mich selbst verloren zu haben, dass ich gar nicht weiß wo ich anfangen soll nach mir zu suchen. Ich weiß gar nicht ob ich hier bin.<<

Ihre Stimme klingt nach Antidepressiva, das erwartungsvoll und verschweißt im Schrank steht und in ihren Augen liegt Sehnsucht und das Verlangen wie Dreck unter den Nägeln. Liam sagt:

>>Kein Mensch kann sich selbst verlieren, denn sieh dich nur mal um, du kennst den Ort an dem du stehst, selbst wenn du hier noch nie gewesen bist. Denn auch wenn du es nicht zu glauben wagst und es verleugnest bis dir die Stimme versagt. Ein jeder ruht in sich. Außerdem kann auch die falsche Wegbeschreibung richtungsweisend sein. Und solltest du dich nicht mit der Welt verankern können, dann vielleicht mit mir und ich stehe standhaft zu deinem Besehen, an jedem Ort.<<

>>Wenn ich also immer weiß wo ich bin, kann ich nicht verloren gehen.

So einfach ist das.

Nicht.<<

>>May, natürlich ist das nicht einfach. Das hat dir auch niemals jemand versprochen. Aber du kannst hier vieles finden, wenn du bereit bist hinzusehen. Du kannst die Liebe finden, denn ab und zu verirren sich auch Männer auf meine Konzerte, falls dir das noch nicht aufgefallen ist. Du kannst in meinen Liedern deine verlorenen Träume finden und manchmal findet man sie auf den vielen Straßen die wir befahren selbst wieder. Du kannst Kleingeld zwischen den Sitzen finden und

verloren gegangene Gegenstände in den Hallen, wenn alle gegangen sind und klar vor allem findet man viel Müll, doch manchmal eben auch Schönheit. Und wenn du etwas findest, dann nimm es ruhig mit, denn das ist dein Recht Du wirst aber auch viel verlieren, das ist ganz normal in diesem Leben. Wir alle verlieren viel, das gehört dazu. Und so füllen und schließen sich hier die Lücken unseres Lebens um neue entstehen zu lassen.

Na klar kannst du hier auch Alkohol, Drogen und Sex an jeder Ecke finden, doch es gibt so viel mehr Möglichkeiten sich frei und glücklich zu fühlen, bitte halte dich von den Illusionen fern, glaube mir ich kenne sie und sie führen dich nicht dahin wo du hin willst. Du kannst hier ganz leicht ab- und untertauchen. So oft und so lange du willst, aber vergiss nie gelegentlich auch aufzutauchen um zu Atem zu kommen und um gesehen zu werden.

Kein Mensch führt ein Leben bestehend aus vollständig nachvollziehbaren wegen. Rückblickend würde jeder gerne irgendetwas anders machen. Vergiss das nie.<<

So viele schöne Worte hat schon lange keiner mehr zu ihr gesagt und Tränen steigen ihr in die Augen. Sie blinzelt und blinzelt und hofft, dass sie nicht überquellen, denn sie hat sich doch abgewöhnt zu weinen. So will sie nicht gesehen werden. Diese Zeit soll doch ihr gehören. Ihr alleine. Sie schließt die Augen, wie Türen, bloß sehr viel leiser. Eher wie ein Gedicht über das schließen von Türen. Aber sie will sich nicht mehr vor ihm verschließen. Denn Liam versteht. Er versteht so viel, das es ihr körperlich weh tut. Sie beschließt in diesem Moment sich zu verlaufen.

Mit Absicht.
Um ihre Sicht zu verändern.

*

Hannover
In Hannover sieht Liam zum ersten mal die andere Seite von May. Sie ist so überschwänglich und so voller Glück, wie er es selten bei anderen erlebt hat. Sie lacht und sagt:
>>Heute ist einer dieser Tage, an denen ich durch die Luft fliegen kann, welche ich sonst bloß atme. Ich habe das Gefühl, dass du mir dabei hilfst mich aus der Einsamkeit und meinen verfallenen Gedankengängen zu führen. Du gibst mir Halt wo vorher keiner war.<<

An manchen Tagen wirkt sie auf ihn, wie eine Aufziehpuppe. Völlig überdreht und an anderen sagt sie kaum ein Wort und blickt bloß abwesend in die weiten der Welt hinaus. Ihre Stimmungen sind so wechselhaft wie die Entzugskuren der Kinderstars. Liam hat längst verstanden, dass es kein Zufall ist, das sie so leichtherzig zu ihm in den Bus gestiegen ist. Das gehört einfach zu ihrem Wesen. Doch durch ihr leichtfertiges Handeln, wirkt sie immer leicht fertig.

In diesen Momenten gestikuliert sie so wild, das ihre Gesten als eigene Sprache gelten könnten und als sportliche Betätigung ohnehin, aber eigentlich sind sie nur ein Ausdruck ihrer Wortlosigkeit. Er blickt in ihr lächelndes Gesicht und sucht nach dem Mädchen hinter diesem Spiel. Wie ermüdend ein lächelndes Gesicht sein kann, wenn man sich auf die Suche nach dem richtigen Menschen dahinter begibt, stellt er dabei fest. Sie redet in diesen Momenten zwar ununterbrochen, aber es ergibt nur selten einen Sinn. Sie sagt dann so etwas wie:

>>Ich bin mir gerade so nahe, das ich Platzangst bekomme.<<

Oder:

>>Die Sonne sieht heute so aus, als würde sie ein Stroboskoplicht auf die Welt werfen.<<

Als Liam diese andere Seite an May das erste mal sieht, ist er davon fasziniert, aber dann mit der Zeit, versteht er das sie sich damit bloß selbst belügt um ihrer Traurigkeit zu entkommen. Ihm fiel auf wie oft May an den falschen Stellen lacht, weil sie das Lachen so oft einfach gar nicht empfinden kann, egal wie sehr sie es auch will und ein falsches Lachen passt am Ende so oder so zu keinem Augenblick. Es ist bei ihr ein schmaler Grad zwischen dem aufschäumen und dem überschäumen ihrer Gefühle. Deswegen sagt er nach ein paar Stunden zu ihr:

>>Die Differenz zwischen dir und deinem immerwährenden Lachen ist, das Schweigen das dich verschluckt mit jedem deiner Atemzüge. Ich sehe ganz genau, wie sich deine Sorgen in den Lücken deines Lächelns verstecken. Du musst nicht lachen, wenn dir nicht danach ist und du musst keine zusammenhängenden Worte erfinden, wenn dir nach Schweigen ist. Am besten gefallen mir von dir die Worte, bei denen du beim aussprechen den Blick von mir abwendest, nicht weil du von mir nicht gesehen werden willst, sondern weil du mich nicht sehen willst, wenn du die schwere Wahrheit fallen lässt. Ich mag deine Wahrheiten. Auch die schlechten.

Ich mag alles an dir. Alles was an dir echt ist. Du brauchst hier nichts zu inszenieren. Ich weiß wann du aus vollem Herzen lachst und wann du dir bloß wünscht auch mal lachen zu könne.<<

>>Aber manchmal muss ich lächeln, damit ich nicht weine. So ist es einfach. Alles bloß nicht einfach.<<

>>Ich weiß, aber ich werde dich daran erinnern, dass du ein Recht darauf hast auf deine ehrlichen Gefühle zu bestehen, denn wenn du dich nicht zu dir selbst bekennst, ist es ganz normal das du ins Straucheln kommst. Und ich helfe dir auch dabei ihnen standzuhalten. Außerdem trocknen Tränen wieder, du brauchst dir bloß ein bisschen Zeit zu geben.<<

>>Glaubst du, dass du mich von den Lügen wirklich entkleiden kannst, die ich über meine Gefühle stülpe, ohne mir dabei zu nahe zu treten?<<

>>Ich werde mich darum bemühen, weil du mir wichtig bist. Ich werde dir helfen, das habe ich ernst gemeint. Und solltest du einmal nicht die Wahrheit sagen können und deine Gefühle gegen andere austauschen, dann lüg.

Und sag, heute ist Gegenteiltag.

Die Hauptsache ist, du trittst der Stille entgegen.

Entgegen deiner Verfassung.<<

>>Danke. Doch manchmal überkommt mich das Gefühl keine Kraft mehr zu haben und keine Ruhe finden zu können.<<

>>Das ist doch halb so wild. Man braucht gar nicht mehr so viel zu können. Es gibt mittlerweile für vieles einen Tee. Zur Entspannung, für mehr Kraft, Ruhe, Liebe und Erholung. Möchtest du vielleicht einen Tee?<<

Und da schmunzelt ihr Schmollmund. Ehrlich und wahrhaftig.

*

Hamburg
Einmal, sie waren gerade in Hamburg und das Konzert war gut verlaufen, Liam war noch voller Adrenalin und May hat sogar ein paar Zeilen hinter der Bühne mit geschlossenen Augen mitgesungen, da überschreiten sie beinahe eine Grenze.

Im Tourbus sehen sie sich einen Moment zu lange und zu tief in die Augen und nähern sich an. Sie küssen sich. Langsam und behutsam entkleiden sie sich gegenseitig. Doch als sie da so vor ihm steht, so verletzlich und mit diesen fragenden Augen, kommt es ihm nicht richtig vor. Ihm wird klar, dass sie dort gerade bloß äußerlich nackt vor ihm steht, innerlich ist sie noch immer wie ein einziger schwarzer Balken für ihn, der nach und nach verblasst und langsam ihre ganze Vielfalt preisgibt.

Sie ist keines dieser Mädchen mit denen man einfach so schlafen darf, bloß weil gerade das Verlangen durch die Adern pocht. Deswegen packt er ihre Brüste wieder ein und schiebt ihr auch den Slip wieder hoch. Er streicht ihr noch einmal über die Haare und sagt:

>>Du bist zu gut für so etwas. Du bist zu gut für nur mal eben Sex. Auch wenn er wahrscheinlich mit der schönste meines Lebens gewesen wäre, aber ich kann dich nicht enthüllen, ohne dich zu entblößen.<<

Sie bleibt stumm und sieht ihn einfach bloß an und da nimmt er sie in den Arm und beide verstehen, das diese Umarmung so viel mehr für den Moment ist, als Sex es hätte sein können. Diese Umarmung spricht von Geborgenheit, Vertrauen und einer gemeinsamen Zeit.

*

Köln
May liebt vor allem die Geschwindigkeit auf der Autobahn, denn manchmal hat sie große Angst, das sie der Wahnsinn einfach so überrennt. Sie wünschte, sie könnte sie aufbewahren für all die festgefahrenen Tage.
    An diesem Abend ist da wieder dieses kleine kitzeln, die Vorwarnung gleich wieder die Kontrolle über ihre Gefühle zu verlieren. Das passiert ihr regelmäßig, aber seit sie hier bei Liam ist, ist es besser geworden.
    Der Wahnsinn erhitzt ihre Haut und trocknet sie aus, sie holt sich ein Wasser aus dem Kühlschrank und wünscht sich sie wäre kleiner und könnte sich an diesem Ort verstecken und ihr erhitztes Gemüt auf eine normale Temperatur abkühlen. May kennt die Grauzonen der Traurigkeit und das Grenzgebiet zum Wahnsinn und zur Einsamkeit.
    Leise huschen Tränen über ihre Gesichtszüge, als sie Liams blick auf ihrem Rücken spürt. Als sie sich zu ihm umdreht lächelt er sie so schief an wie ihr Kajal sitzt und schließt sie in die Arme.

>>Der Wahnsinn<<, murmelt er und drückt sie noch ein bisschen fester an sich, >>kann dich hier nicht erreichen.<< May drückt sich dichter an ihn heran.

>>hast du wieder Probleme mit dem einschlafen?<< Fragt er sie nach einer Weile.

>>Ich habe kein Problem mit dem Schlaf.
Der Schlaf hat ein Problem mit mir.<<

>>Es gibt keine Nacht, die nicht vergeht, auch wenn man fest davon überzeugt ist, das dass Licht des aufgehenden Tages einen nicht erreichen kann, so umschließt es uns letztendlich doch.

Ich habe mitbekommen, wie du wach neben mir gelegen hast. Ich habe gemerkt, wie du den Atem angehalten hast. Das ist okay, nimm dir ruhig Zeit zum Luft anhalten, aber vergiss nicht auf das gute Gefühl zu achten, wenn wieder Luft in deine Lungen strömt.<<

>>Ja, in Nächten wie diesen, bräuchte ich schon ein sehr starkes Sedativum.<<, gibt May zu.

>>Was geht dir denn durch den Kopf an Abenden wie diesen?<<

>>Manchmal wird mir abends ganz schwindelig, weil mir dann die Vielfältigkeit eines einzigen Augenblicks bewusst wird und dann merke ich, dass jeder von ihnen wie die Ewigkeit ist.

Unantastbar.

Und dann habe ich plötzlich das Gefühl zu ertrinken und ich kann dieses Gefühl nicht unterdrücken, ich habe schließlich keinen Durst. Wenn überhaupt habe ich in diesen Momenten genau das Gegenteil.

Aber das ist schon okay, diese Nächte vergehen irgendwann, nicht wahr?<<

>>Es gibt keine größere Lüge als *schon okay*.<<

>>Das mag sein. Und ja es ist nicht okay, ganz ehrlich der Einbruch der Dämmerung ist ein verdammt destruktiver Prozess, für alle schlaflosen.<<

Tränen laufen ihr über die Wangen. Sie fühlt sich wie ein defekter Wasserhahn, der einfach nicht mehr aufhört zu laufen.

Irgendwann schlafen die beiden dann doch noch ein. Liam hat seinen Arm um sie gelegt, wie eine schützende Decke und ihre Hand in seine genommen. So geborgen hat sich May schon seit Ewigkeiten nicht mehr gefühlt und dieses Gefühl hält den Wahnsinn davon ab, erneut in ihren Schlaf einzudringen.

>>Wie hast du geschlafen?<<

>>Vor allem liegend.<<, murmelt May noch immer verschlafen.

>>Aber dank dir deutlich besser, als in den meisten Nächten.<<, fügt sie hinzu.

*

Bremen

An manchen Abenden dreht Liam sich zu May um, wenn er auf der Bühne steht, denn er liebt diesen Anblick. Wenn sie der Musik lauscht, wirkt sie immer so apathisch, ganz so als wäre ein Großteil von ihr gar nicht mehr hier. Doch Liam weiß mittlerweile, dass sich in ihr drin dafür umso mehr bewegt. Sie hat ihm einmal gesagt wie sich das für sie anfühlt, wenn sie zu tief in seine Lieder versinkt.

>>Manchmal verschwindet dann etwas in mir und etwas neues fügt sich ganz selbstverständlich in den leer gewordenen Raum ein und dann dreht sich auch noch der Raum in mir und um mich herum in zwei entgegengesetzte Richtungen und dann frage ich mich, wie eine so gravierende Veränderung in mir drin, mit einem einzigen Schritt beginnen konnte.

Deine Bustür war mein Neuanfang.<<

Nach diesem Auftritt steht die Offenbarung in großen Lettern auf ihrer federleichten Verfassung und May sagt:

>>Du hast vor ein paar Tagen etwas zu mir gesagt, das ich mir sehr zu Herzen genommen habe, du meintest, ich soll niemals weniger als all das verlangen, was ich verdiene und noch ein bisschen mehr für den Fall das ich vergesse wie viel das ist. Das war ein guter Satz. Wenn ich nach Hause komme, werde ich hinter und zu jedem meiner Worte stehen und mich nicht mehr verbiegen lassen, weil ich nicht daran zerbrechen will. Ich werde meinen eigenen Weg gehen, ganz gleich ob ich jeden verdammten Stein selbst erst aus einer Steinwand kloppen und dann auslegen muss. Ich will endlich glücklich mit dem Leben werden, das mir geschenkt wurde. Ich habe jetzt verstanden, dass ich mir entweder die Weichen meines Lebens selber stellen kann oder die ganze Zeit dem Leben ausweichen.

*

Rostock

Nach jedem Auftritt ist Liam ein personalisiertes Wechelbad der Gefühle. Er fühlt sich so als würde sein Kopf in den Wolken schweben und seine Beine in die unendlichen Tiefen versinken. Er ist euphorisch und völlig ausgehöhlt. Das sind die Momente in denen er mehr raucht als atmet.

>>Kannst du löschen, was ich anzünde in jedem unbedachten Moment? Kannst du die Asche zusammenkehren damit bleibt, was nicht verloren gehen darf?<<, fragt Liam.

>>Ach Liam, das machst du doch selbst bereits ziemlich gut und für den Fall das du es einmal wirklich nicht schaffst, ich kann sehr gut mit einem Besen umgehen und auch ein Kehrblech ist für mich kein Fremdwort. Ich werde dich an die guten Momente erinnern, wenn du sie vergisst, weil du mich gelehrt hast, wie man das gute bewahrt.

Bevor ich dich getroffen habe, fehlte mir der Gleichgewichtssinn in allen Lebenslagen und heute fühlt es sich nicht mehr so grässlich wankelmütig an. Aber deine Brände werde ich niemals löschen, man muss sich doch zumindest den letzten Funken seines Verstandes bewahren.<<

>>May, weißt du manchmal habe ich das Gefühl all das hier ist nichts weiter als ein großer Schwindel auf einer riesigen Bühne. Ich habe das Gefühl ich wache morgen früh auf und alles war gar nicht real. Ich verstehe nicht warum ich in Magazinen abgedruckt werde und warum Menschen meinen Namen rufen. Ich habe den Eindruck, dass ich bloß eine riesige Lüge verkörpere.<<

>>Liam, du bist der Glaubwürdigste Mensch den ich kenne, denn du bist es würdig das man an dich glaubt. Du bist

der einzige der auf jede meiner Fragen eine Antwort hat und wenn du bloß eine wandelnde Lüge wärst, wie sollte ich dann deinen Worten glauben können? Es ist doch so, dass man die wichtigsten Antworten nicht googeln kann und deswegen braucht die Welt Menschen wie dich. Deinen Fans gibst du auch antworten, sie finden sie zwischen deinen Zeilen, selbst wenn du noch nicht einmal ihre Fragen kennst. Du kannst die schönsten Worte aneinander hängen, aber sie helfen bloß den anderen, solange du nicht lernst dir selbst zuzuhören.<<

Bisher war es immer May die sich bei Liam abgesichert hat und seinen Schutz benötigte, wenn sie ihre Fassung verlor. Es war das erste mal, dass sich Liam ihr gegenüber wirklich unsicher zeigt. May weiß zwar seit einiger Zeit, dass sie Liam wichtig ist, aber dieser Moment ist der Beweis den sie so sehr benötigt hat.

*

Kiel

Manche ihrer gemeinsamen Tage sind von Mays Selbstzweifeln gezeichnet. Tage wie dieser. May beobachtet die Mädchen, die vor der Halle stehen und auf den Einlass warten. Sie erinnert sich noch ganz genau daran, wie sie dort immer gestanden hat, viel zu früh und aufgeregt. Schon damals hasste sie all die Mädchen mit den leicht verrückten, depressiven Blicken, die gerade so debil Lächeln, das es noch als süß gilt. Sie hasst diese Mädchen, weil sie ihr eines voraus habe, sei sind noch nicht vollständig gestört. May hingegen kennt den Geschmack von Blut, es schmeckt nach Nervosität und Unsicherheit. Jedes mal ballt sie in Momenten wie diesen ihre Fäuste und beißt sich auf die Lippe. In ihr braust ein Gefühl der Hilflosigkeit auf. Es braucht bloß ein paar unbedachten Synapsen Verknüpfungen und die Welt steht kopfüber.

Als sie wieder in die Halle geht und Liam sie ansieht, erkennt er gleich, dass irgendetwas nicht stimmt. Verlorenheit ist etwas das man bei anderen Menschen spüren kann, sobald sie einen Raum betreten. Er geht auf sie zu und fragt was los ist.

>> Manchmal fühle ich mich wie das letzte ungewollte Mängelexemplar auf dem Wühltisch.<<

>>Du bist kein Mängelexemplar. Du bist nicht ungewollt. Du bist lediglich ein Einzelstück, aber das ist etwas sehr wertvolles. Das darfst du nie vergessen und wenn du es vergisst, dann gib mir Bescheid und ich erinnere dich daran. In jedem Leben sollte genügend Platz für Achtsamkeit vorhanden sein, auch in deinem.<<

>>Aber ich habe permanent das Gefühl komplett verwirrt durch die Gegend zu torkeln und nicht voran zu kommen. Ich weiß gar nicht mehr wann das angefangen hat. Ich habe so oft das Gefühl das einzige stabile in meinem Leben ist die Seitenlage. Vielleicht verbringe ich den Rest meines Lebens einfach bloß mit atmen. Vielleicht wäre das gar keine so schlechte Idee.<<

Liam lacht kurz und sagt:

>>Deinen Zustand als verwirrt zu bezeichnen, ist ganz sicher die Untertreibung des Jahres, aber das geht ja heute schließlich allen so, also mach dich nicht verrückt. Und zur

Not gibt es ganz sicher irgendwo ein Paralleluniversum in dem jede deiner Handlungen einen Sinn ergibt.<<

Bei diesen Worten muss May lachen.

>>Und noch etwas musst du lernen zu verstehen, May, es ist okay nicht jeden Augenblick zu mögen, aber wenn dir einer nicht gefällt, dann such dir einfach einen anderen, hier sind genügend vorhanden und einer wird zu dir passen.<<

*

Berlin

Nach der Tour verabschiedet sich May mit Tränen in den Augen. Der Zusammenhalt der beiden ist ausschlaggebend um das Glück der vergangenen Tage verzeichnen zu können.

>>Ich dachte, ich wollte das. Ich dachte wirklich das ich das wollte. Dieses trinken und feiern, das vögeln und den Beat der großen Städte. Ich war mir so sicher, das mir das gut tun würde. Und dann hatte ich gar keinen Sex und getrunken habe ich auch nicht viel und gefeiert haben wir selten und dann habe ich gemerkt, dass es eher die Gespräche waren, diese guten Gespräche die ich wollte und das gemeinsame Lachen mit jemanden der mich versteht und dieses Schweigen, das so gut zwischen uns funktioniert hat. Wir werden uns wiedersehen, oder?<<

>>Weißt du May, das dachte ich auch eine Weile und ich habe all das auch gemacht, die Partys, das trinken und so viel Sex das es sogar für einen Mann schon unanständig gewesen ist. Aber ich habe verstanden, das es gar nicht zu mir passt. Ich wollte das alles nie wirklich. Ich habe mich bloß darin

verloren und mit dir habe ich etwas wiedergefunden. Ganz unverhofft.

Wir, das ist wie mit der letzten Zigarette. Klar, man kann sie alleine rauchen, aber das wäre nicht richtig und irgendwie egoistisch. Man kann sie aber auch teilen, beide werden ihren Schmacht los und es entsteht ein Gefühl der Verbundenheit. Ich hätte einfach ohne dich fahren können, die Tour hätte trotzdem stattgefunden, ich hätte das Gefühl auf der Bühne trotzdem genossen. Aber ich hätte mich auch sehr alleine gefühlt, zwischen all diesen unbekannten Menschen. Wie gut das wir diese Zeit geteilt haben.

Wir sehen uns wieder. Schon bald. Das verspreche ich dir.

Denn da wo du bist gibt es keine schlechten Orte, denn da wo du deine Wege entlangläufst verwandelst du die Dunkelheit in Licht und Stille in einen gnädigen Klang. Und bitte vergiss nie, du kannst dich hinter deinen selbst errichteten Mauern verstecken, oder du stellst dich drauf und tanzt.<<

An dieser Stelle trennen sich ihre Wege vorläufig. Doch dann dreht sich May noch einmal zu ihm um.

\>>Liam, wenn es mir hier nicht gefällt, packst du mich dann wieder ein und nimmst mich mit? Du bist doch in den letzten Wochen mein Querverweis auf das Leben gewesen.<<

\>>Jederzeit, wann immer du willst, bei mir ist immer ein Platz für dich. Ich bleibe immer bei dir, sogar dann, wenn du dich selbst verlässt. Das verspreche ich dir.<<

Teil 4

Ein neuer Anfang

Was wäre wenn...

wir erneut zum ersten Mal aufeinander treffen?

Kann ein Anfang ein anderer sein.

Wenn der Ort derselbe bleibt?

Kann man einen einzigen Menschen betrachten.

Auf eine völlig neue Weise?

Alissa & Elias

Alissa & Elias

Alissa

Es ist einer dieser Tage auf der Arbeit an denen Alissa nichts weiter will, als endlich zur Tür rausgehen zu können. Alle um sie herum haben den ganzen Tag über schlechte Laune gehabt und sie fühlt sich wie ein verdammter Blitzableiter. Dieser Dienstag fühlt sich eindeutig wie ein Donnerstag an und sie hat einfach keine Ahnung, wie sie die weiteren Tage bis zum Wochenende überstehen soll. Schon eine ganze Weile fühlt sie sich ausgebrannt, das Magazin, für das sie arbeitet lässt sie keine Artikel schreiben und ständig geht es bloß um Mode und irgendwelchen Promiquatsch. Das aktuelle Lieblingsthema ihrer Kolleginnen ist dieser neue Sänger Liam, der scheinbar dazu geboren wurde einen Hit nach dem anderen herauszubringen und dazwischen umwerfend auszusehen. Alissa sind diese Dinge egal, Menschen die sie nicht kennt haben für sie keine relevante Bedeutung in ihrem Leben.

Als sie an diesem Tag die Arbeit verlässt, weiß sie nicht nicht, dass sie nie wieder zurückkommen wird.

Schnurstracks geht sie zu ihrer Lieblingsbar, die unweit von ihrer Arbeitsstelle entfernt liegt. Sie hofft darauf, einen Kellner zu treffen, mit dem sie sich an solchen Tagen schon des öfteren unterhalten hat und ihr manchmal sogar einen Drink aufs Haus spendiert. Leider hat sie an diesem Abend kein Glück. Ein paar der Kellner kennt sie zwar vom sehen, aber es ist niemand unter ihnen, mit dem sie sich gerne unterhalten hätte.

Der einzige freie Platz, ist ein Hocker an der Bar. Sie geht auf ihn zu und legt sich ihren Mantel auf den Schoß. Sie bestellt sich einen Martini, Gin hilft immer, denkt sie sich, als sie sich im Raum umsieht. Eine Weile hängt sie nippend am Glas ihren Gedanken nach, als sie bemerkt, dass sie beobachtet wird Ein hübscher junger Mann sieht sie aufmerksam an. Da Alissa nach Gesellschaft ist und sie es noch nie leiden konnte, wie so eine verzweifelte direkt an der Bar zu sitzen, geht sie auf den Mann zu.

\>\>Alissa, Hi. Ich hoffe du findest mit nicht aufdringlich, aber ich habe bemerkt, wie du mich beobachtet hast.\<\<

\>\>Ich dachte schon ich müsste zu dir rüber kommen. Ich heiße Elias, schön dich kennenzulernen.\<\<

*

Elias

Er ist sofort fasziniert von dieser jungen Frau. Sie gibt ihm das Gefühl etwas zu vervollständigen. Elias hat gerade ein kleines Kino gekauft und seinen alten Job hinter sich gelassen. Er hat beschlossen endlich das Steuer zu übernehmen um nicht weiter auf den Abhang zuzusteuern, der ihn schlussendlich in die Tiefen ziehen würde. Bisher ist es ihm immer schwer gefallen auf Frauen zuzugehen, doch jetzt, wo er endlich mit sich selbst ins Reine gekommen ist, hat er seine Hemmungen abgelegt. Alissa lacht viel über seine Witze, er lächelt sie unentwegt an. Es ist wie das Gefühl einen Einkaufswagen in einen anderen zu schieben, es fügt sich ein, ganz natürlich, ganz so wie es sein soll.

Es ist nie zu spät für einen Neuanfang.
Und er ist mittendrin.
Ganz dabei neu anzufangen.

*

Alissa
Sie erzählt ihm von der Arbeit und er erkennt ihre Erschöpfung die sich dabei auf ihrem Gesicht niederlässt. Und dann macht er ihr einen Vorschlag. Ein Angebot das sie nicht ablehnen kann.

Elias fragt Alissa ob sie mit ihm zusammenarbeiten will. Der Gedanke kommt ihm ganz spontan und trotz ihrer Überraschung stimmt sie ohne zu zögern zu. Sie weiß, manche Chancen bekommt man nur ein einziges Mal und wer nicht zugreift wir ein Leben lang bereuen.

Sie wird das Programmheft gestalten und sie werden gemeinsam ein kleines Magazin herausbringen das über Filme, Veranstaltungen und Kultur berichtet. Endlich bekommt Alissa die Möglichkeit ihre Worte zu drucken und in die Welt zu verteilen.

Sie schreibt noch am selben Abend mitten in der Nacht ihre Kündigung. Sie ist noch in der Probezeit und so kommt sie aus ihrem Vertrag leicht wieder heraus. Sie wird nie wieder durch diese Tür gehen die sie so oft mit schmerzendem Magen und rasenden Kopfschmerzen durchquert hat.

Am nächsten Tag macht sie sich auf den Weg zu Elias. Er erwartet sie bereits mit einem strahlenden Lächeln. Alissa lässt sich in aller Ruhe das kleine Kino zeigen. Es riecht nach verlorengegangen Geschichten und nach einem Neubeginn.

*

Alissa & Elias
Sie werden Freunde. Sie werden Geschäftspartner. Sie werden zu einer gemeinsamen Zukunft. Zu einem Paar werden sie nicht. Sie verstehen sich gut. Aber sie verzehren sich nicht nacheinander. Sie können gemeinsam lachen, sie können miteinander Worte teilen. Sie können zusammen schweigen. Doch küssen wollen sie sich nicht.

Elias wird seine Liebe treffen. Genau hier in diesem Kino und Alissa wird ihm dabei helfen den Mut aufzubringen endlich auf diese fremde Frau zuzugehen.

Alissa wird ihre Liebe finden. Eine ganze Weile nach Elias und bis dahin wird sie ihre Freiheit in der großen Stadt und in dem kleinen Kino genießen. Sie kümmert sich mit viel Leidenschaft um das kleine Magazin und jeden Monat hat es ein paar Leser mehr.

Alissa und Elias haben ihr Glück gefunden. Sie in der fremde und Elias indem er endlich seinen eigenen Wert erkannt hat und endlich zu sich selbst fand.

Was wäre wenn...

wir eine zweite Chance bekommen?

Kann die Zeit Wunden heilen?

Kann ein Herzschlag sich verbinden?

Nach all dem gewesenen?

Und wenn ja.

In welchem Takt schlägt es dann?

Zoe & Liam

Zoe & Liam

Liam
Manchmal ist da vermissen in ihm. Ein Vermissen nach beständigen Armen. Ein Vermissen nach ehrlicher Zuneigung. Ein verdammtes Vermissen nach der Liebe. Nach all dem Sex. Nach all den Konzerten. Nach all den endlos erscheinen Reisen. Nach all den Abschieden.
Will er ein Zuhause.
Im Herzen eines Menschen.
Zwischen diesem Vermissen und Sehnen, nach etwas das so weit von ihm entfernt ist, wie das Gefühl der Ruhe, denkt er an Zoe.

Zoe. Die Frau, die ihn so sehr geliebt hat, dass er es auf gar keinen Fall zulassen konnte. Zoe, die immer nach Waschmittel, Kenzo und Geborgenheit gerochen hat.
Manchmal fragt er sich, wie sein Leben verlaufen wäre, wenn er sich damals für sie entschieden hätte. Dann schluckt er und schluckt er und hofft, wirklich damals die richtige Entscheidung getroffen zu haben.

*

Liam hat das alles durch. Die vielen Frauen, die vielen falschen Seiten bei denen eigentlich nicht die Seite, sonder das gesamte Bett verkehrt war. Die guten Nummern und die, bei denen man eigentlich nach drei Minuten hätte gehen müssen, weil es sich von vornherein nicht gelohnt hat. Er hatte diese Frauen, die ihn für immerhin eine halbe Stunden um den Verstand gebracht haben und die Frauen die ihn mehr gekostet haben, als es ihm eigentlich wert gewesen ist. Er hatte Sex auf Toiletten, in Treppeneingängen, in Autos und in diversen Küchen, Bädern und Schlafzimmern. Er hatte junge und alte Frauen und Frauen die irgendwo dazwischen lagen, so genau ließ sich das hinter all dem Make-up nicht immer erkennen.

Aber vor allem hat er eindeutig genug davon.

All diese Frauen gingen beinahe spurlos an ihm vorüber und hinterließen nichts weiter als eine leere Seite im Bett, hin und wieder einen Knutschfleck oder Kratzspuren auf seinem Rücken.

Am Anfang fand Liam das großartig. All diese Frauen die da um ihn herum standen. All diese vielen scheinbar großartigen Möglichkeiten. Er liebte die Auswahl und das er derjenige war, der entscheiden konnte mit welcher er heute nach Hause gehen möchte.

Damals als Liam noch ein kleiner Songwriter für kleine Bands war, da gab es sie auch schon, die Frauen die ihm aus irgendeinem Grund verfallen waren. Die ihn umringten und um seine Aufmerksamkeit buhlten. Doch als er dann berühmt wurde, gab es von denen, unzählig viele. Alle sind gegangen und keine war von dauerhaften Bestand.

Da gab es mal dieses Mädchen, dass er einfach mit auf Tour genommen hat. May, mit der er jedoch nie geschlafen hat und mit der er sich noch heute regelmäßig trifft und dann gab es da noch Zoe. Mit der er vor Jahren einmal für einen längeren Zeitraum etwas hatte und mit der nicht nur der Sex, sondern auch die Gespräche sehr anregend waren. Diese beiden Frauen sind die einzigen in seinem Leben, die ihn tatsächlich langfristig bewegt und berührt haben.

May ist für Liam, jedoch eher so etwas wie seine kleine Schwester, aus diesem Grund konnte er damals, als sie da so nackt vor ihm stand, auch nicht mit ihr schlafen. Und Zoe hat er zu einem vollkommen falschen Zeitpunkt kennengelernt. Er wusste damals, als er sie traf, dass sie eine der Frauen wäre, die er heiraten würde, wenn er denn in nächster Zeit vor hätte sich fest zu binden. Doch das war das letzte an das er in dieser Zeit gedacht hat. Er lernte sie kennen bevor er berühmt wurde. Liam weiß, dass sich Zoe damals in ihn verliebt hat. Aber er konnte diese Gefühle einfach nicht erwidern. Er war sich sicher, das er sie früher oder später verletzen würde und das hatte sie nicht verdient. Stattdessen lernte er kurze Zeit später eine andere Frau kennen.

Katharina war sehr schön, nur leider nicht besonders intelligent, besonders gute Gespräche haben sie nie miteinander geführt. Aber leicht war es mit ihr. Sie stellte keine besonders großen Ansprüche an ihn und ließ sich mit billigen Lügen einwickeln. Ja, damals war Liam zwar sehr charmant, doch vorwiegend auf seinen eigenen Vorteil bedacht. Er hat Katharina auch viel von dem gegeben, was sie brauchte. Die starke Schulter zum anlehnen, die guten Partys, den Sex, das Kuscheln danach und ab und an massierte er ihr sogar den Rücken oder hörte ihr scheinbar aufmerksam zu, wenn sie von ihren Mädchen-Problemen erzählte, die ihn nicht im geringsten interessierten. Er lud sie zum essen ein oder ins Kino und manchmal nahm er sie sogar mit auf ein Konzert. Es war eine, im Nachhinein betrachtet, lächerliche Beziehung. Es wunderte ihn nicht, dass es nach ein paar Monaten auch schon wieder vorbei war, denn das war ihm bloß recht, er hatte schließlich nicht vorgehabt sich dauerhaft an jemanden zu binden. Wenn das sein Ziel gewesen wäre, dann wäre seine Wahl auf Zoe gefallen.

Zoe hingegen schaffte es auf Dauer nicht bloß mit ihm befreundet zu bleiben, sie wollte eben etwas, das er ihr nicht geben konnte. Außerdem wusste Liam ganz genau, dass er Zoe verletzt hat, indem er plötzlich mit Katharina zusammen gekommen ist.

Liam denkt oft an Zoe. Sie geht ihm einfach nicht aus dem Kopf, vor allem Nachts, wenn er alleine in einem Hotelzimmer ist und sich schrecklich einsam fühlt. Er sehnt sich nach ihrem Geruch, der für ihn immer das Synonym für seine persönliche Ankunft gewesen ist. Er erinnert sich an die Gespräche, die sie miteinander geführt haben und wie wohl er sich in ihrer Gegenwart gefühlt hat. Liam ist sich sicher, dass ihn Zoe auch heute noch als ganz normalen Menschen sehen würde. Sie würde in ihm nicht bloß den Sänger sehen der ständig in irgendeiner Zeitschrift zu sehen ist oder über einen roten/blauen/lila Teppich läuft. Sie würde in all den verdrehten Aussagen, seine wahren Worte erkennen, weil sie ihn gekannt hat. Sie würde hinter ihm stehen, weil es immer so gewesen ist und wahrscheinlich würde Zoe ihm sogar verzeihen, dass sie damals bloß eine Frau unter vielen für ihn gewesen ist. Denn sie wusste, das sie am Ende immer diejenige war, die blieb, während alle anderen nach einer Nacht/Woche/Monat wieder verschwunden waren.

Liam hat schon oft ihre Nummer in sein Handy getippt, aber es doch nicht geschafft auf den Anruf-Knopf zu drücken. Er weiß nicht was sie derzeit macht und ob sie momentan einen Partner hat oder ob sie überhaupt noch in Berlin lebt. Sie haben schlicht und ergreifend den Kontakt zueinander verloren.

*

Zoe
Noch immer fühlt Zoe sich alleine mit sich selbst. Sie kann einfach kein Verbundenheitsgefühl mit sich selbst aufbauen. Sie hat das Gefühl, dass die Leitung zu ihrem Herz ständig belegt ist. Liam war damals der erste und bislang einzige Mann, dem sie sich gegenüber geöffnet hat und wohin das geführt hat ist ihr noch allzu schmerzlich bewusst. Liam war es damals, den sie mehr als alles andere auf der Welt wollte, doch er wollte lieber ein hübsches Mädchen ohne viel Verstand, weil sie nicht verstand, dass diese Bindung keinen Be-

stand haben wird. Auch mit Elias hat es früher einfach nicht funktioniert, wobei er mittlerweile glücklich vergeben ist und scheinbar den Deckel zu seinem Topf gefunden hat. Er weiß sogar, wie man es schafft danach das Wasser zwar zum kochen zu bringen, aber es vom überkochen abzuhalten. Zoe hingegen hat das Gefühl selbst weder Deckel noch Topf zu sein, sondern eher so etwas wie ein Wok. Mit Liam musste niemand von ihnen beiden das Gegenstück zum anderen sein um zu passen. Sie konnten vollständig inkompatibel sein und trotzdem fühlte es sich so an, als sollte das alles genauso sein. Sie erinnert sich gerne an diese Zeit zurück und noch immer pocht ihr Herz laut in ihrer Brust, wenn sie das Radio anschaltet und seine Stimme hört. Sie hat die Artikel über ihn in den Zeitungen gelesen und musste dabei ständig lachen, weil all die abgedruckten Worte unmöglich von ihm stammen konnten. Sie wusste genau welche sie drehen und verschieben muss, um seine Wahrheiten dahinter erkennen zu können. Denn auch wenn Liam es sich damals nicht eingestehen konnte, so war sie doch eigentlich genau die richtige Frau für ihn gewesen. Aber Zoe ist intelligent genug um zu wissen, warum er sich selbst belogen hat. Wenn man den richtigen Menschen für sich gefunden hat, dann sollte man ihn festhalten und sich an ihn binden, solange es sich für beide gut anfühlt und das würde bedeuten, das lockere Junggesellen Leben hinter sich zu lassen. Wer weiß, vielleicht wäre Liam nie berühmt geworden, wenn sie zusammengekommen wären. Vielleicht hätte er dann nie sein Demoband abgeschickt, weil ihm das was er hat dann gereicht hätte. Vielleicht hätte er das eines Tages bereut es nie versucht zu haben und sie hätte sich die Schuld dafür gegeben und er hätte sie ihr auch gegeben, bloß um sich nicht selbst eingestehen zu müssen, dass er nichts unternommen hat. Früher oder später hätten sie sich dann voneinander getrennt und das unschöne Ende von einst, hätte sich bloß um ein paar Jahre verzögert. Solche und ähnliche Gedanken schleichen durch Zoes Kopf, wann immer sie mit zitternden Händen seine Nummer in ihr Telefon tippt, bloß um dann am Ende doch nie bei ihm anzurufen. Sie weiß gar nicht, ob sie überhaupt noch seine aktuelle Nummer besitzt und ob er sich noch so gut an sie erinnert, wie sie sich an ihn. Er war schließlich der einzige Mann der sie berührt hat, aber sie war nie die einzige Frau für ihn. Es gab so lange sie Liam kennt in seinem Leben so viele Frauen, dass selbst Zoe sie nicht mehr zählen kann und dabei weiß sie gar nicht von allen. Als sie ihn liebte, tat es schrecklich weh zu wissen, dass er neben ihr noch mit anderen Frauen Sex hat, dass einzige das sie getröstet hat war, dass er am Ende doch immer wieder zu ihr zurück kam. Bis Katharina kam.

*

Liam

An diesem Tag hat Liam einen Auftritt bei einem großen Festival in der Nähe von Berlin und als er dort oben auf der Bühne steht, will sich dieses überwältigende Gefühl, das er erwartet hat, einfach nicht einstellen. Normalerweise sind die Momente in denen er auf der Bühne steht für ihn immer die schönsten. In diesen Augenblicken weiß Liam wofür er das alles macht. Dann weiß er wieder, warum es sich lohnt kein

Privatleben mehr zu haben, doch heute scheint alles anders zu sein. Als er dort oben steht und in die Menge sieht, überkommt ihn diese Art der Melancholie, die ihn sonst immer erst hinterher ereilt, wenn er feststellt, dass von der Liebe die er dort oben auf der Bühne empfindet und empfängt nichts zurückbleibt, wenn er von ihr runter geht. Er hört die Mädchen kreischen und seinen Namen brüllen, aber am Ende erreicht ihn bloß ein Rauschen, von dem ihm schlecht und schwindelig wird.

Er singt den ersten Ton und trifft ihn sogar. Er spult sein einstudiertes Programm ab und ist froh darüber, dass er es schon hunderte Male gemacht hat, denn heute liegt seine Motivation in Jogginghose bei ihm zuhause auf dem Sofa und zappt sich durch das Fernsehprogramm. Liam hat das Gefühl, dass sich jedes Lied in die Länge zieht wie Kaugummi und er das Ziel nicht erreicht. Ganz so als würde er auf einem Laufband laufen und erwarten die Ziellinie zu erreichen.

Als es endlich vorbei ist, hat er keine Lust mit seiner Crew auf den vergangenen Auftritt anzustoßen. Er will niemanden sehen und endliche einen Moment für sich haben, der sich vielleicht einmal nicht kaputt anfühlt. Als sich auf das kleine Sofa im Tourbus sinken lässt, hört er ein zaghaftes kloßfen an der Tür. Er will es schon ignorieren, als es erneut klopft. Wüst vor sich hin fluchend steht er auf und öffnet die Tür. Vor ihm steht May. Sie lächelt ihn schüchtern an. Liam wollte zwar niemanden sehen, aber niemand schließt May nicht mit ein, er freut sich immer sie zu sehen. Sie kommt rein und lässt sich neben ihn auf das Sofa fallen. Einen Moment beobachtet sie ihn bloß, bis sie sagt:

\>\>Na, war heute wieder einer dieser Tage, die für dich unberührbar erscheinen, was?<<

\>\>Hat man das bei meinem Auftritt etwa bemerkt?<<

\>\>Man nicht, aber ich. Willst du darüber reden?<<

Und da erzählt Liam ihr von seiner momentanen Einsamkeit und das sie genau im richtigen Moment vorbeigekommen ist und er erzählt ihr auch von Zoe, die ihm in letzter Zeit viel zu oft durch den Kopf gegangen ist. Er erzählt ihr von der Leere in sich und von dem Geld da ihn nicht glücklich macht und von den zu großen Bühnen, die er zu gerne wieder in die kleinen vom Anfang eintauschen würde. May hört ihm einfach bloß zu und nickt gelegentlich. Sie hat ihm einen Arm um die Schulter gelegt und streicht sacht über einen Rücken. Nicht wie liebende, eher wie verstehende.

\>\>Liam, du hast mir damals, als wir gemeinsam auf Tour waren sehr geholfen, ich habe endlich damit angefangen meinen eigenen Weg zu gehen, ohne mich dafür zu schämen. Ich bin heute sehr viel glücklicher als damals und du weißt genauso gut wie ich wie weh mir manche deiner Sätze getan haben. Nicht weil du mich verletzten wolltest, sondern weil du mir die Wahrheit versprochen hast. Und heute bin ich mal an der Reihe, dir zu sagen was ich denke. In Ordnung?<<

Liam nickt zögernd.

\>\>Okay, also wenn du mich fragst, dann solltest du dir endlich dein Handy schnappen und Zoe anrufen. Ich schätze es ist gut, dass ihr damals nicht zusammengekommen seid. Du warst noch nicht bereit für sie und ihr wärt aneinander gescheitert, aber heute stehst du an einem ganz anderen Punkt. Du steigst nicht mehr mit jedem Groupie ins Bett und hast keine Lust mehr auf die ewigen Partys und die unzähligen Optionen. Eigentlich sehnst du dich nach einer stabilen Beziehung, nur ist es dir nicht im geringsten bewusst, weil das bisher kein Thema in deinem Leben war.<<

>>Ich habe Zoe damals sehr verletzt, verstehst du? Es würde mich nicht wundern, wenn sie nie wieder ein Wort mit mir wechseln will. Als sich unsere Wege trennten, war sie noch in mich verliebt, deswegen hat sie mir nie ein böses Wort entgegen gebracht, aber jetzt liegen Jahre dazwischen und sie wird viele Dinge anders sehen. Sie wird erkannt haben, wie ich sie behandelt habe und die Situationen nicht mehr durch eine rosarote Brille sehen. Ich bin mir nicht sicher, ob sie mir noch eine Chance geben würde.<<

>>Vielleicht ist sie dir tatsächlich böse, vielleicht legt sie gleich wieder auf, sobald sie deine Stimme hört. Aber vielleicht ist mittlerweile auch eine Menge Gras mit ein paar Blumen über die Sache gewachsen und ihr könnt noch einmal von vorne anfangen. Ihr werdet ganz bestimmt nicht an dem Punkt anknüpfen an dem es vor langer Zeit einmal für euch geendet hat und falls doch, umso besser. Du wirst dich um sie bemühen müssen und sie von deinen Gefühlen, sofern sie denn bei dir noch vorhanden sind, überzeugen müssen. Aber wenn du noch immer, nach all den Jahren an sie denkst, dann solltest du euch zumindest eine Chance geben.<<

Liam schweigt eine ganze Weile bis er endlich etwas erwidert:

>>Okay, ich werde sie anrufen, aber ich habe wirklich Angst, weil Zoe mir auch nach all der Zeit noch immer mehr bedeutet, als ich mir in all der Zeit eingestehen wollte. Ich

schaffe das auf keinen Fall alleine. Ich werde sie jetzt anrufen, so lange du noch hier bei mir bist und zur Not meine Trümmer zusammenkehren kannst, wenn das für dich okay ist.<<

May lächelt und nickt, dann reicht sie ihm sein Handy.

*

Zoe

Als Zoe das Café betritt, wartet Elias bereits auf sie. Die beiden sind mit der Zeit sehr gute Freunde geworden. Nachdem er akzeptiert hat, das aus Zoe und ihm niemals ein Paar wird, haben sie sich auf einer anderen Basis angenähert. Heute arbeiten sie nicht mehr zusammen, Elias hat sich seinen Traum von einem eigenen Kino erfüllt und leitet es mit seiner Freundin Alissa. Seine Freundin liebt ihn für das was er ist, ein wahrhaft netter Mann, mit sehr vielen charmanten Ecken und Kanten. Sie hat in ihm erkannt, was Zoe nie gesehen hat.

Er schiebt Zoe die Tasse Kaffee rüber, die er bereits für sie bestellt hat und sagt:

>>Zoe, sag mal wann hattest du eigentlich dein letztes Date? Meinst du nicht, dass du auch jemanden in deinem Leben verdient hast, der dich liebt und der dich umsorgt, weil du ihm alles bedeutest?<<

>>Ach weißt du Elias, ich komme alleine ziemlich gut zurecht. Weißt du noch damals, als ich mich in Liam verliebt habe? Ich dachte, das ich endlich diesen einen Menschen getroffen habe, mit dem ich zusammen sein kann, ohne mich eingeengt zu fühlen. Ich war mir so sicher, dass wir früher oder später richtig zusammen sein würden und dann hatte er

plötzlich eine Freundin. Das hat mir echt das Herz gebrochen. Ich habe seitdem nie wieder jemanden kennengelernt bei dem ich mich so wohl gefühlt habe wie bei ihm.<<

>>Wenn du ehrlich zu dir selber wärst, dann würdest du dir eingestehen,dass du seitdem auch nie wieder versucht hast jemanden an dich heranzulassen. Ich habe da einen wirklich netten Freund, ich glaube ihr beide würdet sehr gut zusammenpassen. Was hältst du davon, wenn ich dir seine Nummer gebe und du es einfach mal ausprobierst?<<

>>Ich weiß nicht, ich stehe nicht auf Blind Dates.<<

>>Nee du stehst eher darauf, die Abende alleine auf deinem Sofa oder einer Bar zu verbringen.<< Elias lacht und auch Zoe schmunzelt leicht über seine Bemerkung.

>>Okay, du hast ja recht, dann gib mal her.<<

Gerade als Zoe ihr Handy aus ihrer Hosentasche zieht, um die Nummer einzuspeichern, klingelt es. Einen Moment betrachtet sie die ihr unbekannte Nummer, bevor sie endlich ran geht.

*

Liam

Liams Hände zittern als er diese eine, ganz besondere Nummer eintippt. Er kann sie noch immer auswendig, was vielleicht auch daran liegt, dass er sie zuvor schon so oft gewählt hat. May legt ihm unterstützend ihre Hand auf sein Knie und nickt ihm aufmunternd zu. Es beginnt zu klingeln und Liams Herz rast. Er atmet einmal tief durch, als er Zoes Stimme hört.

>>Hallo, hier ist Zoe.<<

Nach all der Zeit ihre Stimme zu hören, bringt ihn endgültig aus dem Konzept.

>>Äh ja, Zoe also hier ist, also hier, ich bin's Liam. Ich weiß nicht ob du dich noch an mich erinnerst.<<

Zoe hat seine Stimme schon bei dem ersten gestammelten Wort erkannt und nun ist sie es der es die Sprache verschlägt. Sie hätte im Leben nicht damit gerechnet noch einmal etwas von ihm zu hören und sie braucht einen Moment bis sie ihre Stimme wiedergefunden hat.

>>Liam, ich glaubs ja nicht, dass du mich anrufst. Ich hätte mit allem gerechnet, aber das kommt sehr unerwartet. Ich weiß nicht was ich sagen soll.<<

>>Ich um ehrlich zu sein auch nicht. Ich weiß nur, dass ich dich in all der Zeit nicht vergessen konnte und heute habe ich mit einer Freundin über dich und unsere gemeinsame Zeit gesprochen und da hat sie mich dazu ermutigt dich anzurufen.<<

Als er die Freundin erwähnt, stockt Zoes Atem. Plötzlich kommen all die Erinnerungen in ihr hoch. All die Frauen neben denen sie gestanden hat und mit denen sie um Liams Aufmerksamkeit buhlen musste. All die Nächte, die er mit anderen Frauen verbracht hat. Auf einmal tat es wieder so weh wie früher.

>>Es ist viel Zeit vergangen Liam, ich habe mich verändert und du dich ganz sicher auch. Ich weiß nicht genau was du jetzt eigentlich von mir willst.<<

Zoe merkt selbst, dass ihre Stimme viel kälter klingt, als sie es eigentlich vorhatte. In ihrem ganzen Körper regt sich ein Widerstand. Ein Schutzmechanismus der einfach so reagiert ohne das sie etwas dazu beitragen muss.

Liam wird unsicher, bei der Kälte die ihm plötzlich vom anderen Ende der Leitung entgegen schlägt. Er braucht einen Moment um weitersprechen zu können.

>>Zoe, ich weiß, ich habe damals viele Fehler gemacht und mich ganz bestimmt nicht immer richtig verhalten, aber es waren andere Zeiten. Ich habe die Auswahl genossen und du hast darunter gelitten, aber ich war immer ehrlich zu dir, ich habe dir nie eine Beziehung versprochen.<<

>>Ich weiß, und ich war erwachsen und konnte selbst entscheiden ob ich das will oder nicht und wenn ich ehrlich bin, war es mir lieber dich wenigstens auf eine halbe Art und Weise in meinem Leben zu haben, als gar nicht. Ich bin nicht unschuldig an meinem Liebeskummer gewesen. Das du mit all den Frauen geschlafen hast, ist auch nicht das eigentliche Problem. Bloß das du mit Katharina zusammengekommen bist, nachdem du mich nicht wolltest, das war hart. Wie dem auch sei, du hast mir noch immer nicht auf meine Frage geantwortet.<<

Zoes Stimme wurde allmählich wieder milder und so fasst auch Liam neuen Mut.

>>Du warst in all der Zeit die einzige Frau mit der ich richtig gut reden konnte, abgesehen von May, der Freundin die mich gerade überredet hat dich anzurufen, aber sie ist eher wie eine Schwester für mich, also nicht das du das jetzt falsch verstehst. Du warst die einzige Frau mit der ich geschlafen

habe und die ich nicht vergessen konnte. Ich würde dich wirklich gerne wiedersehen. Wenn du das nicht willst, verstehe ich das, aber ich hoffe sehr das du ja sagst.<<

Zoe zögert einen Moment und dann stimmt sie einem Treffen am nächsten Tag zu.

Liams Herz hämmert noch wie wild gegen seine Brust. Zoe hat tatsächlich einem Treffen zugestimmt. Natürlich ist sie ihm gegenüber noch ein wenig reserviert gewesen, aber das wird schon. Er strahlt über das ganze Gesicht und May stößt einen spitzen Schrei der Begeisterung aus.

>>Das ist ja großartig, siehst du das war der erste Schritt und jetzt kämpfe um sie, wenn du das vergeigst, bist du selbst schuld. Ich will alles über euer Treffen erfahren, also wehe du rufst mich danach nicht an.<<

*

Zoe & Liam

Sie stehen sich befremdet gegenüber. Sie brauchen Zeit bis das Eis zwischen ihnen schmilzt. Sie erzählen sich mit stockendem Atem von den vergangen Tagen ohneeinander. Die Zeit tropft stetig zu Boden und dann sehen sie sich an. Sie sehen in den anderen hinein und da ist noch immer eine Form der Verbundenheit die beide viel zu selten erfahren haben.

Es schlagen Herzen.

Zwei.

Sie geben sich Zeit. Sie lernen sich neu kennen. Beide haben sich verändert. Sie sind älter geworden. Sie haben vieles über sich und diese Welt gelernt. Zoe hat verstanden, dass es für Liam und sie damals besser war kein Paar geworden zu sein. Das auch sie genau wie er diese Zeit alleine gebraucht hat. Liam hat verstanden, dass er in all der Zeit keine Frau getroffen hat, die ihn auf diese Art berühren konnte wie damals Zoe. Und beide verstehen, dass Liebe manchmal nicht genug ist, doch dass es in ganz seltenen Fällen eine zweite Chance gibt und dass dann die Liebe alles ist was zählt.

Sie finden zueinander. Sie ertasten sich mit suchenden Fingern. Sie spüren den heißen Atem des anderen auf ihren Körpern. Sie nehmen die Worte des anderen tief in sich auf. Sie vertrauen, sie streiten, sie glauben und sie lieben einander.
Mit jedem Jahr ein bisschen mehr.

Liam ist noch immer erfolgreich als Sänger und Zoe begleitet ihn auf seinen Touren so oft es geht. Manchmal Seite an Seite mit May. Denn diese Zeit hat auch sie zu Freunden gemacht.

Epilog

Das Leben es trennt und es verbindet uns und manchmal mischt sich die Zeit ein und bringt alles noch ein bisschen mehr durcheinander. Es gibt kein Regelwerk, das es einem erleichtert die richtigen Entscheidungen zu treffen und viel zu oft werden diese Entscheidungen ohnehin ohne uns getroffen und wir müssen damit umgehen und die Verantwortung für uns selbst übernehmen.

Das Leben.
Es ist ein einstweiliges Zeitgefüge.
Es hat so lange Bestand.
Bis eine neue Entscheidung getroffen wird.

Danksagung

Felix, wir sind kein einstweiliges Zeitgefüge. Wir sind ewig verbunden. Mag kommen was will, wir werden nebeneinander stehen. In jeder Zeit.

Maike, du bist meine beste Freundin und das hat seinen Grund, wer jemanden in seinem Leben hat auf den er sich verlassen kann, dann ist das bereits mehr als man sich wünschen kann. Mit dir kann ich lachen, weinen und völlig neben der Spur sein. Danke.

Mama & Frank, ihr steht auch dann hinter mir, wenn ich gerade am meisten an mir zweifle und ihr wisst wie oft das der Fall ist. Danke das ihr mich dann daran erinnert, dass ich die richtige Entscheidung treffen werde.

Adrian, du bist der beste Bruder den man sich nur wünschen kann, ich bin stolz auf dich <3

Papa, ich habe viel von dir geerbt vor allem aber den Drang meinen eigenen Weg zu gehen und immer wieder neue Wege entstehen zu lassen.

Oma, es gibt gute Tage und es gibt jene die weniger gut sind, danke das ich an jedem einzelnen auf dich zählen kann.

DIANDRA VOIGT
Ewig verbunden

Roman

Was bleibt wenn du gehst?

Sophie stirb.
Sie ist mitten aus dem Absatz ihres
eignen Lebens gefallen.
Hier wo sie jetzt steht ist alles weiß.
Sie blickt zurück auf ihr Leben und auf die
Menschen denen sie einst begegnete.
Schonungslos begibt sie sich auf eine Reise
durch ihre Vergangenheit.

„Die Zeit stellt sich nicht neben einen und wartet ab.
Nicht auf das bereit sein sein
eines einzelnen.
Eines zweifelnden.
Eines jeden."

DIANDRA VOIGT

Gedankensturm

Biografie

Ein Roman über das Suchen, Finden und Verlorengehen.

Dies ist die Geschichte eines Mädchens, das sich entscheiden muss, ob sie leben oder sterben will. Lebendig sein oder nur atmen will. Es geht ums aufstehen und weitergehen und darum wie es sich anfühlt, wenn man einfach mal liegen bleibt. Die Magersucht raubte ihr Jahre und schenkte ihr eine neue Sichtweise auf ihr Leben und ihre Umgebung und hörte irgendwann auf ihre Personenbeschreibung zu sein, weil sie sich entschieden hat. Für das Leben und für die Lebendigkeit. Sie gibt den Lesern auf eine sehr bewegende Weise einen Einblick in ihre Gedanken und bringt sie dazu über ihr eigenes Leben nachzudenken.

„Du wirst deine eigene Wahrheit schon wiederfinden, wenn du bereit dafür bist."